BASTEI
LÜBBE

Pressestimmen:

»IN BESTER ABSICHT ist ein kenntnisreicher und vergnüglicher Roman über wichtige Dinge: Politik, Ehre, Charme, Treue und die menschliche Natur. Bewohner von Washington, D.C., aber auch Kleinstädten in aller Welt werden die Charaktere wiedererkennen, von der temperamentvollen Heldin bis zu den Freunden und Bösewichtern, die sie umgeben. Eine großartige Lektüre!«
Laura Zigman

Über die Autorin:

Michele Mitchell war lange Jahre Korrespondentin beim CNN. Heute schreibt sie für *The New York Times* und *Washington Post.* In Washingtons Politikerwelt kennt sie sich bestens aus.
IN BESTER ABSICHT ist ihr erster Roman. Er hat in den USA für Aufsehen gesorgt.

MICHELE MITCHELL

IN BESTER ABSICHT

Kate Boothe in brisanter Mission

ROMAN

INS DEUTSCHE ÜBERTRAGEN VON
THORSTEN ALMS

BASTEI LÜBBE

BASTEI LÜBBE TASCHENBUCH
Band 15 222

1. Auflage: November 2004

Vollständige Taschenbuchausgabe

Bastei Lübbe Taschenbücher ist ein Imprint
der Verlagsgruppe Lübbe

Deutsche Erstveröffentlichung
Titel der amerikanischen Originalausgabe: *The Latest Bombshell*
First published by Henry Holt and Company, New York

Umschlaggestaltung: Atelier Versen/Bad Aibling
Titelbild: Photonica/Paul Mason
Satz: hanseatenSatz-bremen, Bremen
Druck und Verarbeitung: GGP Media GmbH, Pößneck
Printed in Germany
ISBN 3-404-15222-0

1

Der Skandal

Beginnen Sie mit dem Anfang. Wie ich diesen Satz hasse. Wenn ich mit dem Urknall beginnen würde, *dem* Anfang, könnte ich im bibeltreuen Kansas verhaftet werden. Und überhaupt, niemand meint es wirklich wörtlich, wenn er sagt: »Beginnen Sie mit dem Anfang.« Was er sagen will, ist: »Fangen Sie da an, wo es für *mich* interessant wird.«

Nun ja, wie wäre es hiermit: Ich war in Rom, als es passierte. Ich war zwei Monate lang durch den venezianischen Nebel gestolpert, bevor ich mich nach Süden in die Ewige Stadt aufgemacht hatte, mit dem bestaussehenden Mann der Welt als Kofferträger an meiner Seite. Und derselbe Mann wartete in jener ruhigen, kühlen Nacht in der Weinstube auf mich, zweifellos bereits mit Käse- und Olivenplatten auf dem Tisch, und ich war zu spät dran.

Hier war ich also, wackelte über die gepflasterten Straßen auf Absätzen, die mir der Verkäufer in dem eleganten Laden an der Piazza del Popolo niemals hätte verkaufen dürfen – Anmut ist keiner meiner Vorzüge, und meine Chancen standen nicht gut (irgendeine Amerikanerin bricht sich immer ihren Knöchel in Rom) –, als ich zufällig auf einen älteren Touristen stieß, der mit einem lautstarken »Verdammter Kommunistenspion!« die Ausgabe einer englischsprachigen Zeitung zerknüllte. Kommunisten sind heutzutage ein wenig Retro; Spione allerdings nicht. Meine Neugierde war also geweckt, und daher griff ich nach der Titelseite, gerade als sie der Mann in hohem Bogen in einen Abfalleimer werfen wollte. Er starrte mich an – ich schwankte gefährlich bei dieser Aktion – und stützte mich in der höflichen Art eines anderen Zeitalters mit einem Arm. »Staatsgeheimnisse zu verkaufen!«, rief er aus und schüttelte den Kopf. »Und das in diesen Zeiten! Das ist nicht einfach nur Spionage. Das ist verwerflich, moralisch verwerflich. Es ist Verrat!«

Ich nickte, einfach weil er gar keine andere Reaktion erwartete, und ließ ihn dort stehen, schimpfend, unter dem Standbild eines Mannes, der auf dem Scheiterhaufen verbrannt worden war, weil er geglaubt hatte, dass die Erde sich um die Sonne dreht.

Ich hatte vor, außerordentliche Mengen von Prosecco in der Enoteca l'Angolo Divino, an der Ecke einer engen Nebenstraße des Campo dei Fiori, zu mir zu nehmen. In dem Lokal reihten sich etikettierte Flaschen an den Wänden auf, und an den zwanzig fein säuberlich nummerierten Tischen tummelten sich Anwälte, Szene-Leute und der ein oder andere versprengte Tourist. Ich stieß die verglaste Holztür auf, und Roberto wandte mir sofort seinen Blick zu. Er saß an einem der polierten Tische und sah in seinem blau karierten Hemd makellos aus, sein Wildlederjackett hatte er über meinen Stuhl gehängt. Die Flasche Blubberwasser stand geöffnet auf dem Tisch.

»Du bist spät dran«, sagte er, während er mir ein Glas einschenkte.

»Ich habe einen alten Mann überfallen, um an seine Zeitung zu kommen«, antwortete ich.

»Du kaufst dir doch jeden Morgen eine«, sagte Roberto.

»Heute habe ich mir neue Schuhe geleistet.« Ich wedelte mit glänzendem Leder in seine Richtung. Nach fast fünf Monaten in Italien habe ich zumindest eine Sache gelernt: Nichts kann einen Mann so effektiv auf andere Gedanken bringen wie ein sorgfältig ausgewähltes Paar Schuhe. Und tatsächlich, Roberto griff nach einer Olive und lehnte sich zurück, und ich konnte in Ruhe die Titelseite studieren.

Also gut. Das Außen- und das Verteidigungsministerium der Vereinigten Staaten hatte entdeckt, dass jemand vertrauliche Dokumente verschickt hatte, in denen die Marschpläne verschiedener militärischer Spezialeinheiten ausgeführt waren. Diese Informationen waren sensibel, aber vage. Wer auch immer dafür bezahlt hatte, war bestimmt enttäuscht gewesen. Und wer auch immer sie verschickt hatte, war bestimmt ein vollkommener Idiot, denn er hatte es per E-Mail getan (elektronische Spionage – wie angesagt!). Aber weil der Empfänger ein Attaché der chinesischen Botschaft war, und weil zurzeit das ganze Land von einer Bringt-sie-alle-zur-Strecke-fragt-nicht-nach-den-Details-Hysterie erfasst war, wusste ich, dass die Geschichte, wie man so schön sagt, Kreise ziehen würde.

»Guck dir das an«, sagte ich. »Ich versuche mir gerade vorzustellen, wie dein Vater wohl darauf reagieren wird.«

»Ich auch.«

Roberto lachte, runzelte dann aber bei dem Gedanken die Stirn. Sein Vater war vor kurzem, wie nicht anders erwartet, zum Botschafter der Volksrepublik China in den USA befördert worden. Sie sprachen nicht oft miteinander. Roberto benutzte den Nachnamen seiner Mutter und identifizierte sich ganz mit ihrem Heimatland, und er hatte seine Gründe dafür.

Er nahm meine Hand. »Es gibt genug andere Dinge, über die wir uns unterhalten können.« Und er lächelte.

Ich schob die Zeitung zur Seite. Was war das schon, eine »eklatante Verletzung der nationalen Sicherheit«? Wie oft haben wir *das* nicht schon gehört? Es gab eine bewährte Methode für diesen Fall: Den Übeltäter finden, den Übeltäter verhaften, den Übeltäter verurteilen. Hatte nichts mit mir zu tun. Her mit dem Prosecco. Ich war im Urlaub.

*

Der Urlaub hatte in Venedig begonnen. Ja, ich stand in Venedig auf der Ponte delle Veste, links und rechts neben mir eine Weinstube. Vielleicht nicht so poetisch wie die Seufzerbrücke mit ihrem Palazzo und ihrem Kerker, aber unendlich viel unterhaltsamer. Wir waren uns auf dem Flug von Washington nach Rom begegnet, und nach einer Woche einsamen Umhertanzens in dieser Zuckerguss-Stadt (auf verrottenden Pfählen versinkend, aber noch immer ein guter Ort, um sich von einem Wahlkampf zu erholen), »ergab es sich zufällig«, dass Roberto geschäftlich nach Venedig musste. Er nahm mich mit zu einem Restaurant hinter dem Fischmarkt, dessen Küchenchef mit seinem Kugelbauch und den fettigen Haaren ziemlich genau so aussah, wie ich mir als Kind einen Piraten vorgestellt hatte. Wir aßen Berge von kleinen Fischen, noch mit Köpfen (der Küchenchef nannte sie die Pommes frites des Meeres), und tranken den Wein des Hauses, während Roberto mich mit Geschichten von einer missglückten Bärenjagd in Sibirien und einer erfolgreichen Exkursion nach Kuba zum Gitarrelernen ergötzte. An jenem Abend versuchte er noch nicht einmal, mich zu küssen. Schließlich war er dann aber so weit, und ab ging es nach Rom.

La bella confusione, wie sie es nennen, mit Motorrädern und Taxis, Bussen und Straßenbahnen, die um Tortenschichten von antiken Säulen und modernen Betonplatten herumschwirren. Roberto arbeitete an seinen Architekturartikeln, an einem überaus schmuckvoll geschnitzten Schreibtisch mit goldenen und silbernen Beschlägen in seiner Wohnung ganz in der Nähe der Piazza Navona, während ich – nun ja, ich unternahm einen halbherzigen Versuch, Italienisch zu lernen, und dachte darüber nach, wie ich irgendeinen Auftrag an Land ziehen könnte. Auf eine gewisse Weise genoss ich es, dem Gebrabbel um mich herum seliges Unverständnis entgegenbringen zu dürfen. Und doch kaufte ich jeden Morgen auf meinem Weg zur Bar Sant'Eustachio eine Ausgabe von *La Repubblica* (und, um auf Nummer sicher zu gehen, die *International Herald Tribune*).

Und so verbrachte ich, einen Tag nachdem die große Nachricht draußen war, eine Stunde im rotgoldenen Licht, brütete über den Überschriften und arbeitete mich durch ein Croissant und mehrere Cappuccinos. Großer Gott, für unsere Presse, die Bestie, war dieser Skandal ein gefundenes Fressen. Wer-nur-oh-wer-nur-oh-wer könnte diese grässliche verräterische Kreatur sein? Die Bestie kaute glücklich darauf herum, denn obwohl die Chinesen den Amerikanern bei der Bekämpfung des Terrorismus ihre Solidarität zugesichert hatten, war dieses Versprechen im Grunde bedeutungslos. Das Timing für den mutmaßlichen Bösewicht hätte schlechter nicht sein können. Ich muss wohl niemanden an den Augenblick erinnern, an dem wir buchstäblich in ein neues Zeitalter hineinkollabierten (genau wie beinahe sechzig Jahre zuvor im Hiroshima-Sommer).

Ich arbeite als politische Beraterin. Das ist auch der Grund dafür, dass ich, als ich so durch die Zeitung blätterte, dachte: Los geht's! Wissen Sie, ehrlich gesagt, ich würde ja liebend gerne behaupten, dass alle diejenigen, die sich politische Slogans ausdenken und anschließend Kandidaten vermarkten, unheimlich brillant sind. Nichts würde mir mehr schmeicheln. Aber den Großteil unserer Zeit versuchen wir nur verzweifelt, den Medien und der Konkurrenz einen Schritt voraus zu bleiben. Sehen wir der Wahrheit ins Gesicht: Das Beste, was uns für unsere Kandidaten im vergangenen Wahlherbst eingefallen war, lautete »Mehr Sicherheit für Amerika«. Und deshalb wusste ich, und jeder andere in diesem Geschäft auch, dass wir bis zum nächsten Wahlkampf einen Sündenbock brauchten, damit unsere Jungs ihre Jobs behalten können. Der Rest blieb unausgesprochen, war aber jedem klar: Wenn wir keinen Sündenbock finden konnten, dann müssten wir eben einen erfinden.

Du kleiner verräterischer Lump, dachte ich also, als ich im Café saß, umgeben von geputzten, hellen Gebäuden, wer bist du? Lauf so schnell du kannst, denn sie werden dich hängen! Dann wandte ich mich wieder meinem Kaffee zu.

Am Nachmittag spazierte ich wie üblich zur Weinstube hinüber. O.k., zur *Enoteca.* Mein »Büro«, wo ich auf einem Hocker an der polierten Theke zu residieren pflegte, unter der Balkendecke Prosciutto naschend, oder an dem Tisch mit der Nummer 1, auf dem ich meine Papiere verteilte. Gelegentlich schneite ein Gesetzgeber aus dem nahe gelegenen Parlament zwischen den Sitzungen herein und trank ein paar Gläser mit mir, genug, um mich davon zu überzeugen, dass ich tatsächlich meinen Geschäften nachging. Vor allen Dingen aber mochte ich das Lokal.

Hier saß ich also, an meinem Tisch unter dem Regal mit der Grappa-Sammlung des Inhabers, und trank den lippenverfärbenden Roten, den er mir einzuschenken entschieden hatte, als mein geliebter Kompagnon, Jack, hereinmarschierte.

Er kam sofort zur Sache, als hätte es die vielen Monate ohne eine einzige Postkarte von mir gar nicht gegeben. Ich fragte mich gar nicht erst, wie es ihm gelungen war, mich aufzuspüren. Ich schaute einfach zu ihm hoch, als wäre es die selbstverständlichste Sache der Welt für uns, an diesem Ort ein unterbrochenes Gespräch wieder aufzunehmen, und hörte ihm zu, als er sich über den wackligen Tisch lehnte und sagte: »Sie haben ihren Verräter gefunden. Ein alter Kumpel von dir.«

Ich starrte ihn an. Die sieben Stunden Flug waren ihm nicht anzusehen, sein Hemd war nur leicht zerknittert, aber schließlich war Jack auch ein ergebener Jünger der Lehre vom edlen Tuch.

»Du bist über diese Mao-Sache auf dem Laufenden«, sagte er und deutete auf die Zeitungen auf meinem Tisch. »Dieser chinesische Attaché, der verdächtigt wird, jemandem unsere militärischen Geheimnisse abgekauft zu haben?«

»So ungefähr. Ich habe gerade davon erfahren«, sagte ich.

»Sie sagen, Lyle Gold hätte es getan.«

»Lyle Gold?«, wiederholte ich.

»So lautet ihre Meinung.«

Ich begann zu lachen. »Also wirklich, Jack! Das ist doch ...«

»Und sie nennen es Verrat«, unterbrach mich Jack. Es war ihm ernst.

»Verrat woran?« Ich signalisierte dem Inhaber, dass ich noch ein Glas Wein wollte. »Seit wann kennt sich Lyle denn mit der Armee aus? Er schreibt über das Kapitol!«

»Allerdings, Kindchen, ist in den letzten zwei Jahren die Armee sein Gebiet gewesen.«

Ich zuckte mit den Schultern, überrascht. Schließlich hielt ich mich ja nicht über alle meine Verflossenen auf dem Laufenden. »Also gut. Anstatt Kongressabgeordneten auf den Wecker zu gehen, ging er also Soldaten auf den Wecker.«

»Und dem Außenministerium«, sagte Jack. »Die hat er auch ein paar Mal in eine unangenehme Situation gebracht.«

Mit einem leichten Klirren stellte der Inhaber ein Glas mit roter Flüssigkeit vor mir auf den Tisch und warnte mich: »Der ist viel zu stark, um ihn so früh am Tag zu trinken.«

»Sie sind derjenige, der mich überhaupt erst auf die Idee gebracht hat«, erinnerte ich ihn.

»Da dachte ich noch, Sie würden nur ein Glas trinken.«

»Was ist mit mir? Kann ich auch eins bekommen?«, fragte Jack. Der Mann musterte ihn misstrauisch, aber ein Augenzwinkern von mir half Jack durch die Kontrolle. Widerwillig wurde ein weiteres Glas serviert.

So gestärkt, stellte ich ein paar Fragen: »Er hat also ein paar Leute gegen sich aufgebracht. Und was gibt es Neues?«

»Er hat der Armee ein paar Mal wirklich die Hölle heiß gemacht«, sagte Jack. »Diese Sache in Algier, erinnerst du dich daran? Vor ungefähr einem Jahr – wir machten gerade den Wahlkampf für Taylor unten in Biloxi. Aber es gab dort diesen ›Zwischenfall‹, in den Spezialeinheiten verwickelt waren. Damals starben dreißig Menschen, und ungefähr zweihundert Rebellen verschwanden spurlos. Lyle hatte die Story aufgedeckt.«

»Dabei hasst er es zu reisen«, murmelte ich.

»Wahrscheinlich hat er es nicht genossen«, sagte Jack. »Er fand heraus, dass die Waffen, die die algerischen Soldaten benutzt hatten, ihnen von der CIA besorgt worden waren. Sauber, was?«

»Ich kann mich überhaupt nicht daran erinnern«, sagte ich.

»Weil du dich wie die meisten Amerikaner nicht für Dinge interessierst, die in Übersee passieren«, belehrte mich Jack. »Außer für Billigreisen.«

Jack hasste es, wenn ich Urlaub machte. Ich nannte es »die Medienpräsenz reduzieren«, denn wenn zu viele Zeitungen zu viel Gutes über dich schreiben, kannst du deinen Hut darauf verwetten, dass sie deinen Sturz vorbereiten. Jack kaufte mir das nicht ab. Vor drei Jahren, als ich die Medienpräsenz nach einem Wahlkampf mit einem Besuch in der Karibik reduzierte, verbrannte Jack unser gesamtes Briefpapier. Als ich allerdings mit dem Leckerbissen zurückkehrte, dass Zwerge in der Dominikanischen Republik als Glücksbringer angesehen werden, ließ er es neu drucken. Wir berieten einen dominikanischen Politiker, und ich hatte dafür gesorgt, dass jeder verfügbare Zwerg der Insel auf seiner Wahlkampfveranstaltung auftauchte. Unser Klient gewann.

Jack zog einen dicken Umschlag aus seiner ledernen Aktentasche und schob ihn über den Tisch. VANZETTI & BOOTHE schimmerte in Goldprägung darauf. Für die Präsentation musste ich ihm Extrapunkte zugestehen. Zeitungsausschnitte, Transkriptionen von Fernsehsendungen, ausgedruckte Internetseiten waren in chronologischer Reihenfolge geordnet. Zuerst rutschte eine Schlagzeile heraus: REPORTER VERKAUFT MARSCHPLÄNE VON SPEZIALEINHEITEN AN CHINA. Lyles Gesicht, grob in Schwarz-Weiß gerastert, starrte mich von dem Papier an. Da war etwas, das ich noch nicht bemerkt hatte – ich beugte mich tiefer über das Papier und entzifferte den Namen *Albergo del Senato* am oberen Rand. Natürlich: ein Fax. Jack verschwendete niemals seine Zeit. »Heute wurde ein Reporter für ... festgenommen ... wird verdächtigt ...« Makellos geschrieben, genau wie auch ich es in einer der renommiertesten Journalistenschulen des Landes gelernt hatte (bis heute schaudert es meinen Vater bei dem Gedanken an die Hunderttausende, die er für einen Abschluss bezahlt hatte, für den ich »doch nie Verwendung« haben würde). Das Prinzip der umgekehrten Pyramide, die wichtigsten Fakten vorneweg. Aber dann:

> Aus informierten Kreisen im Pentagon verlautet, dass Gold heimlich für die Chinesen gearbeitet habe. Für die Weitergabe von US-Militärgeheimnissen über die chinesische Bot-

schaft in Washington soll er mindestens 1,2 Millionen Dollar erhalten haben. Seine Kollegen schöpften erstmals Verdacht, als sich Gold ein Haus in Georgetown für 500 000 Dollar sowie einen Sportwagen kaufte. »Wir begannen uns zu fragen, wie er sich all das von einem Journalistengehalt leisten konnte«, so ein Kollege.

Ich schaute zu Jack auf. »Ist das das Beste, was ihnen eingefallen ist?«, fragte ich. »Also wirklich! Wir wissen doch alle, wie geizig Lyle ist. Seine Vorstellung von Luxus ist es, das perfekte Hummersandwich zu finden.«

Jack ließ den Wein in seinem Glas kreisen. »Nun ja, sie –«

»Und seine Finanzlage ist hervorragend! Jeden überzähligen Cent hat er in Aktien gesteckt; er ist ausgestiegen, als die Kurse am höchsten waren. Er kann sich so ein Haus leisten. Er sprach darüber, dass die Dreißiger für ihn die richtige Zeit wären, eine Hypothek abzubezahlen.« Ich war dabei, mich ziemlich in Rage zu reden, als mir der Gedanke kam: Es ist Lyle, über den wir hier sprechen.

»Hast du schon die Stelle gelesen, wo der Generalbundesanwalt sehr sauer auf ihn ist?«, fragte Jack.

Damit wäre Lyle in guter Gesellschaft. Der Generalbundesanwalt ist ein oberflächlicher Mensch, der es sich zur Lebensaufgabe gemacht hat, den Alkohol auf allen Flugreisen zu verbieten. In seiner Scheune in Iowa steht eine zwei Meter hohe Kopie der Freiheitsstatue, die er selber aus Stacheldraht gebastelt hat. Es ist nicht schwierig, ihn sich zum Feind zu machen, aber Lyle hatte besonders gründliche Arbeit geleistet und die Geschichte von Tausenden von Leuten – meistens Studenten – recherchiert, die ins Gefängnis gesteckt worden waren, nur weil ihre Visa abgelaufen oder weil sie zur falschen Zeit am falschen Ort gewesen waren, und nicht weil sie eines bestimmten Vergehens beschuldigt wurden, sondern nur weil sie *Misstrauen erregt hatten*. Und es waren misstrauische Zeiten, was oft dazu führte, dass die Einzelhaft länger dauerte, oft in Ketten und normalerweise ohne einen Anwalt hinzuziehen zu dürfen. Das war zumindest Lyles Version der Dinge. Ich las mir die Dokumente durch, die Jack so sorgfältig zusammengestellt hatte, und war geneigt, ihm zu glauben. Lyle wollte nicht Präsident werden, aber jeder wusste, dass es der Generalbundesanwalt wollte. Ehrgeiz lässt bei mir immer die Warnglocken schellen.

»Lyle hat auch ein paar ... dumme Sachen gesagt«, erzählte mir Jack.

»Überraschung!«, murmelte ich.

»Wirklich, Kate. Er hat sich selbst übertroffen. Er hat doch tatsächlich die patriotischen Motive des Generalbundesanwalts infrage gestellt.«

»Hervorragend! Der Typ ist ein Irrer«, sagte ich.

»Er hat auch das Weiße Haus kritisiert, weil es seine öffentlichen Akten unter Verschluss gestellt hat«, fuhr Jack fort. »Und er hat den Antiterrorismus-Papst kritisiert, weil er ein Regierungsflugzeug benutzt hat, um in Aspen sein Sieben-Millionen-Dollar-Haus verkaufen zu können. Und das ist erst der Anfang.«

Jetzt wusste ich, warum Jack gekommen war. Hier war der Sündenbock, und was für einer! Lyle Gold, mit seinem strengen Stirnrunzeln und seinen plumpen Unschuldsbeteuerungen, war die Idealbesetzung für diese Rolle. Ich musste es schließlich wissen. Mit sechsundzwanzig Jahren war ich das Opfer seiner besonders geschmacklosen Laufpass-Methode geworden. Er rieb sich erst seine blasse Stirn, als würde sie ihn schmerzen, und dann, Schlag auf Schlag, ratterte er die Mängel seines Opfers herunter – »Ich kann dich nicht mehr wiedersehen, weil, nun ja, du bist zu selbstsüchtig, du bist zu überkandidelt, du hast mir nicht packen geholfen« – und so weiter mit mindestens dreißig Beanstandungen, und am Ende: »Ich sage das nur, um dir zu helfen.« Er verhalf mir zu einem angekratzten Selbstbewusstsein und zur Flucht in den Job.

Und dieser Job funktioniert ungefähr so: Ich organisiere Medienkampagnen. Wenn uns ein Politiker anheuert, überlege ich mir einen Ansatzpunkt, verpacke ihn ansprechend und verkaufe ihn. Jack kümmert sich um die Meinungsumfragen und die Wähleranalyse. Zusammen entwickeln wir anschließend eine politische Strategie. Gelegentlich arbeiten wir auch für Wirtschaftsunternehmen. Nach genau demselben Schema hatten wir bereits vor fünf Jahren für eine viel größere Beratungsfirma gearbeitet, wo wir uns ein Büro teilten. Jetzt hatten wir unseren eigenen Laden und beherrschten den Job aus dem Effeff. Eigentlich geht es immer nur darum, eine Situation mit dem manipulativen Blick, den unser Metier uns lehrt, zu betrachten und dann zu entscheiden, ob sich ein Versuch lohnt oder nicht. Mit diesem Blick hätte ich auch Lyles Akten gelesen, wenn ich nur ein Fünkchen Verstand besessen hätte.

Stattdessen erschauderte ich jetzt vor den Zeitungsartikeln, die vor mir auf dem Tisch lagen. Lyle mag nicht der allernetteste Kerl gewesen sein, aber er war kein schlechter Mensch. Und was jetzt mit ihm geschah – gütiger Himmel. Ihn in einem Wahljahr als Verräter zu bezeichnen war eine bombensichere Methode, genauso hätte man ihn früher einfach einen Kommunisten genannt. Ich presste meine Lippen aufeinander. Nicht umsonst hat man die USA eine Republik der Opportunisten genannt.

»Wir brauchen einen großen Erfolg«, sagte Jack und kam damit zu dem Punkt, warum er es für nötig befunden hatte, den weiten Flug nach Rom auf sich zu nehmen. »Die Geschäfte laufen ordentlich, auch ohne dich, aber die Konkurrenz wird härter. Du weißt das. Und wenn wir jemals eine wirklich große, landesweite Kampagne an Land ziehen wollen, brauchen wir genau so was. Es wäre die größte Herausforderung, die sich uns je gestellt hat. Wenn wir sie annehmen und gewinnen, sind wir *gemachte* Leute.«

»Und ich dachte schon, du wärst hier, weil du so ein großes Herz hast«, sagte ich.

»Ich habe den Typen noch nie gemocht, und ehrlich gesagt tut er sich selbst mit seinem Benehmen auch keinen Gefallen«, sagte Jack. »Alles in allem könnten wir hier moralisch richtig und profitabel zugleich arbeiten. Das muss sich nicht gegenseitig ausschließen.« Er schwieg einen Augenblick. »Kate, ohne dich kann ich das nicht schaffen.« Es musste ihn unendlich viel Überwindung gekostet haben, das zu sagen. Aber er sprach weiter. »Du kannst viel besser mit der Presse umgehen als ich. Du siehst im Fernsehen viel besser aus. Und die Jungs im Kapitol würden alles für dich tun, wenn du es darauf anlegst.« *Darauf* kam er immer wieder zu sprechen. Dabei war es schon lange her, dass ich Gesetze im Kongress durchgedrückt hatte. Fast zehn Jahre schon.

»Was sagt Lyle dazu, dass wir seinen Fall übernehmen?«, fragte ich.

Jack antwortete nicht sofort. Er beschäftigte sich intensiv mit den Sedimenten in seinem Weinglas.

»Weiß er überhaupt, dass du hier bist?« Ich zog meine Augenbrauen hoch.

»Er hat andere Dinge ... andere Sorgen – äh – also wirklich, Kate, du weißt doch, wie so was läuft.«

»Ist er daran interessiert, dass irgendwelche Berater sich eine Strategie für ihn ausdenken?«, hakte ich nach.

»Ich weiß, dass er es ist.«

»Er hat schon andere Leute gefragt«, wurde mir klar.

»Ein paar.« Jacks Gesicht verriet keine Regung.

Ich begann zu lachen, als ich mir die Situation vorstellte. »Und was ist passiert? Sie haben ihn alle abblitzen lassen, stimmt's? Woher willst du wissen, dass er überhaupt ein Angebot von uns haben möchte? Wenn du zurückkommst, hat er vielleicht schon eine andere Firma an der Hand.«

»Kein anderer wird diese Sache übernehmen«, sagte Jack schnell. »Die Erfolgsaussichten sind zu gering, und die Leute sind zu ängstlich.«

Die Frage, die in der Luft hing, stellte ich nicht: *Und was ist mit Roberto?* Wenn Jack und ich diesen Auftrag bekämen, würde ich Tag und Nacht an nichts anderes mehr denken, und es war leicht, sich vorzustellen, in welche Schwierigkeiten ich den Sohn des chinesischen Botschafters in den Vereinigten Staaten bringen konnte. Die Medien würden unser Privatleben durchleuchten und kaum besonders fair dabei vorgehen. Aber wen interessiert schon Fairness?

»Seine Rechtsanwälte werden vielleicht etwas dagegen haben, dass ihn eine Ex-Freundin berät.« Das schien mir ein ziemlich offensichtliches Hindernis zu sein.

»Besser als gar kein Berater«, gab Jack zurück.

»Falsch. Ich bin Ballast. Lenke zu sehr vom Wesentlichen ab.«

»In diesem Fall könnte das genau das Richtige sein.« Jack zuckte mit den Schultern. Insgeheim wünschte ich ihm sieben Tage Regenwetter an den Hals. Denn Lyle Gold wäre ganz und gar nicht über irgendeinen Vorschlag meinerseits erfreut. Ich hatte seit Jahren nicht mehr mit ihm gesprochen.

»Ich muss erst darüber nachdenken«, sagte ich.

»Was gibt es da groß nachzudenken? Wenn du jetzt nicht mitkommst, wirst du es später bereuen.«

»Im Gegenteil. Wenn ich jetzt mitkomme, könnte ich es vielleicht bereuen.« Ganz sicher sogar. Wahrscheinlichkeit für Medienschelte: extrem hoch. Wahrscheinlichkeit für moralisch richtiges Handeln: so einigermaßen. Wahrscheinlichkeit für ›dankbarer Klient und aufpolierte Reputation‹: gering.

Jacks Gesicht lief tiefrot an, bis es fast denselben Farbton angenommen hatte wie der Wein, den er getrunken hatte.

»Na gut.« Er atmete aus. »Ich werde noch bis morgen Abend in der Stadt sein.« Seine Schuhe klackten auf den Terrakottafliesen, als er ging.

Der Inhaber des Weinlokals beobachtete mich aus dem Augenwinkel. »Kate, möchtest du vielleicht noch eine Flasche mit nach Hause nehmen?«, fragte er einfühlsam.

»Lieber zwei«, antwortete ich.

*

Roberto besaß eine Wohnung in der Via di Parione 37, gegenüber einem Buchantiquariat. Die Wände hatten die Farbe von altem Wachs, und ich musste mich mit der Schulter gegen die dicke Holztür lehnen, um sie aufdrücken zu können. Die Wohnung hatte seiner Mutter gehört. Das Zuhause seiner Mutter, der Name seiner Mutter, die wie in Stein gemeißelten Gesichtszüge seiner Mutter: Es war wirklich schwierig, den Xianxu in ihm zu erkennen. Durch seine Entschlossenheit war es ihm gelungen, ihn gründlich auszutreiben. Er konnte nicht einmal Mandarin sprechen. Und als ich ihn im Flugzeug traf, trug er einen Anzug aus blauem Samt, was nur ein Italiener fertig bringt.

Ja, das Flugzeug ist die große Lotterie des Lebens: Du weißt nie, wer als Sitznachbar neben dir landet. Einmal, als ich von Indianapolis nach Newark flog, war ich neben einem Typen gelandet, der weiter nach Luxemburg fliegen sollte, ausgewiesen wegen Scheckbetrugs. Er hatte braune Zähne, roch wie ein Viehstall und redete pausenlos von dem Science-Fiction-Comic, den er irgendwann zeichnen wollte. So sah das eine Ende des Spektrums aus. Am anderen Ende befand sich Roberto. Vielleicht war ich zu sehr darauf konzentriert gewesen, das Melatonin-Rotwein-Gleichgewicht zu bewahren – jedenfalls sagte ich kein Wort, bevor die Zwiebelsuppe serviert wurde. Sie roch intensiv, selbst für Flugverpflegung, und ich dachte: Diese Suppe riecht ja mal richtig gut.

Zu meiner abgrundtiefen Bestürzung musste ich, als sich mein Sitznachbar zu mir umdrehte, bemerken, dass ich diese Worte laut ausgesprochen hatte. Ich versuchte die Peinlichkeit zu überspielen: »Also ... ich esse unheimlich gern Zwiebelsuppe« – aber er lächelte nur und erwiderte: »Sie riecht wirklich gut. Viel besser, als sie schmeckt.« Roberto behauptete später immer wieder, dass »Diese Zwiebelsuppe riecht ja mal richtig gut« meine Standard-Anmache wäre.

Die Wohnungstür öffnete sich mit einem Klicken, und ich hörte seine schweren Schritte auf dem Parkettboden. Roberto war ein richtiger Schuhverschleißer, der alle paar Monate seine Sohlen durchgelaufen hatte. Auf seinem grauen Mantel funkelten die Regentropfen eines spätnachmittäglichen Schauers. »Hab den Regenschirm vergessen«, sagte er und raufte mir die Haare, und für einen Augenblick waren wir allein auf der Welt. »Was ist das?« Er deutete auf die flüchtigen Notizen von meinem Gespräch mit Jack.

»Es gibt da etwas, über das ich mit dir reden muss«, begann ich. »Jack ist hier. Er möchte, dass ich nach Washington zurückkomme.«

Ich erläuterte ihm die Situation. Roberto hörte aufmerksam zu, und seine Mandelaugen verengten sich. Er hatte natürlich nichts davon gewusst. Sein Vater führte ein anderes Leben, mit einer anderen Frau. Aber da er wusste, was für ein stolzer Mann er war, konnte er sich kaum vorstellen, dass sein Vater sich dazu herabgelassen hätte, Geschäfte mit einem Reporter zu machen. Bestimmte Journalisten schafften es, in den Kreis aufgenommen zu werden, die mit dem scharfen Verstand, den feinen Manieren und den maßgeschneiderten Smokings. Lyle war zwar geistreich, hatte aber die Tendenz, genauso viel Essen aus dem Mund zu verlieren, wie er hineinschob, und er besaß nur einen anständigen Anzug.

Roberto dachte darüber nach, und dann stellte er die entscheidende Frage: »Glaubst du, dass Lyle Gold all diese Dinge getan hat?«

Ich seufzte. »Ich bin mir noch nicht sicher.«

»Kannst du jemanden beauftragen, etwas mehr darüber herauszufinden?«, fragte Roberto.

Bingo, dachte ich, das ist doch eine risikofreie Idee. Sicher gab es noch genügend unerforschte Aspekte. Doch dann hörte ich mich selber sagen: »Aber ich glaube nicht, dass er schuldig ist.« Das war die unvermeidliche Wahrheit. Der Lyle Gold, den ich kannte, war selbstgefällig, kalt und unsensibel, aber er schummelte nicht einmal beim Quartett-Spielen.

»Irgendetwas stimmt an der Geschichte nicht«, beharrte ich.

»Weißt du das, oder glaubst du das nur?«, fragte Roberto.

Ich ging zum Tisch hinüber und blätterte noch einmal die Papiere durch. An diesem Tag hatte ich das schon so oft getan, dass ein Netzwerk aus dünnen Schnittwunden meine Finger überzog. »Es ist einfach vollkommen daneben. Ich kann hier keinen Beleg dafür finden, dass Lyle direkten Zugang zu Informationen über Truppenbewegungen hatte.«

»Er besaß seine Quelle«, sagte Roberto, »und er hatte Zutritt zum Außenministerium und zum Pentagon.«

»Eingeschränkten Zutritt. An solchen Orten dürfen Reporter nicht einfach wild herumlaufen.«

»Er könnte eine Möglichkeit gefunden haben. Schließlich ist er ein helles Köpfchen.«

»Ja, aber auf der anderen Seite sind sie ihm angeblich auf die Schliche gekommen, weil sie die E-Mails an den chinesischen Attaché zu ihm zurückverfolgen konnten. Wenn Lyle so clever ist – und er ist ziemlich gewitzt –, warum sollte er sich dann so dämlich angestellt haben?«, konterte ich.

»Einer der intelligentesten Menschen, die ich je getroffen habe, war mein Zimmergenosse auf der Universität, und er konnte noch nicht einmal einen Mikrowellenherd bedienen.«

»Also was soll ich tun«, fragte ich tonlos.

»Was kannst du als Einzelperson überhaupt tun? Kate, niemand erwartet von dir, das ganze Elend der Welt auf deine Schultern zu nehmen. Und überhaupt, er hat doch Anwälte, oder?«

Irgendwie hatte Roberto Recht. Trotzdem trank ich an diesem Abend den größten Teil der zwei Flaschen Wein.

2

Der Bösewicht des Jahrhunderts

Die Grand Jury beschloss in Rekordzeit, dass Anklage gegen Lyle Gold erhoben würde. Am folgenden Morgen reichte mir Roberto die Zeitungen, und sie waren voller schadenfroher Anekdoten, die man den Geschworenen entlockt hatte: Gold, in kalter Selbstbeherrschung an seinem Stuhl festgefroren; Gold, unbewegt den Zeugenaussagen von Militärs, früheren Kollegen und einigen Ex-Freundinnen lauschend (Letztere schienen entzückt von der Möglichkeit, endlich einmal *seine* Charakterfehler auflisten zu können); Gold, der aus dem Gerichtsgebäude kommt, seine Maske der Gleichgültigkeit fallen lässt und ein eintöniges Mantra anstimmt: »Ich bin unschuldig. Ich bin unschuldig. Ich bin unschuldig.« Die Menschenmenge auf der Straße johlt und buht, und einige wenden ihm sogar den Rücken zu.

»Ich dachte, Sitzungen einer amerikanischen Grand Jury finden unter Ausschluss der Öffentlichkeit statt«, wunderte sich Roberto.

»Diese Dinge haben die Tendenz durchzusickern«, erklärte ich.

»Wenn du keine Gefühle zeigen kannst, kannst du auch nicht gewinnen«, sagte Roberto und ging in die Küche, um Kaffee zu kochen.

Lyles Schicksal – zumindest, was die Öffentlichkeit betraf – war besiegelt. Er war schon mit einem Handikap gestartet, da er, wie ich aus erster Hand wusste, nicht nur überflüssige Gefühlsausbrüche hasste, sondern ihm auch die Nerven dafür fehlten, sie zu simulieren. Anstatt seine Verleumder leidenschaftlich anzuklagen, was gewisse Sympathien hätte wecken können, verteidigte er sich mit der ganzen Ausstrahlung eines abgearbeiteten Museumskurators. Sehen Sie sich irgendeinen Nachrichten-Kanal für ein paar Stunden an, und Ihnen ist klar, dass die Medien es lieben, wenn eine Seele zerbricht. Eine unterhaltsame Zurschaustellung von Leidenschaft schlägt sich direkt in besseren Quoten nieder. Wenn Sie der Presse geben, was sie will, können Sie sogar ein bisschen anständige Berichterstattung aus ihr herauskitzeln. Lyle dagegen glaubte unerschütterlich daran, dass allein die *Beteuerung* seiner Unschuld ausreichte, um Regierung, Medien und die Menschen zu der Einsicht zu bewegen, dass alles nur ein furchtbarer Irrtum ist. Lyle hatte erstaunlich blauäugige Vorstellungen von seinen Kollegen. Ich schüttelte den Kopf, denn er hätte eigentlich wissen müssen, wie giftig die anschließende Empörung ausfallen würde.

Und tatsächlich. Melvin Gluck, der aufgeblasene Filmproduzent, der sich selbst gerne als politisches Schwergewicht betrachtete, war einer der Ersten, die sich äußerten. »Wenn ich in seiner Haut stecken würde und tatsächlich unschuldig wäre, würde ich doch einen Riesenaufstand machen. Ich würde kämpfen oder brüllen.« Andere hatten ähnlich Einfältiges beizutragen. Der aufstrebende konservative Kommentator (ein bekannter Kampftrinker) schlug vor: »Er ist vielleicht noch nicht verurteilt, aber dass die Grand Jury die Anklage zugelassen hat, ist für uns Beweis genug. Alles klipp und klar. Der Fall ist gegessen.« Der liberale Kommentator (der ebenfalls zu viel trank und außerdem keine politisch unkorrekten erotischen Arrangements einging) steckte in der Zwickmühle, ging aber noch weiter. »Nur ein Idiot kann noch glauben, dass dieser Schurke unschuldig ist.« Es war alles in den Unterlagen, schwarz auf weiß, zusammen mit dem Urteil eines großmäuligen Kongressabgeordneten aus (na klar) New York. »Er hat keine Frau, keine Kinder, keine familiären Bindungen oder auch nur Haustiere, keine Liebe zu irgendwas, nur eine schwarze Seele und ein kaltes Herz.«

Niemand hatte ernsthaft mit anderen Konsequenzen gerechnet, außer vielleicht Lyle selbst. Und doch war es verblüffend zu beobachten, wie sich alle beeilten, der vorschnellen Verurteilung beizupflichten, die auf nichts als sensationslüsternen Anschuldigungen und dünnen Beweisen beruhte, und wie ein Volk, das so heterogen war wie das der Amerikaner, sich so ausnahmslos gegen einen einzelnen Mann stellte. Eine besondere Konstellation – Berieselung durch die Medien, ein harter Kern entschlossener Leute, eine Andeutung von Krieg – war nötig gewesen, abweichende Meinungen auszugrenzen. Es war also leicht, sich dem anzuschließen. Wer selbstgerecht mit dem Finger auf andere zeigte, ganz gleich, welche Sünde er selbst auch begangen haben mochte, würde nie beschuldigt werden, sein Vaterland zu verraten. So deutete ich die Geschehnisse jedenfalls.

Keine Frage, es *gab* einen Verräter. Militärische und Staatsgeheimnisse waren von irgendeinem Insider an die Chinesen weitergegeben worden. Meine Vermutung war, dass dieser Insider im Außenministerium oder im Pentagon zu finden war. Aber wer wollte diese Möglichkeit schon in Betracht ziehen?

Ich seufzte. Es hatte keinen Sinn, die Durchschlagskraft dieser öffentlichen Abrechnung mit Lyle zu leugnen. Allein die Tatsache, dass alle sofort von einem *Verräter* sprachen, sagte alles. Niemand redete von Spionage, was die gebräuchliche und moderne Bezeichnung gewesen wäre. *Verräter*, ein meisterhafter Schachzug. Die Genies in der Bundesregierung, die den Begriff ins Spiel gebracht hatten, wussten um seine Kraft. Er beschwor die Erinnerung an eine saubere Epoche herauf, vor langer, langer Zeit, als Worte wie *Ehre* noch etwas bedeutet hatten, und es rief die Geister der am meisten Geschmähten – Benedict Arnold, die Rosenbergs, Alger Hiss –, über denen noch immer das Wort *Verräter* flammte. Ebendiese Anschuldigung hatte sie an den Galgen, vor das Erschießungskommando oder auf den elektrischen Stuhl gebracht, je nach Stand des technischen Fortschritts. Und jetzt war das Wort »Verräter« wieder zu hören.

*

»Hast du die Titelbilder der Illustrierten in deinem Café gesehen?«

Jack hatte mich auf meinem Handy erreicht. Ich war auf dem Weg zum Laden, um Käse zu kaufen. Der Klang seiner Stimme ließ mich frösteln. »Lyle ist überall zu sehen: ›Amerikas Verräter.‹«

»Ich hab es gesehen«, murmelte ich.

»Hast du gehört, was der Cajun-Fuchs dazu gesagt hat?« Damit meinte er unseren ersten und populärsten Klienten, einen Kongressabgeordneten, der spielend seine Wiederwahl geschafft hatte. »Er sagte, ich zitiere: ›Natürlich möchte ich, dass die Todesstrafe abgeschafft wird. Aber jeder wird einsehen müssen, dass natürlich das Gesetz das letzte Wort haben wird, falls Lyle Gold ein Verräter sein sollte.‹ Jawoll. Und dann ist da noch dieser Leitartikel im *Orange County Register*, eine echte Perle, Kate. Da heißt es: ›Bei uns leben Millionen Menschen. In China sind es über eine Milliarde. Mr. Gold könnte unserer nationalen Sicherheit mehr Schaden zugefügt haben als jeder andere in unserer Geschichte, da doch die Chinesen offenkundig die Absicht haben, das Amerikanische Jahrhundert zu beenden und es für sich zu reklamieren.‹ Das Chinesische Jahrhundert. Frag doch mal Mr. Wonderful, was er davon hält.«

»Wo bist du?«, wollte ich wissen, während ich mich umsah. Bürokraten und Politiker hasteten von einem Regierungsgebäude zum anderen, nicht weit entfernt von der Bar Sant'Eustachio.

»In einer Straße mit vielen schicken Geschäften. Du solltest das mal sehen. Sogar die Polizisten sind besser gekleidet als ich.«

Ich konnte das Knattern der Vespas und das Geplapper vor den Schaufenstern im Hintergrund hören, und trotz meiner sich schlagartig verschlechternden Laune musste ich lächeln. Die Via Condotti – natürlich. Der gute alte Jack. Als er den Antrittsball des jetzigen Präsidenten besucht hatte, trug er einen Smoking, der die meisten Abendkleider ausgestochen hatte.

»Gib nicht dein ganzes Gehalt aus«, warnte ich ihn.

»Verdammt noch mal, Süße, warum glaubst du wohl, dass ich diese Gold-Sache übernehmen möchte?« Mit diesen Worten beendete er das Gespräch.

*

Roberto verbrachte den Tag damit, Telefonanrufe von Leuten abzuwimmeln, die etwas über seinen Vater wissen wollten. Er rieb sich die Augen, als ich (ohne den versprochenen Käse) zurückkehrte, aber er bestand nichtsdestotrotz darauf, dass wir abends den Empfang des amerikanischen Botschafters für Frank Gehry besuchten. Normalerweise drückte sich Roberto vor solchen Veranstaltungen, aber seine Neugier auf diesen wichtigen Mann war letztendlich größer als die Angst vor möglichen Unannehmlichkeiten.

»Ich möchte unbedingt Gehry kennen lernen«, sagte Roberto, »und es ist mir ziemlich egal, was mir irgendwer über meinen Vater sagen könnte.«

Das war sehr mutig von ihm, dachte ich, wenn man bedenkt, wie sehr Klatsch und Tratsch in den Diplomatenkreisen gediehen, aus denen er stammte. Der Vater seiner Mutter war italienischer Botschafter in China gewesen. Was für eine rührende kleine Geschichte: Eine junge, dunkeläugige Tochter, weltläufig für ihr Alter, die sich unsterblich in einen flotten chinesischen Attaché verliebt; ein Flirt in Peking vor dem faszinierenden Hintergrund von Kirschblüten und den Intrigen des Kalten Krieges. Als Roberto geboren wurde, war die Ehe schon schal geworden, und die Scheidung ging relativ lautlos vonstatten. Doch die steile Karriere seines Vaters bis in die höheren Sphären des diplomatischen Corps sowie die fortwährende herausragende Stellung seines Großvaters in denselben Kreisen sicherten ihm einen eigenen Platz in dieser geschlossenen Gesellschaft. Im selben Augenblick, als wir die Residenz des Botschafters betraten, begannen die kumpelhaften Schläge auf den Rücken.

Dieser spezielle amerikanische Botschafter, und man hätte darin eine krasse Zurschaustellung persönlichen Reichtums sehen können, hatte die üblichen diplomatischen Quartiere zu Gunsten einer Villa gemieden, die in einer exklusiven Wohngegend auf dem Aventino lag und einen atemberaubenden Blick auf die Stadt bot. Wenn man durch das Schlüsselloch des Eingangstors schaute, wurde man mit der weithin berühmten Ansicht des Petersdoms belohnt, wobei die Kuppel haargenau in die Umrisse des Schlüssellochs passte. Touristen mit Insidertipps fuhren extra hinauf, nur um einen Blick hindurchzuwerfen. Die Gäste dagegen, die der abendlichen Veranstaltung beiwohnten und schon alles im Leben gesehen hatten, ließen diesen Augenschmaus links liegen, da sie viel erpichter darauf waren, durch die mit Caravaggios und Basquiats behängten Flure zu schlendern (die Gattin des Botschafters war der Meinung, dass es von Tiefgang zeugte, italienische Meister neben amerikanische Impressionen zu hängen). Die Mosaikfußböden mit zürnenden Göttern waren in Trastevere zusammengesetzt worden, und die schweren, üppigen Vorhänge gehörten zu den besten Fortuny-Reproduktionen, die ich je gesehen hatte. Roberto rollte nur mit den Augen – »Italienischer als die Italiener«, flüsterte er mir ins Ohr –, während wieder ein Vertreter der Europäischen Union an seinem Ärmel zog.

Diese politischen Abendgesellschaften, an die ich mich schon gewöhnt hatte, waren immer bevölkert von Kongressabgeordneten und ihren Mitarbeitern, alle in schlichtem Schwarz, bewaffnet mit fettigen Mini-Quiches, welken Brokkoli-Häppchen und der obligatorischen Gesprächseröffnung: »Und für wen arbeiten Sie?« Die Welt der Diplomatie erforderte eine gewisse Umstellung. Da die Botschafter selbst für ihre Partys bezahlen mussten, gab es einen direkten Zusammenhang zwischen dem Wert ihres Vermögens und dem des Essens. Auf dieser Party servierten uniformierte Dienstboten Lammspieße und schenkten Pol Roger aus – Winston Churchills Lieblingschampagner. Und im Unterschied zu meiner Welt wurden in diesen ruhmreichen Hallen nicht in aller Öffentlichkeit irgendwelche Geschäfte abgewickelt. Das Geplapper drehte sich um den Sommerurlaub auf Sardinien, die Euro-Wechselkurse und den letzten Fauxpas des deutschen Botschafters, den anscheinend niemand mochte.

Ich griff nach einem Glas Champagner auf dem Silbertablett eines Kellners. Dieses Spiel kannte ich. Mit Sicherheit wird nicht nur in Washington und anderen Hauptstädten die hohe Kunst der Spiegelfechterei praktiziert (soweit ich weiß, ist man in kleineren Städten ebenso geübt darin). Jeder möchte irgendetwas haben – eine Telefonnummer, einen Auftrag, ein Stück Gesetzgebung – und bietet in der Regel eine Gefälligkeit als Gegenleistung. Du spielst dieses Spiel sogar mit Leuten, die du verabscheust. Denn letztendlich ist Wissen Macht. Und dann gibt es die Ausnahmen, die festen Größen, die dank ihrer Position immun scheinen, die alles tun können.

Niemand auf dem Gehry-Empfang würde Roberto schneiden oder beleidigen. Ich beobachtete ihn, wie er die Geschäftsleute und Politiker, die sich ihm mit ausgestreckten Händen näherten, mit einem gemessenen Lächeln und einem Kopfnicken begrüßte. Ich hatte alles in allem keine schlechte Wahl getroffen.

»Oh, Kate, hast du schon von der Sache mit Lyle Gold gehört?«, fragte die Gattin des Botschafters, indem sie einen Arm um meine Schultern legte und mir ein weiteres Glas Champagner anbot. Ich hatte mein erstes zwar noch nicht ausgetrunken, aber nichts lag mir ferner, als mich davon zurückhalten zu lassen. Dies war einer der Gründe, warum ich nie als Italienerin durchgehen könnte. Ich sehe zwar wie eine aus – meine Farben stammen von einer mediterranen Palette, mit starrsinnig glattem braunen Haar, das ich hinter meine Ohren stecke oder in einem Pferdeschwanz zusammenbinde, olivfarbener Haut, haselnussbraunen Augen (ich finde, sie sehen grün aus, wenn ich einen dünnen violetten Lidstrich darüber anbringe). Ja, ich treffe es fast haargenau. Aber italienische Frauen trinken selten, während es in meiner Welt als wichtiger Bestandteil guten Verhandlungsgeschicks angesehen wird, wenn man kräftig zulangen und trotzdem über Geschäftliches reden kann.

»Ich konnte es wohl kaum vermeiden«, antwortete ich.

»Sicher, sicher. Natürlich konntest du es nicht.« Sie deutete mit einem Kopfnicken auf Roberto, der sich am anderen Ende des Raumes mit ihrem Mann unterhielt. »Alle sagen, dass er bestimmt schuldig gesprochen wird.« Ihre schweren Diamantohrringe glitzerten, als sie sich verschwörerisch zu mir herüberlehnte, da ich sie doch schon aus der Zeit kannte, als sie noch eine einfache Terminkoordinatorin für einen Kongressabgeordneten gewesen war. »Weißt du, wenn du mich fragst, die Todesstrafe ist viel zu gering für Leute wie ihn.«

»Und was sind das für Leute, die so sind wie er?«, fragte ich.

»Ach, weißt du, eben nicht solche wie *wir*.« Sie hob bedeutungsschwanger ihre Augenbrauen. »Hast du von diesem Leutnant gehört, der vor der Grand Jury ausgesagt hat? Ich schätze mal nicht – war ja alles ziemlich geheim –, also so ein gut aussehender Mann! Und was für ein Auftritt. Es war wie in einem Film. Er ist Marineinfanterist.«

»Ein Marine. Tatsächlich? In den Zeitungen hatte nichts über ihn gestanden. Was hat er gesagt?«, fragte ich nur aus Höflichkeit gegenüber meiner Gastgeberin, denn was konnte ein Leutnant der Marineinfanterie – ein kleines Rädchen im Getriebe – einer Grand Jury schon Weltbewegendes mitzuteilen haben?

»Oh, mein Mann sagt, dass alles sehr dramatisch gewesen sei«, sagte meine Gastgeberin mit vor Begeisterung glänzenden Augen. »Joseph Henry – so heißt dieser Leutnant vom militärischen Geheimdienst – sagte aus, dass er einen ehemaligen Adjutanten aus Russland kenne, der ihm erzählt hätte, dass es da einen Amerikaner gegeben habe, der für die Chinesen spioniert hat. Und dann erhob er sich von seinem Stuhl, zeigte mit dem Finger auf Lyle Gold und rief ›Und dieser Verräter sitzt dort!‹«

Die Gattin des Botschafters äußerte jedes Wort mit steigender Verzückung. Sie liebte Geschichten. Ich hätte auch eine interessante für sie parat gehabt: Darüber, dass ihr Mann zu seinem Job gekommen ist, indem er dem Präsidenten eine Liste mit relativ diskreten, zungenfertigen Damen besorgt hatte. Aber warum sollte ich ihr den Abend verderben?

»Hat dieser russische Adjutant auch vor der Grand Jury ausgesagt?«, fragte ich.

»Oh nein! Er ist tot. Von der Mafia erschossen, wie ich gehört habe. Du weißt doch, wie brutal diese russische Mafia ist.« Sie schüttelte den Kopf.

»Eigentlich nicht«, begann ich, aber ihre Aufmerksamkeit war bereits weitergewandert. Sie hatte einen Industriellen aus Turin gesichtet, und mit einem Winken ihrer rot lackierten Fingernägel eilte sie weiter, um ihn auf den neuesten Stand zu bringen. Ich führte mein Glas an die Lippen. Wie praktisch, dass eine so wichtige Quelle wie dieser namenlose Russe traurigerweise verstorben ist. Oh, natürlich. Das hatte ja nichts mit mir zu tun. Ich nippte erneut an meinem Glas, konnte die nagenden Gedanken aber nicht abschütteln. Ich habe lange genug in Washington gelebt, um gewisse Dinge über das Militär gelernt zu haben. Es ist die einzige nennenswerte Alternativkultur in unserem Land: Sie haben eigene Unterkünfte, eine eigene Justiz und eine eigene Geisteshaltung. Diejenigen, die dem Militär ihr Leben widmen, tun dies nicht, um reich zu werden; ein Marineinfanterist dient dem nationalen Interesse, nicht seinem eigenen. Und zurzeit schien das nationale Interesse darin zu bestehen, Lyle Gold als Verräter zu überführen. Wie glaubwürdig konnte also die Aussage dieses Joseph Henry sein?

»Eine Schande, nicht wahr, welche Idioten immer wieder Botschafterposten ergattern?«

Diese Stimme kannte ich. Ich grinste breit, als ich mich umdrehte. »Reiff Prouty!«

Er nickte. »Höchstselbst. Gehst du immer noch für einen Bloody und Schnittchen ins Hay-Adams?«

Ich rollte mit den Augen. Einmal – einmal! – hatte ich ihn zum Tee in diesem entzückenden altehrwürdigen Hotel gegenüber dem Weißen Haus getroffen. Ich dachte, es würde den Eindruck von Eleganz vermitteln, schließlich war Reiff der eher kosmopolitische Typ Mann. Aber vor allem war er ein *Mann*, was damals dazu geführt hatte, dass er lauthals loslachte, als die Platte mit Lachs-Frischkäse-Schnittchen vor uns abgestellt wurde. »Als würde man Holzklasse fliegen und diese miserablen Imbissbeutel vorgesetzt bekommen«, hatte er gesagt. Zum Ausgleich hatte ich ihm einige kräftige Bloody Marys spendiert.

»Schon eine ganze Weile nicht mehr«, erzählte ich ihm. »Ich bin schon länger in Rom.«

»Ein Liebhaber, wenn ich raten darf.« Reiff ließ seine perfekten weißen Zähne aufblitzen, und ich fragte mich, ob er sie vielleicht bleichen ließ. Er war sich seiner Erscheinung schon immer äußerst bewusst gewesen. Sein Kopf war groß für seinen Körper, aber Frauen schien das kaum aufzufallen. Er hatte kurz geschnittenes Haar, das er nach vorne kämmte und mit einem teuren Gel zum Glänzen brachte. Er hatte seine Brille sogar speziell so anfertigen lassen, dass sie seine Wangenknochen schöner erscheinen ließ.

»In der Tat. Ich werde dich ihm vorstellen.« Ich nickte zu Roberto hinüber, der zusammen mit dem Botschafter in einer Ansammlung von Smokings herumstand.

»Roberto Picchi? Donnerwetter, Kate. Nicht schlecht.« Reiff neigte sein Glas in meine Richtung.

»Und was machst du in Italien?«, fragte ich.

»Irgendwie seltsam, dieses Außenministerium. Es schickt mich zum Arbeiten nach Übersee.«

»Über die falsche See, leider.«

Sein Blick wurde düster. »Ja«, antwortete er und trank seinen Cocktail aus. »Du erinnerst dich also an die Geschichte.«

Oh, natürlich! Beim Tee hatte er seiner Verbitterung darüber Luft verschafft, dass er dabei zusehen musste, wie ein Kollege nach dem anderen (keiner von ihnen, seiner bescheidenen Meinung nach, so qualifiziert wie er) einen aufregenden Posten als Attaché erlangte. Er konnte verschmerzen, wenn sie nach Moskau, Tokio oder Berlin gingen – sogar wenn es Paris oder Mexiko-Stadt war. Aber nicht China. Schließlich sprach er ganz passabel Mandarin. Mir – praktisch einer Fremden – so etwas zu erzählen, war in der abgeschlossenen Welt, in der wir uns bewegten, ein immenses Risiko. Aber er schien sich nicht bremsen zu können. Ich beschloss sofort, mich nicht in sein Mikro-Ökosystem hineinsaugen zu lassen, denn offensichtlich regnete es dort ununterbrochen.

Dabei hätte er eine realistische Chance auf eine zumindest passable Karriere gehabt. Er kam aus einer wohlhabenden Familie, trug einen bekannten Namen und hatte einen Eliteabschluss (letzteren allerdings nur mit Mühe und Not). Er aber wollte nichts Geringeres als den Status eines internationalen Strippenziehers. Eine Regel, die sich oft bestätigte: Sichtbarer Ehrgeiz gewinnt keine Wählerstimmen. Reiff wollte um jeden Preis nach China. Für ihn war es leichter zu glauben, dass sich unsichtbare Mächte gegen ihn verschworen hatten, als der Tatsache ins Auge zu sehen, dass er selber sein ärgster Feind war.

»Zurzeit ist es sicher sehr interessant für dich, mit ihm zusammen zu sein.« Reiff deutete mit einem Nicken auf Roberto. »Sein Vater ist diese Tage oft in den Nachrichten.«

»Sein Vater ist kein besonders guter Gesprächsgegenstand.«

»Reden sie viel miteinander?«, fragte Reiff.

»Keine Ahnung«, log ich.

Reiff lächelte, nicht freundlich. »Ach, Kate«, sagte er, »wenn die Leute schon wissen, dass du den Sohn des chinesischen Botschafters vögelst, dann solltest du auch deinen Nutzen aus der Verbindung ziehen.«

Ich umfasste den Stiel meines Glases fester. »Glaub mir, ich ziehe meinen Nutzen daraus, Süßer.« Ich zwinkerte ihm zu, während ich verzweifelt mein Hirn nach einem anderen Gesprächsthema durchforstete und mich erinnerte, dass eine meiner früheren College-Professorinnen vor nicht allzu langer Zeit im Außenministerium gelandet war.

»Ich wollte dich fragen, ob dir eine bestimmte Frau schon einmal auf der Arbeit begegnet ist. Joan Picquart.«

»Ich habe von ihr gehört. Eine der Abteilungsleiterinnen. Sie hat einmal buchstäblich das Gesicht ihres japanischen Kollegen gewahrt. Während irgendwelcher Verhandlungen über den Yen begann er einzuschlafen, und sie griff gerade rechtzeitig nach seinem Arm, als sein Kopf auf den Tisch zu knallen drohte. Großartige Geschichte. Warum?«

»Bei ihr hatte ich den schwierigsten Kurs auf dem College«, sagte ich.

»Nun ja, der Außenminister schenkt ihr sein Gehör. Ihr Büro ist direkt neben seinem. Weißt du was: Warum spendierst du mir nicht einen Drink in der Bar im Eden, und wir unterhalten uns ausführlicher darüber?«

»Abgemacht«, sagte ich. »Morgen Abend um sieben.«

Roberto hatte uns argwöhnisch über die Schulter des Botschafters hinweg beobachtet. Sobald ich mich von Reiff entfernt hatte, segelte er heran. »Ich mag ihn nicht«, sagte er leise.

»Wie kannst du das wissen? Du hast ihn nie getroffen.«

»Muss ich auch gar nicht. Mir gefällt nicht, wie er aussieht.«

»Wie sieht er denn aus?«, lachte ich.

»Wie ein Mann, der etwas von dir will«, sagte Roberto.

»Und wo liegt da der Unterschied zu allen anderen Männern?«, fragte ich.

»Madame sind eine Zynikerin.«

»Also eigentlich, glaube ich, benutzt er mich, um an dich heranzukommen«, sagte ich. Es sollte ein Witz sein, aber es war etwas Wahres daran. Als sich Reiff schon längst wieder mit anderen Assistenten unterhielt, schaute er immer noch zu uns herüber. »Er hat nach deinem Vater gefragt.«

Roberto guckte mich scharf an: »Ach, tatsächlich? Wer ist dieser Mann?«

»Reiff Prouty.«

»Reif wofür?«, fragte Roberto.

»Für eine Therapie gegen Frustration.« Ich erhob mein Glas, und Roberto ließ seins sanft dagegenklingen. Da war sie wieder, diese Ritter-in-schimmernder-Rüstung-Galanterie, die italienische Männer so bezaubernd macht. Doch dann ging Frank Gehry an uns vorüber, allein, und mit einem schnellen Handkuss verabschiedete sich Roberto und setzte ihm nach. Ich hätte zwar auch mitkommen können, aber es war Robertos Jagd.

Also schnappte ich mir noch ein Glas von einem Kellner (das Geheimrezept gegen Kopfschmerzen ist, die Blasen zunächst mit der Zungenspitze gegen den Gaumen zu drücken und dann erst zu schlucken) und trat durch einen Türbogen. Ich kam in einen Raum, der etwas kleiner war als der festlich beleuchtete, den ich gerade verlassen hatte; seine dicken Wände dämpften das Partygeplapper. Elegante gewachste Ledersessel und -sofas glänzten im flackernden Kerzenlicht. Der Raum war dermaßen schummerig, dass ich fast übersah, wer es sich in einem der Sessel gemütlich gemacht hatte: kein Geringerer als Danny Daly. Ich hatte ihn nie zuvor getroffen, aber natürlich alles über ihn gelesen. Man bestand keinen

Kurs in Bürgerkunde, ohne vom unverwüstlichen Danny Daly und seiner glänzend enttäuschenden Karriere gehört zu haben – Feldwebel bei der Marineinfanterie, Kongressabgeordneter, Senator, zweimaliger Präsidentschaftskandidat (der das eine Mal Opfer des größten erdrutschartigen Wahlverlustes in der amerikanischen Geschichte geworden war). Seitdem war er auf gelegentliche Lesereisen und Gastprofessuren beschränkt, und dementsprechend überrascht war ich, ihn hier zu sehen. Er gehörte irgendwie nicht nach Rom. Und doch saß er hier, und seine wässrig blauen Augen beobachteten mich erwartungsvoll. Ich räusperte mich und sagte: »Senator Daly, mein Name ist Kate Boothe. Ich arbeite als Beraterin in Washington.«

Er nahm meine ausgestreckte Hand – »Natürlich, natürlich« – und nickte mit der oberflächlichen Verbindlichkeit eines geborenen Politikers.

»Was hat Sie nach Rom verschlagen?«, fragte ich, nachdem ich mich neben ihn in einen Sessel gesetzt hatte.

»Oh, der Präsident hat mich gebeten, nächste Woche bei den Verhandlungen mit der EU auszuhelfen. Ein bisschen Arbeit hält so einen alten Knaben wie mich in Schwung.« Ein Lächeln breitete sich auf seinen runden, rosigen Wangen aus.

»Sie verpassen ja den ganzen Rummel nebenan.« Ich wies mit dem Kopf auf das überfüllte Zimmer auf der anderen Seite des Türbogens hinüber.

»Da habe ich so meine Zweifel«, sagte er und winkte ab. »Was in Rom passiert, hat schon lange keine Bedeutung mehr für den Rest der Welt.« Seine Augen zwinkerten schelmisch. Mir fiel auf, dass er eine ziemliche Ähnlichkeit mit dem Weihnachtsmann besaß. Kein Wunder, dass er es nie bis ins Weiße Haus geschafft hatte. In der Regel suchen wir uns keine knuddeligen Präsidenten aus.

»Sie reden alle über Lyle Gold«, sagte ich.

Daly schüttelte den Kopf. »Eine Schande ist das. Eine echte Schande.«

»Was genau daran ist eine Schande?«, fragte ich.

Daly hob einen kurzen, dicken Finger. »Die vorschnelle Verurteilung«, sagte er. »Was passiert denn gerade mit dem jungen Mann: Zu viele überzeugende Leute erzählen der Öffentlichkeit, dass sie eine bestimmte Sache glauben soll. Das bedeutet aber noch lange nicht, dass ihnen das auch jeder abkauft.«

»Glauben Sie, dass es möglich ist«, begann ich vorsichtig, »die Öffentlichkeit davon zu überzeugen, dass er unschuldig ist?«

»Alles ist möglich.«

»Wirklich?«

Daly starrte zerstreut vor sich hin. Für einen Augenblick glaubte ich, dass er den Faden verloren oder sogar vergessen hatte, dass ich neben ihm saß. Doch dann sagte er ernst: »Eine Situation wie diese – wissen Sie, das beunruhigt mich. Ich habe mein ganzes Leben lang die Verfassung respektiert und versucht, ihr Geltung zu verschaffen. Es gibt Gesetze, und es gibt eine Rechtsprechung. Es macht mich trauriger, als Sie sich vorstellen können, wenn jetzt darauf herumgetrampelt wird. Und wofür? Weil wir den Bösewicht des Jahrhunderts erwischt haben? Nein, nein – es ist der Opportunismus von verschreckten, schwachen Männern und Frauen. Ich fange langsam an, mich zu fragen, was ich aus meinem Leben gemacht habe, warum ich diese ganzen Jahre so hart gearbeitet habe, für so etwas?« Er seufzte wie ein Mann, der von vielen Leuten enttäuscht worden war. »Vergessen Sie diesen Augenblick nicht, meine Liebe«, sagte er. »Wir werden uns noch lange daran erinnern.«

»Aber was würden Sie denn tun?«, drängte ich, während sich meine Stimme eine Oktave in die Höhe schraubte. »Zufällig glaube ich, dass er unschuldig ist. Aber wie kann man das glaubhaft machen, wenn diese ganzen Yankee-Doodle singenden Flaggenschwenker einen Treffer nach dem anderen landen?« Ich betrachtete mein halb geleertes Glas. »Ist es nicht einfach genau der Zeitpunkt, wo jeder nur auf den Auftritt eines ungeliebten Verräters wartet?«

»*La belle époque* hat ihren Glanz verloren.« Daly nickte.

»Und schon kommt der Sündenbock dahergespaziert, den viele Leute so dringend brauchen«, beendete ich den Gedanken.

Daly lachte glucksend, wurde dann aber ernst. »Seien Sie vorsichtig«, ermahnte er mich. Ich klang tatsächlich etwas hysterisch. »Das klingt, als wollten Sie andeuten, dass irgendjemand ihn hereingelegt hat. Verschwörungstheorien sind nie besonders schmeichelhaft.«

Der alte Herr beugte sich zu mir hinüber; er kam mir so nah er konnte, ohne mir in den Schoß zu fallen, und er griff mit seiner pergamentenen Hand nach meiner.

»Hören Sie mir zu, junge Dame«, flüsterte er grimmig. »Alle, die mir je etwas bedeutet haben, sind tot. Ich habe sie überlebt, und die Strafe dafür ist eine unauslöschliche Erinnerung daran, wofür sie gestanden haben: unerschütterlicher Mut. Können Sie sich das vorstellen? Oh, sie besaßen ihn zwar immer schon, aber sie lernten ihn erst richtig kennen, als sie in den Kriegen kämpfen mussten. Sie sagen vielleicht, es gibt doch keinen Krieg, in dem *Sie* kämpfen könnten? Sie seien von all dem ausgeschlossen, könnten sich nirgendwo erproben? Glauben Sie das nicht! Es gibt viele Fronten, und das hier ist ein Teil dieses Krieges, oder wird einer werden, wenn Sie weitermachen. Es ist ein neuer Ermüdungskrieg, den die Seite gewinnen wird, die den letzten Mann hat. Der Gegner wird nicht durchkommen. Denken Sie daran. *Sie werden nicht durchkommen.* Also werden Sie siegen.«

Ich versuchte mich zurückzuziehen, aber er umklammerte meine Hand. Er ließ mich seine Worte wiederholen. *Sie werden nicht durchkommen.* Was zum Teufel sollte das bedeuten? Aber Daly hatte zu Ende gesprochen. Er ließ mich los und zog sich zurück in die Schatten vergangenen Ruhms, während ich mich auf den Weg zurück in den großen Salon machte. Als ich durch den Türbogen trat, waren ihm die Gespenster offenbar noch einmal erschienen, denn Daly rief mit einem heiseren Krächzen: »Ihr Hunde, wollt ihr ewig leben?«

*

Niemand hatte mich vermisst. Roberto war beschäftigt, er unterhielt sich immer noch mit dem Botschafter und Gehry. Mir fiel auf, dass ich mein Champagnerglas bei Daly im Zimmer vergessen hatte, also nahm ich mir ein anderes von einem vorbeigehenden Kellner.

Eine Freundin von mir hatte für Nixon gearbeitet, als es mit ihm bergab ging, und einmal erzählte sie mir: »Wenn du jemanden sehen wolltest, der bereute, dass er einmal einen Fehler gemacht hat, brauchtest du nicht lange zu suchen. Es fraß ihn von innen her auf.« Na ja, o.k., manche Leute würden sagen, dass er noch viel zu gut davongekommen sei, aber selbst Nixon bereute wohl manchmal etwas. Ich fragte mich, ob mein Großvater auch Reue empfand, weil er Johnny Russo vor Gericht vertreten hatte. Zugegeben, sie konnten dem Kerl nie irgendetwas nachweisen, aber Mafia bleibt schließlich Mafia. War es da nicht eine Ironie des Schicksals – oder zumindest angemessen –, dass ausgerechnet diejenige aus einer langen Ahnenreihe von Anwälten, die es nicht ganz bis auf die juristische Fakultät gebracht hatte, die ihre Karriere nur aus Trotz begonnen hatte, dass ausgerechnet sie die Chance bekam, einen unschuldigen Menschen zu retten?

Ja, ich könnte es tatsächlich schaffen. Jack hatte es lange vor mir gewusst. Er hätte sich gar nicht erst die Mühe gemacht, hierher zu kommen, wenn er es nicht gewesen wäre.

»Ihr Hunde, wollt ihr ewig leben?«

Ich glaube nicht. Ich stellte mein halb ausgetrunkenes Glas ab, ging zu Roberto hinüber und sagte ihm, dass ich nach Hause fliegen würde.

3

Das geheime Dossier

Ich stand neben Jack im keimfreien U-Bahnhof, Betonbögen strebten über uns empor, Überwachungskameras blinkten, und digitale Anzeigen signalisierten NÄCHSTER ZUG IN 3 MINUTEN. Was dem Personennahverkehr von Washington D.C. an Schönheit fehlt, macht er durch Sicherheit wieder wett. Es hat hier seit dreißig Jahren kein Gewaltverbrechen mehr gegeben.

Ich war erst seit zwei Tagen wieder zurück, mein Körper ächzte unter dem Jetlag, und ich hatte noch nicht ausgepackt. Roberto hatte mich mit einem in braunes Packpapier eingeschlagenen Paket Sant'-Eustachio-Kaffee am Flughafen von Rom abgesetzt. »Komm zurück, wenn er alle ist«, hatte er gesagt. Es war ein kleines Paket. Als ich Jack am Flugsteig traf, vergrub er seine Hände tief in den Taschen seines Ledermantels und brummelte: »Kommt Mr. Wonderful nicht mit?«

»Sei nicht gemein«, hatte ich entgegnet, »er arbeitet schließlich auch.« Jack hatte mit den Augen gerollt, aber gnädigerweise den Mund gehalten. Eine beachtliche Leistung, wenn man bedenkt, dass der Flug über acht Stunden gedauert hatte. Am Ende war mein Gesicht blass und verschwollen, die Augen verräterisch rot unterlaufen. Ich wusste es eigentlich besser. Die Frau eines Gouverneurs hatte mir einmal empfohlen, zum Weinen unter die Dusche zu gehen, wenn das Gesicht nicht anschwellen soll.

Mann, war ich in einen Schlamassel zurückgekehrt. Über eine Million Leute arbeitslos, darunter ein ganzer Haufen Reporter und Produzenten, und wenn es ein schrecklicheres Geschöpf gibt als einen ruhmsüchtigen Journalisten, dann ist es ein Journalist mit Existenzängsten. Insolvenzen und Offenbarungseide hatten die Berichte über gigantische Reichtümer aus den Schlagzeilen verdrängt. Es hatte schon schlecht ausgesehen, als ich mich nach Italien abgesetzt hatte, aber jetzt war die Lage richtig hässlich.

Die meisten Leute lesen keine Zeitungen. Aber Journalisten tun es. Also schreiben Reporter Reportagen für Reporter: ein enger, überschaubarer Kreis. Es gibt dabei eine Anzahl elementarer Regeln. Regel Nummer eins lautet: Beschütze die deinen. Denken Sie zum Beispiel an diese Fernsehmoderatorin mit der sanften Stimme und dem samtenen Teint, die in ihrer Jugend sowohl mit einem Pressechef des Weißen Hauses als auch mit einem Außenminister ausgegangen war. Oder der eitle Schönwetter-Reporter, der dafür berühmt war, dass er über die Bombenangriffe auf Bagdad berichtet hatte, während er unter einem Tisch hockte, und jetzt nur noch mit drei Martinis durch seine nächtlichen Nachrichtensendungen kommt. Da klingelt nichts bei Ihnen? Natürlich nicht. Kannibalismus wird unter Reportern überhaupt nicht gern gesehen.

Aber es gibt Situationen, in denen man aus dem Rudel ausgestoßen wird: wenn die anderen die Hosen voll haben. Und sie hatten die Hosen voll. Der Sprecher des Weißen Hauses hatte sie nur zwei Jahre zuvor kräftig verunsichert, als er sie warnte, dass sie »sehr, sehr vorsichtig« mit dem sein sollten, was sie sagen und schreiben würden.

Also hatte die einzige Instanz, die Lyle hätte schützen müssen – seine Zeitung, für die er Siebzehn-Stunden-Tage abgerissen und regelmäßig seinen Urlaub geopfert hatte –, ihn im Regen stehen lassen. »Wir hatten einen Skorpion in unserem Hemd«, schrieb der Chefredakteur, ein legendärer Enthüllungsjournalist, der vor Jahrzehnten einen Präsidenten zu Fall gebracht hatte. Und in einer gedruckten Entschuldigung an die Leser fügte er hinzu: »Gold ist ein Mann ohne Ehre, der aus Feindseligkeit und Verachtung gehandelt hat.«

Der Wahnsinn war in vollem Gange, komplett mit vorgefertigten Schlagzeilen, FALSCHGOLD! und GOLD FÜR NARREN. Die Medien waren gnadenlos in der engstirnigen Verfolgung ihres gemeinsamen Ziels: Gold musste nachdrücklich und öffentlich geächtet werden, ein Opferlamm, das die Integrität aller guten Journalisten dieser Welt retten sollte.

Meine Aufgabe war ziemlich klar: Alles, was ich tun musste, war herauszufinden, wer Lyle Gold hereingelegt hat, und ihn (oder sie) zu einem Geständnis zu bewegen – und nebenbei irgendwie die öffentliche Meinung um 180 Grad zu wenden.

Genau. Ich spannte meine Schultern, die noch immer steif vom langen Flug waren, und überflog den Lebenslauf von Lyles Rechtsanwalt. Zumindest einen guten Mann hatte er auf seine Seite bringen können. Edgar Demange war zwar ein Dinosaurier, aber er konnte auf eine beeindruckende Reihe von Erfolgen zurückblicken. Er hatte sich auf schwierige Fälle spezialisiert, und seine Karriere gewann an Fahrt, als er einen Gospelsänger verteidigte, der den angeblichen Liebhaber seiner Freundin umgebracht hatte. Man kann es natürlich für einen glücklichen Zufall halten, dass Hollywood aus der Geschichte dieses Jungen eine außerordentlich beliebte Fernsehserie gemacht hatte, aber Demange war dessen ungeachtet schlicht und einfach gut. Ich erinnere mich an eine entsprechende Bemerkung meines Großvaters. Und dieses Lob kam von einem Mann, der selber einen großen Coup gelandet hatte. Für das Giancana Clan Mitglied Johnny Russo wegen zeitweiliger Unzurechnungsfähigkeit auf Grund von *E. coli* einen Freispruch in einem Mordprozess herauszuschlagen gilt immer noch als einer der unerwartetsten Verfahrensausgänge der jüngeren Rechtsgeschichte.

Ungewöhnliche Fälle erzeugen ungewöhnliches Verhalten. Vor Gold hatte sich Demange, ein wenig kindisch geworden und praktisch bereits im Ruhestand, ganz seiner neu erfundenen Rolle als Schutzheiliger jenes stark unterschätzten Gemüses, der Kartoffel, gewidmet (»Alles, was wir auf unseren Mittagstischen sehen, verdanken wir der Kartoffel«), doch gelegentlich erinnerte er sich noch seiner Wurzeln und wandte sich wieder der Juristerei zu.

»Ich glaube, dieser Kerl ist vielleicht ein bisschen zu exzentrisch«, sagte ich zu Jack.

Jack stürzte seinen Lifestyle-Kaffee hinunter. »Er gehört zur alten Garde, Kate. Alte Garde, neue Garde. Hier spielen alle mit. Was mich daran erinnert, dass ich einen neuen Mann für uns gefunden habe: John Jaures. Großartiger Knabe. Kriegsberichterstatter für *USA Today*; jetzt sitzt er im Washingtoner Büro. Ich glaube, er ist unser Mann für die unerforschten Winkel.«

»Du willst einem fremden Typen unser gesamtes Insiderwissen servieren – na ja, angenommen wir haben irgendwann Insiderwissen?«, bedrängte ich ihn. »Hast du sie noch alle? Ohne mich.«

»Er ist hungrig, Kate. Er ist nach fünf Jahren wieder in der Stadt und braucht eine große Story. Er ist nicht voreingenommen wie der Rest.«

»Ich hatte an Maurice Barres gedacht.« Ich war Maurice treu ergeben, immerhin hatte er als Erster über unsere Firma geschrieben:

Uns ist zu Ohren gekommen, dass Washingtons angesagtestes Nicht-Paar, die schöne, intelligente Kate Boothe und Herzensbrecher Jack Vanzetti, in der K Street einen Laden aufmachen.

Keine der beiden Beschreibungen war besonders treffend, aber es war dieses Zitat, das letztlich über unser Image entschieden hat.

»Ich bitte dich«, schmeichelte Jack, »Maurice ist großartig, aber wir brauchen jemand Frisches, jemanden, der nicht mit den Politikern und dem Rest der Presse auf Schmusekurs ist. Maurice gehört zum Club. Wir brauchen jemanden, der uns etwas schuldet, nicht umgekehrt. Und außerdem: Mein Mann ist schon zusammengeschossen worden, man hat ihm Pistolen an den Kopf gehalten, und in Peschawar hat man ihm die Seele aus dem Leib geprügelt.«

»Wenn Fronterfahrung eine Vorbedingung für diesen Auftrag ist, ist unsere Lage gefährlicher, als ich dachte.«

»Lass uns morgen bei mir zu Abend essen«, sagte Jack. »Es gibt Risotto.«

Risotto war Jacks Mittel der Wahl für Verhandlungen und Verführungen. Es war die einzige Sache, für die er sich Zeit nahm, und er drängte es mir gerade dann gerne auf, wenn es darum ging, die Arbeit zwischen uns aufzuteilen. In diesem Fall war das Ergebnis schon jetzt ziemlich eindeutig. Ich würde die Gold-Geschichte übernehmen, während sich Jack um die anderen Klienten kümmerte. Wie auch immer, wir würden kein Leben mehr außerhalb unseres Büros haben, wenn Lyle Gold und Edgar Demange sich unserem Plan anschließen würden.

*

Demange, der in New York lebte, hatte sich in ein Büro in der Nähe von Capitol Hill eingemietet. Diese Wahl war ungewöhnlich, denn die meisten Washingtoner Anwälte knubbelten sich in der Innenstadt. Aber der Standort war gut gewählt: direkter Zugang zum Kongress und zu all den anderen einflussreichen Leuten. Und dennoch, wenn man bedachte, über welche schimmernden Paläste Demange in seiner Glanzzeit geherrscht haben musste, war dies ein Abstieg. Der Raum befand sich im Erdgeschoss einer gemeinnützigen Stiftung, der rostfarbene Teppichboden war voller Brandflecken und übersät mit Akten und Gesetzbüchern. Ein verwelkter Farn – wie bringt man einen Farn um? – stand neben einem Metalltisch, und ein Telefon klingelte ununterbrochen. Demange selbst war nirgendwo zu finden. Wir standen einige Augenblicke herum und hörten dem Telefon zu.

»Die alte Garde glaubt nicht an Anrufbeantworter«, stellte Jack fest. Und natürlich, just in diesem Moment hörten wir Demanges knirschende Stimme hinter uns.

»Wir glauben an Antwortdienste.«

»Dann sollten Sie vielleicht einen beauftragen, der funktioniert«, murmelte Jack leise.

Demange rauschte an uns vorbei zu seinem Schreibtisch. »Setzen Sie sich, setzen Sie sich. Möchten Sie ein Glas Wasser, Jack? Und Kate. Ich nehme an, Sie sind die berühmte Kate?«

»Sie sind hier die Berühmtheit, Mr. Demange«, antwortete ich.

Er sah mich nicht an, nickte aber zustimmend mit dem Kopf. »Wie wahr, wie wahr. Glauben Sie bloß nicht an diesen albernen Warhol-Spruch von den fünfzehn Minuten. Ruhm ist das Ergebnis konstanter Anstrengung.« Er gab jedem von uns einen dünnen Papierbecher mit Wasser. In meinem schwamm ein weißes Haar. Der Becher war trichterförmig, ich konnte ihn nicht einmal – tja, einen Tisch gab es sowieso nicht – auf dem Boden abstellen. Ich schüttete das Wasser unauffällig in den Farn.

»Sie glauben also, dass Sie Lyle helfen könnten«, sagte Demange.

»Wir wissen, dass wir es können«, antwortete Jack. »Ich habe alles genauestens in unserem Angebot beschrieben.«

Demange ließ sich in seinen Stuhl sinken, der unheilschwanger knarrte. »Welch ein Glück für uns. Was bringt Sie auf den Gedanken, dass Lyle ein Interesse daran haben könnte, Ihre Dienste in Anspruch zu nehmen?«

»Er ist angeklagt«, sagte Jack.

»Aber nicht verurteilt.«

»Machen wir uns doch nichts vor«, konterte Jack.

»Passen Sie mal auf, junger Mann.« Demange beugte sich vor. »Ich habe schon Hunderte von Fällen gehabt, bevor Sie überhaupt geboren wurden. Es wird hier nicht damit getan sein, ein paar Leuten Sand in die Augen zu streuen.«

»Was hat denn das mit ...«, Jack wirkte eindeutig verstimmt. Das Zeichen für meinen Einsatz.

»Moment mal, warten Sie«, begann ich. »Wir sagen ja nicht, dass Sie ohne uns den Prozess nicht gewinnen könnten. Das ist Ihr Spezialgebiet. Aber Sie führen hier einen Zweifrontenkrieg, und wir bieten Ihnen unsere Unterstützung an der PR-Front an.«

Jack verschränkte seine Arme und sah mich an. Demange fand sichtlich Vergnügen an uns.

»Was wir wollen, ist Ihr – und Lyles – Einverständnis, dass wir mit der Wiederherstellung seines guten Rufs beginnen können, um es mal so auszudrücken. Wir können das sehr gut. Sie haben unsere Referenzen gesehen. Und wie Sie wissen«, sagte ich, »kann die öffentliche Meinung eine Menge zu Ihren

Gunsten bewirken, schließlich hat Ihnen vor langer Zeit ja auch eine Fernsehserie geholfen, die Wiederaufnahme eines Verfahrens durchzusetzen. Unser Ziel ist es, Sieger zu bleiben, soweit es um die *öffentliche Meinung* geht.«

Demange faltete die Hände über dem Bauch und wölbte nachdenklich seine Lippen. »Miss Boothe«, begann er, »ich weiß, dass Sie vor zehn Jahren ein Gesetz zum Schutz der Privatsphäre durchgesetzt haben, als Sie diesen jungen Mann verteidigten, der angeklagt war, seine Freundin vergewaltigt zu haben. Gute Arbeit, elegant erledigt. Ihre Familie muss sehr stolz auf Sie gewesen sein. Und ich kannte Ihren Großvater, Gott sei seiner Seele gnädig. Ich kenne Ihren Vater, Ihre Onkel.«

Ich war mir dieser Tatsache nicht bewusst gewesen, und, um ehrlich zu sein, es brachte mich ein wenig aus der Fassung. Meine Familie hatte noch nie irgendetwas mit meinem Beruf zu tun gehabt, und jetzt war nicht der geeignete Zeitpunkt, mit dieser Regel zu brechen.

»Sie haben zwar nicht denselben Weg eingeschlagen wie sie«, fuhr Demange fort, »aber angesichts dessen, was ich gesehen habe, würde ich wetten, dass Sie genauso gerissen sind wie sie. Außerdem sind Sie schlank und nett anzuschauen.« Er hielt inne und starrte mich intensiv an. »Dies ist einer der aussichtslosesten Fälle, die ich je erlebt habe. Damit will ich nicht sagen, dass Lyle Gold tatsächlich wertvolle Geheimnisse an die Chinesen weitergegeben hat. Ich bin zu alt, um meine Zeit noch einmal mit der Verteidigung eines schuldigen Arschlochs zu verschwenden. Ich brauche weder das Geld noch den Ruhm. Ich habe diesen Fall nur unter einer Bedingung angenommen: Dass ich der Erste sein werde, der Lyle Gold verurteilt, wenn ich auch nur den geringsten Beweis dafür finde, dass ich an seinem Wort zweifeln muss. Allerdings hatte ich nicht damit gerechnet, dass die Menschen nicht nur seine Unschuld anzweifeln, sondern mit tiefster Überzeugung an seine Schuld glauben.

Ich kenne die Boothe-Jungs. Sie haben das Zeug zu so was. Sie kommen zwar aus demselben Stall, aber ich weiß nicht, ob Sie es auch haben. Sie werden Schläge einstecken. Und weil Sie ein Mädchen sind, werden sie besonders hart sein. Auf der anderen Seite werden die Leute, die Lyle auseinander nehmen, nicht mit Ihnen rechnen. Vielleicht wissen sie nicht, wie sie reagieren sollen, wenn ein Superhirn mit Beinen die Bühne betritt. Sie werden es allerdings herausbekommen. Wie kann ich mir sicher sein, dass Sie dabeibleiben, auch wenn es hart wird?«

Eine verständliche Frage. Mir machte sie nichts aus, aber Jack war ein Bild der Indignation. Ich musste schnell antworten.

»Mr. Demange«, begann ich, »ich laufe Marathon, wie meine Onkel.«

»Kommen Sie ans Ziel?«, fragte er.

»Immer.« Die Erwähnung der Tatsache, dass ich fünf in weniger als drei Stunden vierzig beendet hatte, würde vor dieser Zuhörerschaft zweifelsohne wirkungslos verpuffen. »Alles eine Frage des Trainings.«

Demange schien überzeugt zu sein. »Legen Sie los«, grummelte er. »Sie brauchen Lyles Zustimmung. Ich werde dafür sorgen, dass Sie sie bekommen. Ich werde Ihnen alle Informationen geben, die ich habe. Sie werden schon wissen, was Sie damit anfangen.«

*

Jack fand, das Treffen wäre sehr positiv verlaufen. Klar, sicher war es das. Doch jetzt war ich in der Pflicht, meine Eltern anzurufen und sie auf den neuesten Stand zu bringen. Sie befanden sich weiterhin in dem Glauben, dass ich in Rom sei und eine Kochschule besuchte. Ich hatte den größten Teil der letzten zehn Jahre damit verbracht, meine Unabhängigkeit von ihnen zu beweisen, und ich sah sie nicht besonders oft. Von nicht nur einem, sondern zwei Anwälten abzustammen, bedeutet, dass man sich selbst bei Fragen nach den derzeitigen Bekanntschaften und den aktuellen Essgewohnheiten wie während eines Kreuzverhörs fühlte. Ich rief oft an, servierte ihnen kurze, oberflächliche Versicherungen meines allgemeinen Wohlbefindens. Aber jetzt würde ich ihnen die Mutter aller Lageberichte geben müssen, bevor sie alles direkt von Demange erfuhren. Na ja, vielleicht war ich andererseits doch nicht so schlecht dran. Jacks Vater ist Raumfahrtingenieur.

Jack hatte eine Verabredung auf der anderen Seite des Capitol Hill, und da stand ich nun im Kielwasser seines Taxis und schmorte in meinen Gedanken, als mein Fuß um ein Haar von einem Pfennigabsatz durchbohrt wurde. Er gehörte Mimi Ryan.

»Hi, Süße!« Sie warf sich ihr Haar über die Schulter. Ich krümmte mich innerlich. Ich hatte vergessen, wie schrill ihre Stimme war. »Lange nicht gesehen. Wie gut du aussiehst!«

Das war eine Lüge. Der Jetlag hatte die Farbe einer Aspirintablette in mein Gesicht gezaubert. Aber das war typisch. Mimi (sprich: *Mäh-mi* – ihre Mutter kam aus Louisiana) war schon immer eine Bussi-Anwärterin beim Ringelpiez mit Anfassen. In unserer Studentinnenverbindung war sie erstaunlich erfolgreich in der Rekrutierung neuer Mitglieder, allerdings versuchten wir, nicht allzu oft über *jene* Zeit zu sprechen.

»Du siehst aber auch sehr hübsch aus«, antwortete ich. Und das stimmte tatsächlich, abgesehen von den offensichtlichen Anzeichen einer Essstörung. Man sagt, dass einen die Kamera zehn Pfund schwerer macht, und darum begann Mimi sich nach jeder Mahlzeit den Finger in den Hals zu stecken. Jack hatte sie einmal gefragt, das war kurz vor dem Ende ihres unglücklichen Techtelmechtels, ob sie Rachitis hätte. Mimi jedoch liebte die Welt der Polittalkshows und brachte die verlangten Opfer.

Sie formte ihre scharlachroten Lippen zu einem Lächeln. »Ich habe dich lange nicht mehr gesehen. Es gab Gerüchte, dass du eine Kur machen würdest, oder so was.«

Ich lächelte zurück. Wir mögen zwar mittlerweile nicht mehr immer einer Meinung sein, aber damals, als wir noch jung und anständig waren, hat mich Mimi wirklich gerettet. Nach dem Examen war sie fest entschlossen gewesen, einem Wohltätigkeitsverein beizutreten, einen mächtigen Ehemann an Land zu ziehen und ein Star in den Medien zu werden, allerdings nicht unbedingt in dieser Reihenfolge. Ich war von jeder juristischen Fakultät abgelehnt worden, bei der ich mich beworben hatte, mein Elternhaus in Lincoln Park wurde gegen ein Fertighaus in der Vorstadt eingetauscht, und mein Großvater hatte entschieden, dass ich den Sohn seines Partners in der Kanzlei heiraten sollte. Als Mimi mir erzählte, dass sie Chicago verlassen und in die Hauptstadt ziehen wollte, heftete ich mich sofort an ihre Fersen.

Dafür war ich ihr nach ihrer Ansicht immer noch etwas schuldig. Ich beschloss ihr die Bemerkung über die Kur durchgehen zu lassen. Jeder, der mich so lange kannte wie Mimi, durfte sich ein paar kleine Freiheiten erlauben. »Nur eine längst fällige Zen-Auszeit. Ich war in Italien.«

Mimi nickte uninteressiert. »Oh, wie nett. Hier dreht sich mittlerweile alles um diese Gold-Affäre. Ich bin sicher, dass *du* natürlich alles darüber weißt.« Sie kicherte. »Ich mache dazu gerade ein paar Meinungsumfragen für das Weiße Haus.«

Ich war beeindruckt. Einen Fuß in der Tür zum Weißen Haus zu haben war eine große Sache. Mimi kostete es voll aus. Mit einer auffälligen Geste schaute sie auf ihre goldene, mit Diamanten besetzte Uhr. »Oh ... äh – ich war gerade auf dem Weg dorthin zu einer Besprechung und bin schon spät dran. Eigentlich würde ich jetzt sagen, ruf mich doch bei Gelegenheit mal an, aber im Augenblick ist es einfacher, dass ich dich anrufe, wenn *ich* mal Zeit habe.« Sie gab mir einen Schmatzer auf die Wange und winkte, während sie davonging. »Wärmste Grüße an Jack!«

Auf meiner Anrufliste für den Nachmittag stand (neben meinen Eltern) nur eine Person. Maurice Barres war überrascht, von mir zu hören, aber seine Stimme bekam einen müden Klang, als er den Grund für meinen Anruf erfuhr.

»Das ist wirklich die Wiederauferstehung der Toten«, erzählte er mir. »Da tauchen Leute im Fernsehen auf, die ich schon seit Jahren nicht mehr gesehen habe. Deine alte Freundin Mimi Ryan ist überall auf Sendung.«

»Natürlich ist sie das«, sagte ich. In der politischen Plauderrunde hat sich nie besonders viel verändert, nur die Sitzordnung ist ab und zu eine andere. Doch nun senkte Maurice seine Stimme; ich konnte ihn im Getöse des Redaktionsraums kaum noch hören.

»Das alles wird aus einem bestimmten Grund hochgekocht«, sagte er. »Es ist der Regenmacher von Truman Pace.«

Das war ein Faktor, den ich nicht auf der Rechnung gehabt hatte: Truman Pace, das »Großmaul«, wenn man seiner landesweiten Radioshow glauben durfte. Der ätzende alte Wüterich trug Pullunder, was normalerweise einen gewissen Grad an Freundlichkeit vermuten lässt; Kaschmir nimmt selbst dem Teufel die Schärfe. Aber Truman half es nicht besonders. Die Hälfte der Zeit murmelte er so breiig vor sich hin – das Resultat eines jahrzehntelangen Kokainrausches –, dass man ihn unmöglich verstehen konnte. Manchmal aber, wenn er einen guten Tag hatte, brachte er das Radio immer noch zum Glühen. Er hatte schon bessere Zeiten gesehen, vor über zehn Jahren, als er noch Einfluss auf Politik und Popkultur nehmen konnte. Wie viele andere, so musste auch Truman die Chance gesehen haben, an Lyle Gold sein Profil zu schärfen.

»Oh, und da ist noch etwas«, sagte Maurice. »Hollywood hat sich eingeschaltet.«

»Wie immer«, seufzte ich.

»Nein, diesmal versuchen sie nicht zu beweisen, wie clever sie sind. Hier geht es allein um Patriotismus, ob du es glaubst oder nicht. In ganz L. A. wird Geld gesammelt, um damit die Kampagne gegen diesen Gold zu unterstützen.«

»Du machst Witze?«

»Sie überschlagen sich förmlich, um zu beweisen, wie amerikanisch sie sind«, sagte Maurice. »Heh, du weißt, wie es heutzutage läuft. Da ist ein Typ, den die meisten Leute für einen Verräter halten. Wie viele Leute kennst du, die schon mal etwas gestohlen haben oder eine Affäre hatten? Aber Landesverrat – das ist doch etwas ganz anderes. Es ist ein Skandal, bei dem wir uns alle gut fühlen können, wo wir uns selbstgerecht aufs hohe Ross setzen können. Schon lange hat sich keiner mehr so wohl in seiner Haut gefühlt. Irgendwie schien nichts mehr richtig zu laufen – abgesehen davon, dass dieser Bösewicht mit dem Messer in der Hand erwischt worden ist.«

Ich schwieg einen Augenblick, erriet die Antwort, bevor ich die Frage stellte. »Wer steckt hinter der Hollywood-Aktion?«

»Gluck.«

Auf Melvin Gluck, den Produzenten mit dem bekanntermaßen niederträchtigen Charakter (die Legende besagte, dass er einmal mit einem Chagall nach einer schwangeren Marketing-Vizepräsidentin geworfen haben soll), konnte man in jedem Wahljahr zählen, wenn es um Spenden für die Kandidaten ging, aber er gehörte zu denjenigen, die eine Gegenleistung für ihre Investition erwarteten. Er besaß viel Geld und einen großen Appetit auf Macht.

Truman Pace und Melvin Gluck. Lyle hatte keine Chance. Aber es war noch viel schlimmer, als ich dachte. Ich rief jeden an, der mir einfiel: den immer gut gelaunten politischen Kommentator, der mir lachend die Marotten von Pace und Konsorten auseinander setzte, dann aber nüchtern hinzufügte: »Aber da hört der Spaß dann auf.«; die Musikfotografin, die mir erzählte, dass sie in ihrem Viertel in Brooklyn bis hin zu den Konzerten im ganzen Land von allen möglichen Leuten nur Negatives über Lyle gehört hatte; und eine führende Dame der Gesellschaft – die Jugendliebe meines Vaters – die die Situation aus ihrer Wohnung in der Park Avenue betrachtete und berichten konnte, dass es unter den maßgeblichen Persönlichkeiten kaum Zweifel an Lyles Schuld gab (»Auf einige Leute schien das eine bessere Wirkung zu haben als eine Gesichtsoperation«). Ich lehnte mich in meinem Bürostuhl zurück und trommelte mit einem Stift auf der Schreibtischkante herum. Der letzte Mohikaner also.

*

»Du glaubst nicht, wen ich heute getroffen habe«, erzählte ich Jack und lehnte mich an seinen Barhocker aus rostfreiem Edelstahl. »Mimi Ryan.«

Jack entkorkte gerade eine Flasche Wein. Er verzog seinen Mund zu einer Grimasse. »Ah, die vergiftete Jungfer.«

Ich lachte. Die Frauen in Washington wussten nicht, was sie sich mit Jack einhandelten. Seine Herkunft aus dem Mittelwesten konnte er nicht leugnen, aber sie trug nur zu seiner Attraktivität bei – ja, sie bewahrte ihn sogar davor, übermäßig geleckt zu erscheinen. Für Jack gab es kein Haargel oder modische Brillen; er verließ sich darauf, dass ein guter Haarschnitt, ein energisches Kinn und ein Sinn für klassisches Schneiderhandwerk ihn von der Masse unterschieden.

Und ein exzellenter Weingeschmack. Er schenkte mir einen trockenen Weißen ein, und als ich das Glas an die Lippen hob, erinnerte ich mich plötzlich an das lose Ende eines Fadens, das immer noch in Rom baumelte.

»Ich habe vergessen, die Verabredung mit Reiff abzusagen«, sagte ich. »Ich wollte mich mit ihm im Hotel Eden zu einem Drink treffen.«

»Mit wem?« Jack zerhackte energisch rote und weiße Zwiebeln.

»Dem Typ im Außenministerium, der sein Leben hasst«, erinnerte ich ihn.

Doch Jack war damit beschäftigt, die Zwiebeln in den Topf zu werfen. »Weißt du, was das ist?« Er deutete auf die Stückchen, während er umrührte. Die Zwiebeln wurden im Olivenöl langsam braun und weich. »Das ist wahre Liebe!«

»Das letzte Mal, dass ich sie erleben darf?«

»Du sagst es, Süße.« Jack ließ den Topfinhalt nicht aus den Augen. Für einen kurzen Augenblick schwenkte er sein Weinglas, dann warf er vier Hand voll Arborio-Reis in den Topf. Jacks Wohnung hatte die Standardausstattung für Junggesellen – die schwarze Ledercouch, die Chromtische –, doch seine Küche passte in kein vorgefertigtes Bild. Was haben die meisten Jungs denn so in ihren Küchenschränken: Kartoffelchips, Bier, Gläser mit angetrocknetem Senf? Selbst Roberto konnte nur gelegentlich eine Packung Pasta vorweisen. Jack dagegen bereitete alle zwei Monate sorgfältig seinen eigenen Geflügelfond zu. Gibt es einen direkteren Weg zum Herzen einer Frau?

»Und«, begann Jack wie beiläufig. »Schon was von Roberto gehört?«

»Eine E-Mail.« Enttäuschenderweise, aber heutzutage ja nicht anders zu erwarten. Ich kenne sogar ein Paar, das sich über das Internet kennen gelernt hat.

»Hmm.« Jack schenkte mir noch ein Glas Wein ein. Er betrachtete es eingehend. »Gute *cuisse.* Nicht unbedingt üblich bei einem Weißen, aber sexy. Sehr sexy.« Dankenswerterweise unterbrach die Türklingel seine Weinexpertise.

John Jaures. Der Mann kam mit drei Cohibas hereinmarschiert, warf sie Jack zu und verkündete: »Die illegale Droge meiner Wahl.« Er sah genauso aus, wie man sich einen Kriegsberichterstatter nach dem Ende des Kalten Krieges vorstellt: struppiges Haar, unrasierte Wangen, Khakihosen und ein blaues T-Shirt mit der Aufschrift IRON CITY BEER auf der Vorderseite. Über seinem Arm hing der obligatorische Trenchcoat (die kugelsichere Weste hatte er zu Hause gelassen).

Mit seinen vierunddreißig Jahren war Jaures bereits in den meisten Brennpunkten der Welt gelandet. Das heißt, wenn Sie mal dieses Buch *Die gefährlichsten Orte der Welt* durchgeblättert haben, haben Sie ungefähr eine Vorstellung davon, wo er überall war. Eine Kugel hatte (wie ich später erfuhr) in Bosnien eine Narbe an seinem rechten Oberarm hinterlassen, die er in eine Tätowierung des Abzeichens der zweiten Division der Fremdenlegion einarbeiten ließ (deren Ärzte ihn gerettet hatten). Abstecher nach Kasachstan und Usbekistan hatten aus ihm einen Kettenraucher russischer Zigaretten gemacht, die zwar stanken, aber, so behauptete er, eine mächtige Wirkung entfalteten. Und anscheinend hatte er sich auch noch nicht wieder an die amerikanische Sitte gewöhnt, Deodorant zu benutzen. Den Grund dafür nannte er mir später: Im Kosovo habe er nämlich zwei Jahre lang in einem alten Pökelfass baden müssen, und nachdem er vierundzwanzig Monate lang nach Gepökeltem gestunken habe, wolle er endlich wieder wie er selber riechen. Doch zu jener Zeit hatte ich nur einen Gedanken: Das soll also unser Mann für die Medien sein?

John gab mir ein Blatt Papier. »Eine Geste meines guten Willens.« Es war die Fotokopie eines Briefes. Handgeschrieben, was heutzutage selten genug vorkommt, und dazu wie gestochen ausgeführt:

Mein allerliebster Freund,

gestern Abend musste ich noch den Doktor kommen lassen, der mir verbot, das Haus zu verlassen. Da ich nicht in der Lage bin, dich morgen zu besuchen, möchte ich dich bitten, mich am Vormittag aufzusuchen. Da G. mir viele interessante Dinge gebracht hat, und da wir nur zehn Tage Zeit haben, müssen wir die Arbeit unter uns aufteilen.
Versuche dann dem Botschafter zu erklären, dass du nicht hinaufgehen kannst,

für immer dein,
Mao

»Wer ist Mao?«, fragte ich.

»Ein hochrangiger Mitarbeiter von Botschafter Xianxu, aber Mao ist offensichtlich nicht sein richtiger Name«, sagte John.

»*Sein* Name?«, fragte ich.

»Die höheren Positionen sind fast nur mit Männern besetzt. Was ich allerdings weiß, ist ...«

»Wer schreibt so einen Quatsch wie *Mein sehr lieber Freund?*«, unterbrach Jack, der über meine Schulter guckte, während er weiter umrührte.

»Der Umschlag war an einen Mitarbeiter der pakistanischen Botschaft adressiert«, fuhr John fort. »Said Khan.«

Jack und ich starrten ihn an. »Du machst Witze«, brachte ich schließlich hervor.

»Schäbig, nicht wahr?« John lehnte sich in seinem Stuhl zurück. »Das hier hätte ein Schlüsseldokument der so genannten Rauchenden Colts – oder der *Dossiers*, wie sie es in manchen Regierungskreisen nennen – werden sollen.«

Ein Amerikaner wurde angeklagt, militärische Geheimnisse an einen chinesischen Diplomaten verkauft zu haben, der ein Verhältnis mit einem pakistanischen Adjutanten hatte. Wie prickelnd, dass es eine schwule Affäre war. Allein das machte die Angelegenheit zu einem Albtraum für die Botschaften Pakistans und Chinas (stellen Sie sich die Berichte vor, die Islamabad und Peking erreicht haben müssen). Was es für *unsere* Regierung zu einem Albtraum macht, abgesehen von dem Verkauf von Geheimnissen, waren die unausweichlichen geopolitischen Erschütterungen.

»Wo hast du das her?«, wollte ich von John wissen.

John lächelte. »Ich gebe niemals meine Quellen preis, Kate. Fakt ist jedenfalls, dass jemand in den Besitz von sensiblen Dokumenten gekommen ist und dass diese Dokumente tatsächlich in die Hände der Chinesen gelangt sind. Meine Fragen lauten: Wer hat es getan und was hat er übergeben?«

»Und du glaubst nicht, dass Lyle dieser Mensch war«, sagte ich.

»Ich neige zu dieser Ansicht«, antwortete er. »Ich glaube, es handelt sich um einen Insider. Lyle ist gut, aber er ist nicht so gut.«

John schaufelte das Risotto mit der Gabel in sich hinein, wobei Brocken von halb zerkautem Reis aus seinem offenen Mund fielen, während er uns von dem »geheimen Dossier« erzählte, vom dem das Militär, in der Person von Leutnant Joseph Henry, behauptete, es über Lyle zusammengestellt zu haben. Soweit

John darüber Bescheid wusste, hatte niemand außerhalb von Geheimdienstkreisen – nicht einmal die Grand Jury – mehr als einen flüchtigen Blick auf diese Dokumente erhaschen können. Der Brief an Said Khan war das einzige kleine Teilchen, das zu ihm durchgesickert war. Ein einzelner Buchstabe *G* schien allerdings kaum eine geeignete Grundlage für eine Anklage zu sein, doch das war nur meine bescheidene Meinung.

»Ich versuche immer noch herauszufinden, wer alles an der Sache beteiligt ist«, gab John zu. »Beim Karneval kann man besser die Übersicht behalten als hier.«

»Warum ist überhaupt das Militär darin verwickelt?«, fragte Jack. »Sollte nicht das FBI ermitteln?«

»Du weißt doch, wie gradlinig diese Angelegenheiten behandelt werden«, sagte John sarkastisch. »Zweiundzwanzig verschiedene Bundesbehörden behaupten, dass sie ermitteln würden, wie üblich. Weil allerdings Spezialeinheiten betroffen sind, scheint es hauptsächlich in die Zuständigkeit der militärischen Geheimdienste zu fallen. Aber auch das Außenministerium ist beteiligt, weil als einer der Ersten der stellvertretende Außenminister die E-Mails zu sehen bekam.«

»Und was ist mit dem Weißen Haus?« Jack füllte sein Glas nach.

Ich erwähnte, dass ich Mimi getroffen hatte. John schien nicht überrascht. »Wie aus dem Drehbuch. Sie macht Meinungsumfragen für August Mercer.«

»Und im Augenblick *ist* er das Weiße Haus«, sagte Jack.

Die graue Eminenz, so könnte man es wohl auch ausdrücken. August Mercer war ein brillanter Kopf, eine nicht unbedeutende Ursache dafür, dass der derzeitige Präsident sich dort befand, wo er war. Offiziell fungierte Mercer als Berater des Weißen Hauses, aber in Wirklichkeit kontrollierte er alles, von der Politik bis zum Spendensammeln. Sein Vermögen hatte er mit einer Firma für Direktwerbung gemacht, die er verkauft hatte, bevor er sich dem Wahlkampfteam des Präsidenten anschloss. Direktwerbung ist nur ein anderes Wort für unerwünschte Reklamepost, und die meisten Amerikaner lassen ihre Wahlwerbungsbriefe direkt in den Müll wandern. Nichtsdestotrotz glaubte Mercer mit fester Überzeugung daran, dass er in die Welt und auf einen machtvollen Posten gesetzt worden war, um das Leben seiner Landsleute über die Durchsetzung absoluter, moralischer Standards zu verbessern, und sein Eifer äußerte sich in einigen rücksichtslosen Wahlkampfmanövern. Er war wahrscheinlich kein besonders unterhaltsamer Gast bei Abendempfängen, aber wenn ich jemals für ein Amt kandidieren sollte, dann würde ich durchaus erwägen, August Mercer anzuheuern. Der Mann konnte Wunder vollbringen.

Er hatte also einen Auftrag an Mimi vergeben. Das klang überhaupt nicht nach Mercer. Was hatte er davon?

»Wir wissen zumindest, dass er es nicht getan hat, um sie ins Bett zu kriegen«, sagte John. »Der Kerl ist ein Mönch.«

»Er will es nicht allzu geheim halten. Mimi plappert im Fernsehen immer alles aus, was sie an Informationen bekommt.« Der Gedanke nahm Gestalt in mir an, während ich sprach. »Da habt ihr es.«

»Direkter Medienzugang ohne den Umweg über eine Pressemitteilung«, sagte John. »Großartig.«

Jack schenkte jedem von uns ein Gläschen Grappa ein. »Aber weshalb beschäftigt sich jemand wie August Mercer überhaupt mit solchen Dingen?«

»Und da genau könnte meine Story stecken«, sagte John. »Oder zumindest eine von ihnen.«

Als wir mit unseren Gläsern anstießen, versuchte ich, nicht an Roberto zu denken. Ich hatte schließlich meine Arbeit zu tun. Offensichtlich hatte auch er das eingesehen und rücksichtsvollerweise nicht angerufen.

*

Schälen Sie eine Zwiebel. Jack hatte mich für ein Abendessen, das er gab, einmal zwanzig schöne Vidalia-Zwiebeln auseinander nehmen lassen. Es war eine qualvolle Prozedur, nicht unähnlich der Tätigkeit, mit der ich mein Geld verdiente. Nehmen Sie zum Beispiel den Fall Gold: Im Keim hatte jemand Geheimnisse verkauft; erste Schicht – jemand wollte, dass Lyle Gold für diese Person gehalten wird; nächste Schicht – andere wollten *glauben*, dass Lyle der Verräter war; und so weiter. Mit jeder hauchdünnen Schicht, die ich herunterriss, wurde immer offensichtlicher, dass alle Karten zu unseren Ungunsten gemischt waren. Es würde nicht reichen, wenn ich mich ständig freundlich lächelnd an die richtigen Leuten heranschmeichelte. Ich musste herausfinden, warum das Weiße Haus Meinungsumfragen zu Lyle Gold durchführen ließ. Ich musste an August Mercer herankommen.

Tja, aber Mercer hatte keinen Grund, sich mit mir zu treffen. In seiner Welt war ich nicht wichtig – ich befand mich praktisch noch nicht einmal auf seinem Radarschirm. Warum sollte ein hoher Berater des Präsidenten, der Vorsitzende des neu gegründeten Büros für Strategische Sicherheitsinitiativen (eine lustige Art, zum Ausdruck zu bringen, dass er völlig freie Hand hatte), sich herablassen, überhaupt mit mir zu sprechen?

Glücklicherweise war meine beste Freundin, Lili, Maître im besten Restaurant der Stadt. Jeder, der etwas darstellte, wollte einen Tisch im Le Sénateur, der Heimat von *»la cuisine du diplomate«*, um Lili zu zitieren (subtile Restaurantnamen führten in dieser Stadt selten zum Erfolg; *Politicos* und ihresgleichen ergötzen sich in Etablissements namens Capitol Grille oder dem Caucus Room). Die Entscheider in Washington mochten einen Maître vielleicht als »Dienstboten« abtun, doch Lili verfügte über eine gewisse Macht. Wenn sie in dem Restaurant essen wollten – und jeder wollte es – kamen sie an ihr nicht vorbei. Das machte das Restaurant zu einem wunderbaren Instrument, um Leute ausfindig zu machen.

Vier Tage später rief Lili mich im Büro an. »Herzlichen verfrühten Glückwunsch zum Geburtstag! Rate mal, wer für heute reserviert hat?« Ich merkte mir vor, ihr dafür eine Flasche Krug zu schenken.

Ich trug einen leichten Kaschmirpulli und entschied mich, dazu einen Schal zu tragen, den mir meine Mutter vergangenes Jahr zum Geburtstag geschenkt hatte. Ich hatte ihn noch nie getragen, weil Hermès ein wenig nervös rüberkam, besonders, wenn es mit Parfümflaschen gemustert war, dennoch holte ich ihn aus einer tiefen Schreibtischschublade zum Vorschein. »Locker und asymmetrisch«, riet Jack, als er ihn mir band. Und dann trabte ich los in den glanzledernen Stöckelschuhen, die ich das erste Mal an jenem Abend getragen hatte, als ich mit Roberto Prosecco trank (sie waren immer noch nicht eingelaufen – bei Glanzleder braucht man dazu Ewigkeiten). So bewaffnet, erreichte ich das Restaurant genau gleichzeitig mit dem neuen französischen Gastkoch. Der kleine Mann ging auf Lili zu, zeigte auf sein farbenfrohes Kochbuch, das freundlicherweise am Eingang präsentiert wurde, und verkündete: »Dies ist dör Buch. Isch bin dör Koch. *Allons-y!*« Sie zwinkerte mir zu, als sie ihn zur Küche begleitete, gefolgt von einer Reihe Jetlag-geschädigter Sous-Chefs, die ihn begleiteten. Es blieb also ihrer Stellvertreterin vorbehalten, mich zu meinem Tisch zu führen, der sich rein zufälligerweise neben dem von August Mercer befand.

Er sezierte gerade einen Fasan, tief ins Gespräch mit dem

bekannten Anwalt Kent Brewster verwickelt. Das bedeutete einen weiteren großen Schritt. Ich kannte Kent von zahlreichen Unterhaltungen, die wir in den Warteräumen etlicher Fernsehstudios der Stadt geführt hatten. Talkrunden sind eine wunderbare Methode, Netzwerke aufzubauen.

Kent Brewster war genauso korpulent wie Mercer (kein Wunder, dass es nie gelungen war, eine allgemeine Gesundheitsfürsorge aufzubauen, wer in Washington wollte schon für diese wandelnden Herzinfarkte zahlen?) und genoss ein gewisses Maß an Macht, da er schon einigen Politikern aller Schattierungen aus der Bredouille geholfen hatte. Er nahm mich allerdings erst zur Kenntnis, als Lilis Version eines Bauernfrühstücks – eine Platte Austern mit einem Glas Champagner – auf meinem Tisch landete. Es war ihr beliebtester und erfolgreichster Trick, wenn es galt, das Eis zu brechen. Und tatsächlich, Kent warf einen gedankenverlorenen Blick zu mir herüber und unterbrach seine Mahlzeit.

»Es ist wirklich ein trauriger Anblick, wenn eine schöne junge Frau allein zu Mittag speist, Katie«, sagte er mit seiner Reibeisenstimme.

»Machen Sie sich um mich keine Sorgen, Kent«, antwortete ich. »Die Erdbeeren in Schokolade kommen später.«

August Mercer bleckte die Zähne. »Ich glaube, wir sind uns noch nicht vorgestellt worden«, sagte er.

»Du hast die liebenswerteste Frau Washingtons noch nicht kennen gelernt?« Kent war zu höchster Alter-Kumpel-Form aufgelaufen.

»Nur von Washington?« Ich lächelte und erhob mein Champagnerglas.

»Nun, August, ich denke, wir müssen diese Einschätzung revidieren. Kate ist einer der cleversten jungen Römer – nun ja, Römerinnen wohl eher – in der K Street.«

»Und warum kenne ich Sie dann nicht?«, fragte Mercer.

»Du kennst das Mädchen. Erinnerst du dich an Frederick Banks?« Kent stieß ihm den Ellenbogen in die Rippen.

»Mich erinnern?« Mercer rammte seine Gabel in den Fasan. »Ich habe ihn angeheuert.«

O-Mann-o-Mann, ich spitzte meine Ohren. Jetzt wurde es richtig gut.

»Diese junge Dame hat seinen Arsch gerettet«, sagte Kent.

Mercer betrachtete mich etwas eingehender. »Tatsächlich? Das ist wirklich interessant.«

»Und was tut mein früherer Klient heutzutage so für Sie?«, fragte ich und führte eine Auster an meine Lippen.

»Er arbeitet für mein Büro«, sagte Mercer ausweichend, den Blick weiterhin auf mich gerichtet.

»Freddy ist ein cleverer Bursche«, sagte ich. »Er hat sogar ...«

Der untersetzte französische Chef wälzte sich plötzlich persönlich zu meinem Tisch herüber, ein kleines Tablett mit Kaviar und Crème-Fraîche-Häppchen schwingend. »Diese ist für Sie«, verkündete er missmutig. Lili musste ihn dazu verdonnert haben, dachte ich, und er konnte offensichtlich den Gedanken nicht ertragen, dass ich keine bedeutende Persönlichkeit war. Ich lächelte ihn an, und weil ich ihm bewusst machen wollte, wie sehr ich diese Geste schätzte, erwähnte ich, dass meiner Meinung nach sein Restaurant besser sei als jedes seiner Konkurrenten, inklusive dem Les Crayères, einem berühmten Lokal in Reims, zu dem mich Lili einmal mitgeschleift hatte.

Der Chef beäugte mich misstrauisch. »Wo?«

»Les ... Crayères«, wiederholte ich zögernd. Es hatte Sterne im Michelin! Ich beschloss, den Namen seines Chefkochs hinzuzufügen. »Gérard Boyer.«

Der Chef überlegte einen Augenblick, und dann, mit einem

kaum wahrnehmbaren Zeichen der Wiedererkennung, sagte er: »Oh, Les *Crayères.*« Als ob eine einzige Silbe einen solchen Unterschied machen würde.

»Vielen Dank ...«, murmelte ich noch, bevor er sich umdrehte und eilig in die Küche zurücktrippelte. Ich kam zu dem Schluss, dass es vielleicht keine schlechte Idee wäre, an meiner Aussprache zu arbeiten, bevor ich ein weiteres Mal versuchte, irgendwelche Namen in ein Gespräch einfließen zu lassen.

Kent Brewster und August Mercer schauten mit gerunzelter Stirn zur Küche hinüber.

»Verdammte Froschfresser«, bemerkte Mercer und nahm einen kräftigen Schluck von seinem Martini.

»Wir haben ihnen über die Jahre wahrlich oft genug aus der Patsche geholfen«, fügte Brewster hinzu. »Machen Sie sich bloß keine Gedanken über den Franzmann, Kate. Mir schmeckt sein Essen sowieso nicht besonders gut.«

»Oh«, sagte ich. »Das ist aber schade. Ich wollte Ihnen gerade ein paar von diesen hier anbieten.« Ich zeigte auf die Kaviarplatte.

»Im Interesse der Diplomatie«, sagte Mercer und angelte sich diverse Häppchen. »Kate, Sie sollten einmal in meinem Büro vorbeischauen. Freddy besuchen.«

»Oh, Mr. Mercer, es wäre mir ein Vergnügen«, antwortete ich. »Und mit Ihnen würde ich mich auch gerne einmal unterhalten.«

Er reichte mir seine Visitenkarte und sagte: »Rufen Sie mich an.«

Einfach so, vielleicht war ich ja nützlich für ihn. Gelobt sei das gute Essen. Vielleicht war an Jacks Auffassung ja doch irgendetwas dran.

4

Für immer dein und auf den Mund

Ich bin ein Morgenmuffel, was in einer Stadt wie Washington ein ziemliches Handicap darstellt. Die mit den glänzenden Augen und den Püschelschwänzchen hüpfen im Morgengrauen zu ihren Schreibtischen; ich stolpere ein paar Stunden später herein und greife nach meinem Kaffee. Ich hatte noch nicht annähernd genug davon in mich hineingeschüttet, als ich am folgenden Morgen die Titelseite der *New York Post* auf meinem Schreibtisch erblickte. TOD EINES DIPLOMATEN brüllte die Schlagzeile über dem Foto eines blendend aussehenden jungen Mannes, eines gewissen Said Khan.

Das ist nicht wahr, dachte ich und stellte meinen Becher ab. Khan war schließlich ein häufiger Name in Pakistan. Genau wie Said.

Natürlich würde die *Post* von jedem U-Bahnunfall berichten – und dieser war ein besonders unheimlicher. Der gut aussehende junge Diplomat, in Washington stationiert, war zusammen mit seiner Verlobten, ausgerechnet der Tochter des pakistanischen Botschafters bei den Vereinten Nationen, auf dem Weg zum Rathaus gewesen, um seine Heiratspapiere abzuholen. Seine Verlobte sagte später, er hätte sich unwohl gefühlt, obwohl verkatert wohl der passendere Ausdruck gewesen wäre, da er am vorhergehenden Abend mit seinen Freunden unterwegs gewesen war, um einer uramerikanischen Sitte zu frönen und das Ende seiner Junggesellenzeit zu feiern. Natürlich war er es nicht gewohnt, so viel zu trinken. Er hatte seiner Verlobten gesagt, dass er ein Stück zu Fuß gehen wolle, um das Unwohlsein ein wenig abzuschütteln. Sie befanden sich in der Times Square Station, der Bahnsteig war mit grimmigen Pendlern und verwirrten Touristen überfüllt gewesen, ein russischer Violinist spielte Chopin für ein paar 25-Cent-Münzen. Die Verlobte hatte Said Khan aus den Augen verloren, nachdem er losmarschiert war. Ein paar Minuten später fanden sie ihn auf den Gleisen, zermalmt.

Ich musste mein Gesicht zu einer Grimasse verzogen haben. Gerade in diesem Augenblick kam Jack hereingeschlendert, sein Haar vom Wind zerzaust (ich gönnte mir nach jedem Wahljahr ein paar Flugtickets, Jack sparte sein Geld und zog schließlich einen Alfa Romeo an Land). »Du hast es schon gehört?«, fragte er und schob sich seine Sonnenbrille auf die Stirn.

»Blitze schlagen ein. U-Bahn-Unglücke passieren.« Ich versuchte, beiläufig zu klingen. »Es steckt nicht notwendigerweise irgendeine finstere Macht dahinter.«

»Vielleicht hat er sich selber umgebracht«, schlug Jack vor, »anstatt zu heiraten.«

»Oder er ist vielleicht gestolpert«, sagte ich.

Jack zuckte mit den Schultern. »Wie dem auch sei. John ist oben in New York und untersucht die Sache.«

»Said Khan könnte auch nur eine traurige Fußnote in dieser Geschichte sein«, sagte ich.

Jack hielt einen Augenblick inne, bevor er sprach. »John hat es geschafft, Khan zu interviewen, bevor er starb.«

Ich zog die Augenbrauen hoch. Vielleicht hatte Jack den richtigen Riecher mit Jaures gehabt. »Was hat er gesagt?«

»Das Einzige, was John uns sagen wollte, war, dass wir die Mao-Khan-Korrespondenz sehr, sehr sorgfältig durchlesen sollten, weil er das nämlich auch gerade tut.« Jack warf seinen Becher in meinen Papierkorb, bevor er den Flur hinunterging.

*

Todesfälle sind natürlich immer schlecht. In meiner Branche muss man da sofort an Verschwörungen denken, an inszenierte Selbstmorde, Attentate. Aber im Augenblick war ich noch nicht bereit, mir diese Brille aufzusetzen. Es war, so sagte ich mir, einfach Said Khans Schicksal gewesen, vom Bahnsteig zu fallen, genau wie es Lyles Schicksal gewesen war, dank seines Wesens und seines Berufs, des Landesverrats angeklagt zu werden.

Und dennoch, wenn man der *Post*, dieser Bastion journalistischer Sorgfalt, glauben durfte, war Lyle Gold des Öfteren zusammen mit Said Khan gesehen worden. Ein Detail, das Demagogen wie Truman Pace sehr gelegen kam, wenn er seine morgendliche Sendung dazu nutzte, gegen eine vertrocknete Seele namens Lyle Gold zu wettern. Ich warf ein fest zusammengeknülltes Stück Papier nach dem Radio. Lyle hatte in Khan vermutlich eine zukünftige Quelle gesehen. So laufen diese Dinge eben.

Ich starrte ein neues Blatt Papier an, das strahlend weiß neben dem Berg von Notizzetteln lag, die ich im Laufe der letzten Tage aufgehäuft hatte, und trommelte mit meinem Stift auf dem Tisch herum. Okay. Der eigentliche Kern der Gold-Affäre war die Anklage und, daraus resultierend, die Verhandlung vor der Grand Jury. Und dann gab es den Krieg, der in den Medien und der Politik ausgefochten wurde. Die Schichten bildeten sich. Denken Sie an Zwiebeln.

Zwei Schlüsselministerien waren beteiligt: Äußeres und Verteidigung, zwei Ministerien, die einander traditionellerweise mit Abscheu betrachteten. Die E-Mail war aus dem Außenministerium gesendet worden. Sie hatte militärische Informationen enthalten. Und jetzt stellen Sie sich das Pentagon vor, seit beinahe dreißig Jahren von nebulösen Schlachten, verlorenen Kriegen und heimlichen Scharmützeln gebeutelt, ganz zu schweigen von einer Serie von Demütigungen – fragwürdige Waffengeschäfte gehen schief, Soldaten werden von Stadtguerillas niedergemetzelt –, die von der Presse minutiös dokumentiert wurden (nicht zuletzt von Lyle Gold, wie ich feststellte, als ich endlich einmal das journalistische Opus meines Ex durchlas). Selbst jetzt, in diesem überhitzten patriotischen Klima, stand das Militär der Presse misstrauisch gegenüber. Der Öffentlichkeit sorgfältig ausgewählte Informationen zu verabreichen, war gut. Gar keine Informationen waren noch besser. Nicht allzu viele Leute, ob Journalisten oder nicht, protestierten dagegen. Es wäre unziemlich erschienen.

Ich nahm die Kappe von meinem Füller und schrieb einen Namen auf: Leutnant Joseph Henry. Als Schlüsselfigur bei der Anklage gegen Lyle und tätig für den militärischen Geheimdienst, wäre Henry verständlicherweise besorgt über einen Verräter in seinem Nest. Und falls er nach Höherem streben sollte, dann war es in der Tat eine gute Zeit für ehrgeizige Leute. Als treuer Marineinfanterist hatte Henry mit Sicherheit beobachten können, wie andere Diplomaten in Uniform eine steile Karriere gemacht hatten, indem sie sich unter Beachtung dreier wichtiger Regeln an den Warteschlangen vorbeigearbeitet hatten: Befehle ausführen, ohne Fragen zu stellen; ein paar Kontakte in diplomatischen Kreisen knüpfen; diese Verbindungen nutzen, um sich einen lukrativen Job in der freien Wirtschaft für die Zeit nach der Pensionierung zu sichern.

Ich begann mich durch den Stapel der Rechercheergebnisse

zu arbeiten. Irgendwo musste etwas zu finden sein, was mir eine Richtung für die Nachforschungen wies, *irgendeine* Richtung.

Zu meinem Entzücken – ich kann mich auch an kleinen Dingen erfreuen – stolperte ich über ein Zitat, das Henry kurze Zeit nach der Anklageerhebung zum Besten gegeben hatte. »Wie viele andere Leute auch beginne ich mir Sorgen zu machen, wenn Prinzipien auf dem Spiel stehen. Es gibt in unserer Gesellschaft Menschen, die sich diese Grundsätze auf ihr Banner geschrieben haben, und in einer solchen Situation müssen wir gemeinsam aufstehen.« Nun ja, hier gab es etwas, mit dem ich arbeiten konnte, das ich dehnen und strecken konnte. Nur wenige Menschen halten »Grundsätze« für flexibel. Einmal etablierte Regeln müssen von jenen verteidigt werden, die dank ihrer Erziehung, ihrer gesellschaftlichen Rolle und ihrer Beliebtheit als Wächter akzeptiert werden. Diese Weisen, ein Netzwerk der alten Herren, betrachten sich selbst als die Verkörperung dieser Grundsätze; es ist ihr Geburtsrecht.

Ich blätterte schnell zurück zu einem Artikel, der flüchtig den stellvertretenden Außenminister erwähnte, auf dessen Schreibtisch der Mao-Khan-Briefwechsel gelandet war. Hier hatten wir einen Mann, der – schon das war interessant – seinen Posten einer beruflichen Freundschaft mit August Mercer verdankte. Der stellvertretende Außenminister glaubte trotz dieser Verbindung, dass ihm jenes seltene Kunststück gelingen könnte, sich über Parteizugehörigkeiten zu erheben und eine dauerhafte Rolle im Außenministerium spielen zu können. Tja, dieser stellvertretende Minister mochte die Welt vielleicht von seiner hohen aristokratischen Warte und im unerschütterlichen Glauben an seine persönliche Mission betrachten, aber er hatte bereits für *drei* Beinahe-Katastrophen die Verantwortung zu tragen. Ein Mann mit einem bereits befleckten Ruf braucht, wenn er seinen Job behalten möchte – ganz zu schweigen davon, auch bei der nächsten Regierung dabei sein zu wollen –, einen unzweifelhaften Triumph, etwas, das seinen Namen in einem helleren, freundlicheren Licht auf den Titelseiten erscheinen lässt. Stattdessen hatte er jetzt einen Spion am Hals.

Stellen Sie sich also die Reaktion dieses Mannes auf die unheimlichen Mao-Khan-Briefe vor: *»Wann kommst du endlich und besteigst mich? Mein Liebling, für immer dein und auf den Mund.«* Und dann die Antwort! *»Ja, du kleiner roter Hund, ich werde kommen und dir Vergnügen bereiten. Oh, dieses schmutzige Biest. Ganz der deine, auf dem Weg zu dir, Mao.«* Für mich war es ein bisschen zu viel des Guten, aber ich bin mir sicher, dass es den einen oder anderen anturnt. Wie wunderbar ironisch, dachte ich: Die eigentliche Spionage mochte via E-Mail vor sich gegangen sein, aber es war der Briefwechsel, einige wenige geschäftliche Dinge in einem Berg von Liebesbriefen, die alle per Post verschickt oder gelegentlich auch durch Boten überbracht worden waren, der das Außenministerium darauf stieß, dass irgendetwas ganz und gar nicht in Ordnung war.

Die meisten Leute, die von der moralischen Überlegenheit ihres Standpunkts überzeugt sind, werden keine Probleme damit haben, ihre Handlungen zu rechtfertigen, wenn sie mit dem Rücken zur Wand stehen und diesen Standpunkt verteidigen müssen. Ich erinnerte mich an eine Vorlesung, die die mit Abstand anspruchsvollste meiner Professorinnen, Joan Picquart, jetzt selbst im Außenministerium tätig, vor einigen Jahren gehalten hatte und in der sie genau dieses Thema vertiefte: *»Wer an eine absolute Moral glaubt, benutzt eine ganze Reihe von Ausreden, die er selbst aber nicht für Ausreden hält. Er hält diese Ausreden für die Wahrheit, und insofern lügt ein solcher Mensch nicht.«*

Zu jener Zeit hatte ich mich gefragt, von welchen Leuten sie eigentlich sprach. Jetzt nicht mehr.

*

Ich verließ mein Büro in der Absicht, zum *Le Sénateur* hinüberzugehen. Ich wäre zwar ein bisschen zu früh fürs Mittagessen gewesen, aber was machte das schon. Es war Donnerstag.

Eine Brigade von Aktenkoffern marschierte durch die Innenstadt: Männer, die in Uniformen aus Khakihosen, blauen Blazern und roten Krawatten, und Frauen in obstfarbenen, mit großen Goldknöpfen behängten Kombinationen von einem »dringenden« Meeting zum nächsten hasteten. Doch eine Gestalt stach aus der Masse hervor. Es gibt einen auffälligen Unterschied zwischen einer Blazer-Khakihosen-Kombination und einem dunklen, maßgeschneiderten Anzug, besonders im Frühling. Der einsame Anzug stand vor dem Eingang des Corcoran-Museums und hatte eine unheimliche Ähnlichkeit mit Reiff Prouty. Ich hielt einen Augenblick inne – obwohl mein Instinkt mir sagte, mich zu ducken, schließlich hatte ich unsere Verabredung zum Drink nicht eingehalten. Aber Reiff verschwand in der Menge, bevor ich die Chance hatte, ihm die Ehre zu erweisen. Ich blinzelte. Vielleicht begann ich, mir Dinge einzubilden.

Lili kontrollierte gerade ein letztes Mal die Reservierungsliste, als ich das Restaurant betrat. Uniformierte Pikkolos flitzten von einem mit cremefarbenem Leinen gedeckten Tisch zum nächsten und klirrten dabei mit Silber und Glas. Lili wieselte durch sie hindurch und begrüßte mich an der Tür, ihr natürlich blondes Haar zu einem modisch zerzausten Knoten zusammengebunden.

»Erzähl mir nicht, dass du hier essen möchtest«, sagte sie

und kaute die Farbe von ihren Lippen. Direkt vor einem mittäglichen oder abendlichen Ansturm war sie immer nervös. Ihre Nägel hatte sie sich bereits ruiniert.

»An der Bar«, kam ich ihr entgegen.

»Oh, Gott sei Dank. Wir sind vollkommen überbucht. Die Frau des FBI-Direktors hat angerufen und wollte einen Tisch für heute Mittag reservieren. Wer ruft denn eine Stunde vorher an, um einen Tisch zum Lunch zu bestellen? Allerdings hatte ich kein gutes Gefühl dabei, als ich Nein sagen musste.« Lili lachte kraftlos. Sie ließ ihren Blick über das leere Restaurant schweifen und choreografierte im Geiste noch einmal die Sitzordnung.

Lili und ich hatten uns vier Jahre zuvor auf einer Fahrradtour durch die Champagne kennen gelernt. Wir waren die einzigen Mädchen – na ja, jungen Frauen –, die es wagten, ohne Partner über die wogenden Kalksteinhügel Nordfrankreichs zu radeln und uns von den Einheimischen alles über den prickelnden Zaubertrank erzählen zu lassen.

»Oh, du solltest außerdem wissen, dass die kleine Nervensäge schon bei ihrem zweiten Martini ist.« Lili senkte ihre Stimme und nickte zu den Toiletten hinüber. Dann eilte sie wieder zum Eingangsbereich des Raumes hinüber und vertiefte sich erneut in ihre Liste.

Der Bartender warf mir einen warnenden Blick zu, als ich auf einen der Lederhocker glitt, doch bevor ich dessen Bedeutung voll erfassen konnte, ließ sich bereits ein Mann wie ein nasser Sack auf den Sitz neben mir sinken.

»Schau an, schau an, Miss Katie Boothe, wie *hinreißend, Sie* hier zu sehen.« Lewis Tap, ein Lobbyist aus Texas, der unglaublicherweise mit einem britischen Akzent sprach, strich eine Strähne aschblonden Haares aus seinem Auge. Er öffnete den Mund, und ich wappnete mich. »Ich habe einen neuen

Witz für Sie«, sagte er. Hatte er immer, irgendeine zotige Anekdote, von der er anscheinend glaubte, dass sie ihn clever aussehen ließ.

»Wenn ich Ihnen einen Martini spendiere, erzählen Sie ihn mir dann nicht?«, fragte ich. Der Bartender hüstelte und schob mir ein Glas Champagner herüber.

»Nur, wenn es ein *Dirty* Martini ist.« Lewis Tap kicherte. »Kate, haben Sie schon von dieser *Spionagegeschichte* gehört? Das Aufregendste, was seit *Ewigkeiten* in dieser Stadt passiert.«

»Die Lyle-Gold-Sache.« Ich nickte.

»Genau. Und *ich* habe etwas gehört, was *Sie* wahrscheinlich noch nicht gehört haben.« Lewis Taps kleine blaue Augen funkelten. »Über Mao. Den chinesischen Bi.«

»Ich dachte, er wäre schwul«, sagte ich und leerte mein Glas.

»Nein, nein, *nein*. Er hat eine *ziemlich* breite Spur in der Massachussetts Avenue hinterlassen, wenn Sie wissen, was ich meine: Männer, Frauen, es spielte keine Rolle, solange sie nur *schön* waren.« Und wieder das Kichern. »Und er war wahrscheinlich der schlampigste Spion in der Geschichte der Spionage.«

Er schlürfte laut aus seinem Glas, um es spannend zu machen.

»Wissen Sie, wie dem Außenministerium diese ganzen anschaulichen Liebesbriefe in die Hände geraten sind? Sie wurden in Maos *Papierkorb* gefunden! Er hatte die Angewohnheit, wirklich *alles* wegzuwerfen: Liebesbriefe, sogar Ausdrucke von E-Mails – und wer um Himmels willen macht denn Ausdrucke von E-Mails und wirft sie anschließend weg, in den Papierkorb neben seinem Schreibtisch? Er hätte die Schnipsel ja zumindest in einen *anderen* Papierkorb werfen können! Unser angehender kleiner Spion zerreißt die Papiere also – abhängig von seiner Stimmung, nehme ich an – in vier oder sechs Schnipsel.

So ist er mit den Kopien seiner *eigenen* Briefe verfahren und auch mit denen seiner unzähligen Geliebten, darunter auch« – und hier erhob Lewis Tap sein Martiniglas zu einem letzten Gruß – »der unglückliche Said Khan.«

Für einen Augenblick saß ich schweigend da. Lewis Tap ähnelt in vielem einer Boulevardzeitung. So sehr ich auch alles, was aus seinem Munde kommt, als erfunden abtun möchte, seine Geschichten enthalten doch immer ein Körnchen Wahrheit.

»Ist Mao immer noch in der Botschaft?«, fragte ich.

»Oh, *nein.* Nein, der Botschafter hat *ihn* zurück nach China verabschiedet, und zwar *pronto.*«

»Und unter diesen Papieren befand sich der verräterische *G*-Brief«, sagte ich.

»Offensichtlich.« Lewis lächelte lüstern. »Und der Ausdruck einer E-Mail von Lyle Gold *höchstpersönlich.*«

»Und wie ist das Außenministerium an all diese Briefe gekommen?«

»Eine sehr patriotische Putzfrau«, sagte Lewis. »Das habe ich jedenfalls gehört.«

Eine *Putzfrau* gräbt zerrissene Papiere aus, den belastenden Brief und die Ausdrucke der E-Mails, die von Lyle Golds Postfach abgeschickt worden waren? Großer Gott, wie viel amateurhafter konnte diese Operation denn noch werden? Wo um Himmels willen sind meine ganzen Steuerdollars denn hingegangen?

Ich ging früh nach Hause und schnürte zum ersten Mal seit ein paar Wochen wieder die Laufschuhe. Normalerweise verbringe ich den Sommer damit, halbherzig für einen Herbstmarathon zu trainieren. Wenn ich es richtig ernst meine, lasse ich sogar den Wein stehen. Doch die Gold-Affäre bedeutete, dass ich keine Zeit haben würde, die notwendigen Trainingsmeilen zusammenzukratzen. Aber ich musste zuerst einen klaren Kopf bekommen. Jack pflegte zu behaupten, dass man den Grad meiner Verrücktheit daran erkennen konnte, wie sehr ich dafür vom Laufen abhängig war.

Während ich den Uferpfad am Potomac entlangstampfte, ließ ich die Tatsachen noch einmal Revue passieren. Es handelt sich tatsächlich um Spionage. Irgendjemand, ein Amerikaner, verkauft Geheimnisse an Mao, die eine Hälfte eines diplomatischen Duos, dessen beide Mitglieder ihre Gründe haben, zu Agentenhelden zu werden – ein Karrieresprung an die Spitze der Beförderungsliste natürlich; der wirkliche Spion, der sich zu einem bestimmten Zeitpunkt den Namen eines Journalisten, der weithin als Störenfried bekannt ist, als Deckmantel aussucht, unter dem er Informationen weitergibt; eine Putzfrau, bezahlt vom (ich vermute mal) Außenministerium, findet Schnipsel von Liebesbriefen, ausgedruckten E-Mails und vom *G*-Brief; ein Exemplar des Dossiers mit dem Beweismaterial wird dem stellvertretenden Außenminister übergeben, ein anderes Henry, weil er dem militärischen Geheimdienst angehört und weil die Informationen die Spezialeinheiten betreffen. Die Geschichte sickert durch, die Geschichte wird groß aufgemacht. Und jetzt hatten wir den Salat.

Erschöpft von der fünften Meile beugte ich mich nach vorne und stützte mich mit den Händen auf den Knien ab, während ich versuchte, wieder zu Atem zu kommen.

*

Würde sich irgendeiner von uns ehrlich darauf freuen, einem ehemaligen Lebenspartner wieder zu begegnen? Vielleicht geben wir uns Wunschgedanken hin: Die Kröte, die damals unsere zarten Gefühle zertrampelt hat, steht heute mit hängendem

Unterkiefer am Straßenrand, und wir gleiten mit unserem 1956-er Porsche Roadster an ihm vorbei, fett und langsam kahl werdend, während wir vorübersegeln, in schicke Klamotten gehüllt und mit einem Filmstar an unserer Seite, oder irgendetwas in dieser Richtung. Jack war einmal der Frau wiederbegegnet, die ihm in der High School das Herz gebrochen hatte. »Wenn ich gewusst hätte, dass sie einmal mit einem Schnurrbart und hundert Pfund zu viel auf den Knochen enden würde, hätte ich mich damals nicht so aufgeregt«, erzählte er mir. Alles in allem ist das Ganze ein deprimierendes Unterfangen, und deswegen blicke ich niemals zurück. Keine zweiten Chancen, keine platonischen Freundschaften. Vorbei ist vorbei.

Es sei denn, es geht um unsere Zukunft. Trotz all der Jahre, die seither vergangen waren, und trotz all meines Erfolgs klopfte mein Herz unkontrollierbar schnell, als Jack und ich das Gefängnis betraten, und ehrlich gesagt hätte ich am liebsten gekotzt. Oh, ich wusste, dass Lyle uns grünes Licht geben würde – Demange hatte ihn wie versprochen vorbereitet, welche andere Wahl hatte er auch zu diesem Zeitpunkt? Und trotzdem war ich nervös.

Jack blickte zu mir herüber, als wir uns ins Besucherbuch eintrugen. »Bist du in Ordnung?«, fragte er. »Wenn du willst, kann ich das Reden übernehmen.«

»Das ist wohl keine schlechte Idee«, murmelte ich. »Aber benimm dich.«

Stahltüren fielen hinter uns ins Schloss, als wir in den Besucherraum geführt wurden. Wir saßen auf Plastikstühlen, durch eine Plexiglaswand von den Insassen getrennt, aber über ein Telefon verbunden. Es war genau wie eine Szene aus einem Fernsehkrimi. Und dann öffnete sich die Tür, und Lyle schlurfte, begleitet von zwei Wärtern, in Ketten und Handschellen in den Raum. Das Einzige, was noch fehlte, war die Kugel an der

Kette. Angesichts der Tatsache, dass er nur angeklagt war, kamen mir diese Vorkehrungen reichlich übertrieben vor, und überhaupt, wohin sollte er denn fliehen? Sein von Natur aus schon blasser Teint wirkte aschgrau, und er hatte ein wenig an Gewicht verloren. Aber was mir am deutlichsten auffiel, war der erloschene Blick. Das war nicht der Mann, den ich gekannt hatte.

Lyle setzte sich und nahm den Telefonhörer auf.

»Wie geht es dir, Lyle«, fragte Jack oberflächlich.

»Nicht gerade berauschend«, antwortete er. Er vermied es, mir in die Augen zu sehen.

»Demange hat also mit dir gesprochen«, begann Jack. »Ich schätze, er hat dir erzählt, dass wir dir gerne helfen würden.«

»Ich weiß nicht, was ihr für mich tun könnt«, sagte Lyle. »Ich habe einen Anwalt.«

»Du wolltest eine Firma wie unsere in deinem Team haben«, erinnerte ihn Jack. Lyle entgegnete nichts, und ich sah, dass Jack langsam ungeduldig wurde. Reflexartig griff ich nach dem Hörer.

»Ich weiß, dass du es nicht warst, Lyle«, sagte ich mit so viel Überzeugung, wie ich an einem Ort wie diesem aufbringen konnte.

Lyle starrte auf seine Hände. »Danke.«

Ich beackerte ihn weiter. »Wir werden diese Sache gewinnen. Demange wird seine Aufgabe vor dem Bundesgericht erledigen. Wir werden unseren Beitrag vor dem Gericht der öffentlichen Meinung leisten.«

Lyle schwieg für einen Augenblick, der angesichts der fünf Minuten, die uns zur Verfügung standen, unendlich erschien, und dann sagte er: »Kate, alles, was ich besitze, geht für die Bezahlung von Demange drauf. Ich wüsste nicht, wie ich auch das noch stemmen sollte.« Seine Stimme brach.

»Mach dir darüber mal keine Sorgen. Jack und ich wollen daraus keinen Profit schlagen« – Jack trat mir gegen das Schienbein – »*noch* nicht«, wimmerte ich.

»Ich glaube nicht, dass du weißt, mit wem du es zu tun haben wirst«, sagte Lyle.

»Wir wissen es besser, als du es gewusst hast«, flüsterte Jack. Zum Glück konnte Lyle ihn nicht hören.

»Es sind keine schönen Aussichten«, gab ich zu. »Aber warum sollten wir es nicht mit ihnen aufnehmen. Es zumindest versuchen.«

Lyle betrachtete mich verbittert. »Sie haben einfach Sachen erfunden. Dieser Marineinfanterieleutnant, der mich einen Verräter nennt! Diese ›Beweise‹, die sie vorgelegt haben. Ich hatte Mao ein paar E-Mails geschickt, weil ich ihn interviewen wollte, und das soll reichen, um mich hier einzulochen? Und dann kam auch noch dein Spezi Freddy Banks zu Besuch: ›Hallo, Kumpel, warum erzählst du mir nicht, was passiert ist?‹ Was passiert ist? Ich weiß überhaupt nicht, was eigentlich passiert sein soll!«

Jack tippte mir aufs Knie, als Freddy Banks' Name fiel. Für einen Assistenten aus der mittleren Ebene des Weißen Hauses legte er ein erstaunlich großes Interesse an den Tag.

»Lyle, wir werden –«, begann ich, aber Lyle hatte Tränen in den Augen.

»Diese Leute kennen mich gar nicht. Sie *wollen* mich gar nicht kennen. Sie *hassen* mich. Glaubst du wirklich, dass du dagegen ankämpfen kannst?«

Er machte erneut eine Pause und bemerkte die Wärter, die näher getreten waren. Er zuckte mit den Schultern. Unsere Zeit war abgelaufen.

»Mach es, Kate«, sagte er. »Ich hoffe, du bist so klug, wie du denkst.«

Er schlurfte aus der Tür, und ich schmetterte den Hörer auf das Telefon.

»Tja«, sagte Jack, »er hat nichts von seinem Charme verloren.«

5

Alles über mich

Vor zehn Jahren hatte ich Glück. Kurz nachdem Mimi Ryan und ich in Washington angekommen waren und sich unsere Wege getrennt hatten, mietete ich mich in einer Pension ein (in der Tat, so etwas gibt es noch), und damit ich etwas zu essen bekam, zeckte ich mich durch die Empfänge auf dem Capitol Hill. Manche davon waren besser als andere. Auf einer besonders denkwürdigen Veranstaltung (gut sortierte Bar, riesige gekochte rosa Shrimps, breitbrüstige Kongressabgeordnete, die sotto voce über einander lästerten und noch etwas lauter ihren Kuhhandel betrieben) traf ich Freddy Banks. Er kam in der lässigen Haltung eines erfolgreichen Gesetzgebungsberaters auf mich zu, wedelte mit seiner goldverzierten Visitenkarte, die bewies, dass er für den Sprecher des Abgeordnetenhauses arbeitete, und fragte nach meiner Karte. Ich hatte natürlich keine, und er gab sich daraufhin dermaßen herablassend, dass ich mir am selben Abend noch erfundene Visitenkarten drucken ließ, auf denen ich mich Beraterin nannte. Warum nicht? Ich war mir zwar nicht sicher, was ein Berater so macht, aber der Capitol Hill schien von ihnen zu wimmeln.

Am nächsten Tag lieferte ich eine davon in seinem Büro ab, und schon einen Tag später verlor unser Wunderkind seinen Job, nachdem Schmierereien auf den Toilettenwänden des Kapitols aufgetaucht waren, die ihn »Vergewaltiger« nannten. Freddy verlor keine Zeit und brachte meine Karte zur Anwendung. Er rief mich am selben Nachmittag an, erklärte, dass diese Beschuldigung schon alt sei und aus seinem zweiten Jahr auf dem College herrührte und dass er damals freigesprochen worden war. Irgendjemand wollte das offensichtlich nicht so recht glauben und hatte sich den öffentlichsten Ort von allen ausgesucht, um das Verfahren wieder in Gang zu bringen. Freddy Banks wollte seinen guten Ruf wiederherstellen, und weil seine Mittel begrenzt waren, kam er zu mir.

Ich stellte nicht allzu viele bohrende Fragen. Der Arbeitsmarkt sah finster aus, und ich hatte bereits die Sohlen von zwei Paar Schuhen abgelaufen und mehr als dreihundert offensichtlich ungelesen gebliebene Lebensläufe verschickt. Ich wollte Idealistin sein, eine Eigenschaft, für die meine Familie alles andere als bekannt war, und vielleicht hatte ich meine Motive nicht gründlich genug hinterfragt. Doch zu jener Zeit entschied ich mich dafür, es zu tun, weil selbst eine Mindestgebühr besser war als das, was ich damals auf dem Konto hatte.

Maurice Barres traf ich eine Woche später auf einem anderen Cocktail-Empfang. Maurice erzählte mir später, dass es an dem schwarzen Samtkleid lag, dass er überhaupt zu mir herübergekommen war und mir ein Glas Champagner angeboten hatte. Ich erzählte ihm, dass der einzige Grund, warum ich den Champagner annahm, der leuchtende eingeschweißte Presseausweis war, der an seine Brusttasche geheftet war und ihn als Mitarbeiter der *Washington Post* identifizierte. Ich gab ihm ein oder zwei Originaltöne, und am nächsten Tag tauchten mein Name, meine Worte und mein schwarzes Kleid an prominenter Stelle im Lifestyle-Teil der Zeitung auf (ich hätte es bevorzugt, in den harten News zu debütieren, aber letztendlich war jede Erwähnung hilfreich). Den Fotografen hatte ich gar nicht bemerkt. Es war reines Glück gewesen, dass das Foto geschossen worden war, nachdem ich mein Champagnerglas abgestellt hatte. Samt ist schön und gut, aber in Kombination mit einem Glas Blubberwasser wirkt es ein wenig zu Holly Golightly für eine so genannte politische Beraterin, die jemanden zu rehabilitieren versucht, den das Gerücht für einen Vergewaltiger hält. Wie auch immer, die Erwähnung in der *Post* brachte den Stein ins Rollen.

Am folgenden Tag bekam ich Anrufe von Reportern der *Los Angeles Times* und von *USA Today*, und sie wollten wissen, ob ich, erstens, das Mädchen in dem schwarzen Samtkleid sei und, zweitens, ob ich Freddy Banks vertreten würde. Am zweiten Tag fand sich mein Verteidigungsargument – dass Freddy Banks ein Recht auf Privatleben hätte (mit einer guten Portion Diffamierung als Zugabe) – in den überregionalen Zeitungen. Am dritten Tag riefen die Fernsehsender an. Ein fünfzehn Sekunden langer O-Ton (ich hatte mitgezählt) bedeutete den Ritterschlag. Wenn du einmal im Adressbuch eines Redakteurs gelandet bist, stehst du in allen. Ich tönte immer weiter, bis ich mich, ehrlich gesagt, selber langweilte, aber niemand schien es zu bemerken. Die einzigen Reaktionen, die ich jemals auf etwas bekam, was ich im Fernsehen gesagt hatte, bezogen sich auf meine Kleidung oder auf meine Frisur. Und, glauben Sie mir, nur das zählt. Ein politischer Leitartikler schrieb damals tatsächlich: »Das mit dem Aussehen hat sie schon drauf. Jetzt arbeitet sie noch an der Cleverness.« (Als mich Maurice Barres anrief und einen Kommentar dazu haben wollte, sagte ich, dass der Leitartikler noch ein wenig an seinen Manieren arbeiten müsse.)

Ich war viel im Fernsehen, klar. Es war der Schlüssel. Und ich hatte wieder Glück. Die Kamera erfasste mein Gesicht immer aus den richtigen Winkeln, und durch die Kunst des Studio-Make-ups und die Beleuchtung erschienen meine Wangenknochen höher, und meine Augen funkelten mit bis dato unentdeckten goldenen Einsprengseln. Einfach nur ein optischer Trick. Und wenn es stimmt, dass einem die Kamera zehn Pfund draufpackt, dann musste ich mir darüber keine großen Sorgen machen. Es stimmte, was Jack einmal bemerkt hatte, ich besaß einen Stoffwechsel wie elf Hamster. Doch der größte Glückstreffer von allen war, dass ich eine Koalition zu Stande brachte – von Gesetzgebungsberatern über Frauenrechtsgruppen bis hin zu Freigeistern und so weiter –, die mir die Idee mit dem Recht auf Privatleben abkaufte.

Als ich zufällig dem Sprecher des Abgeordnetenhauses begegnete, der in der einen Hand eine Zigarre schwang und in der anderen einen Armagnac, konnte ich mit einigem Recht behaupten, dass er in einer Situation war, in der er keine Chance verpassen sollte, Punkte in einer Angelegenheit zu sammeln, die als ausgesprochen überparteilich angesehen wurde. Denn nur wenige Wochen vor der Wahl, bei der seine Partei wahrscheinlich Sitze verlieren würde, sanken die Umfragewerte für seine eigene Person, da viele Amerikaner nicht mehr glaubten, dass er die Unterstützung beider Parteien erhalten könnte. Ich schlug ihm also vor, ein Gesetz zum Schutz der Privatsphäre einzubringen, das umfassend sein sollte und nicht nur Graffiti, präsentiert in einer Verpackung, die den Schutz der Privatsphäre im Internet in den Mittelpunkt stellte, um damit vor allem junge Leute anzusprechen und es dann zusammen mit der Opposition auszuarbeiten. Der Sprecher war wohl nicht allzu erpicht darauf, Ratschläge von Anfängern anzunehmen (»Es ist doch wie verhext, Miss Boothe, aber jeder scheint zu glauben, dass er meinen Job besser erledigen kann als ich selbst«). Wie auch immer, er war verzweifelt genug, um darauf einzugehen. Blitzschnell – nach Washingtoner Maßstäben – segelte ein Gesetz zum Schutz der Privatsphäre, das nach meinem Klienten benannt wurde, durch das Abgeordnetenhaus, den Senat und ins Gesetzblatt. Es hatte keine große

Wirkung, wie alle Gesetze, die zu hastig verabschiedet werden, aber Freddy Banks konnte die Unterschriftenzeremonie mit dem Füllfederhalter als Souvenir verlassen.

Jetzt, als ich im Old Executive Office Building, einer Steinsphinx, die sich auf der Pennsylvania Avenue niedergelassen hatte, auf Freddy wartete, der dort mit den anderen Regierungssklaven knechtete, fragte ich mich, was er wohl mit dem Füller gemacht hatte. Viele Kongressmitglieder ließen sich ihre einrahmen. Seine Sekretärin hatte mich in den prachtvollen Indian Treaty Room mit seinen Aufsehen erregenden Kacheln und Wandgemälden begleitet (der Präsident beraumte dort ab und zu Fototermine an, weil die lebhaften Farben sich auf den Bildern gut machen). Es ist einer der wenigen beeindruckenden Regierungsräume, die ich gesehen habe. In der Hollywoodversion von Washington ist die Beleuchtung natürlich immer exquisit – alle Filme zeigen ein Oval Office, das von einer ganzen Reihe von Scheinwerfern erhellt wird –, und die Möblierung ist immer prachtvoll. Das mag einer der Gründe dafür sein, dass die Amerikaner im Allgemeinen annehmen, dass sie von ihren gewählten Vertretern ausgenommen werden. Sie sehen die seidenen Liegesofas, die dicken Perserteppiche, die polierten Tische. Wenn sie allerdings wüssten, wie diese Büros im Licht ihrer Neonleuchten wirklich aussehen, wären sie einfach nur enttäuscht. Regierungsbüros strahlen selten besonderen Ganz aus. Selbst das Oval Office, das wie ein Epochenraum im Museum mit Seilen abgesperrt wird, wenn der Präsident nicht da ist, ist bei weitem nicht so fantastisch, wie man erwarten würde. Ich erinnere mich noch, wie enttäuscht ich war, als ich entdeckte, dass der Teppich, den man auf dem Holzfußboden ausgebreitet hatte, *rosa* war – rosa mit kleinen gelben Aufhellungen. Er sah praktisch genauso aus wie der Teppich, den ich in meinem Schlafzimmer habe.

Auf August Mercers Anregung hin hatte ich Freddys Sekretärin angerufen, und ich hatte zwanzig Minuten mit ihm und Mercer bekommen. In dieser Stadt ist das eine ziemlich beeindruckende Sache. Aber Freddy – Entschuldigung, Frederick – Banks hatte mich bereits zwanzig Minuten *warten lassen.* Die Taktik war leicht zu durchschauen: Die alte Ich-arbeite-im-Weißen-Haus-und-du-nicht-Nummer. Während ich mich bemühte, das Ticken meiner Armbanduhr zu ignorieren, versuchte ich mir verzweifelt vorzustellen, warum der für seine Gerissenheit berüchtigte Mercer beschlossen hatte, Freddy zu seinem Protegé zu wählen.

Ich hörte die Tür klicken, und Freddy hatte seinen Auftritt mit einer Tasse Kaffee in jeder Hand. Richtige Tassen, keine Pappdinger. Er sah noch genauso aus – ein unauffälliges Gesicht wie in Stein gemeißelt –, obwohl er vielleicht um das Kinn herum ein wenig angesetzt hatte, und sein Verhalten zeugte von einer neu gewonnenen Forschheit.

»August konnte sich leider nicht freimachen«, sagte er geradeheraus. Das war das erste Anzeichen dafür, dass dieses Treffen nicht gut laufen würde.

»Ist schon in Ordnung«, sagte ich und nahm den angebotenen Kaffee. »Schön zu sehen, dass du mittlerweile für ihn arbeitest. Ein ziemlicher Aufstieg. Er soll ja brillant sein.«

»Ist er«, sagte Freddy. »Er weiß alles, was in dieser Stadt passiert.« Er sah mich scharf an, und ich fragte mich, was für ein Spiel hier gespielt wurde.

»Sieh mal, Freddy, ich bin nicht hier, weil ich etwas von dir will«, sagte ich. »Ich finde es klasse, dass du für August Mercer arbeitest.«

»Jeder findet es klasse«, antwortete Freddy. »Und jeder will etwas von mir.«

Ich hielt einen Augenblick inne und trommelte mit meinen

Fingernägeln auf dem edlen Porzellan herum. Die Tatsache, dass wir uns kannten, musste Freddy dazu veranlasst haben, den Anstrich von Höflichkeit fallen zu lassen, der bei solchen Treffen sonst erforderlich ist.

»Mr. Mercer hatte mich gebeten anzurufen«, sagte ich vorsichtig.

Freddy legte seine Beine übereinander, wobei kurz ein Streifen seiner braunen Socken sichtbar wurde. Seine Hosen und seine Schuhe waren schwarz. »Das ist mir schon klar, aber ich kenne dich. Du bist eine viel beschäftigte Frau. Dir bleibt nicht viel Zeit für überflüssige Schwätzchen.«

»Wenn es mit dem Mann ist, über den der Weg zum Präsidenten führt, dann schon«, sagte ich, und Letzteres entlockte ihm ein ganz leichtes Lächeln. »Diese mundgeblasenen Glasleuchten in meinem Büro sind nicht gerade billig, weißt du?«

»Ja. Dank mir bist du gut im Geschäft.« Freddy hatte Recht.

»Wie ich höre, ist dank dir jetzt auch Mimi Ryan gut im Geschäft«, sagte ich und trank einen Schluck Kaffee. Er war dünn. »Im Besonderen habe ich gehört, dass sie dir gerade ein paar Zahlen zur Gold-Affäre beschafft.«

»Da bin ich mir nicht so sicher.«

»Mimi Ryan schien es aber zu sein«, sagte ich. »Warum lässt du Umfragen zu dem Thema machen?«

»Es betrifft unsere internationalen Beziehungen, Spionage und Verrat«, sagte Freddy. »Es gibt allen Grund für das Weiße Haus, die Lage zu sondieren.«

»Ich bitte dich.« Ich zog eine Augenbraue hoch. »Du machst doch keine Umfragen, wenn du nicht auch vorhast, sie zu benutzen. Ich erinnere mich daran, wie Jack einmal von einem Klienten gebeten wurde, Umfragen über seine diversen Freundinnen zu machen, einfach nur um festzustellen, welche von ihnen bei den Wählern am besten ankommt. Er hatte die Gewinnerin geheiratet.«

Freddy atmete tief ein. »Dieses Weiße Haus, im Gegensatz zu seinem Vorgänger, zieht keinen politischen Gewinn aus menschlichem Unglück.«

»Wie reizend«, sagte ich. »Damit wäre es ein echtes Novum.«

»So jung und schon so zynisch«, seufzte Freddy.

»Es erinnert mich irgendwie an die Schwierigkeiten, die du damals hattest. Viele Leute ziehen viele politische Vorteile daraus.«

Freddy runzelte leicht die Stirn. »Ich würde meine Situation kaum mit der eines Verräters vergleichen wollen.«

»Oh, ich weiß nicht. Du bist ziemlich schnell für etwas aus dem Büro des Sprechers geflogen, von dem du behauptest, dass du es gar nicht getan hättest ...«

»Ich habe es nicht getan.«

»... und der Sprecher sprang auf unseren Zug auf, sobald er die Umfragen gesehen hatte, die zeigten, dass siebzig Prozent der Amerikaner, vielleicht ein bisschen mehr oder ein bisschen weniger, für den Schutz der Privatsphäre waren. Erinnerst du dich, was es damals für erhitzte Diskussionen darüber gab? Die Öffentlichkeit stellte die Auswirkungen von E-Mail, Internet und der Erfassung des menschlichen Genoms in Frage. Oh, und die Reden im Abgeordnetenhaus. All diese Abgeordneten, die über die Menschenrechte und das Unamerikanische einer Verletzung der Privatsphäre wetterten. Das kam in den Wahlkreisen großartig rüber.«

Ich lächelte. Freddy nicht.

»Lass mal sehen«, fuhr ich fort und starrte nachdenklich an die vergoldete Zimmerdecke. »Du arbeitest für eine Regierung, die noch nicht einmal damit begonnen hat, ihre Ideen durchzusetzen. Wenn du das tun willst, brauchst du den Auftrag der Wähler. Ein ziemliches Problem in einer Zeit, wo diese Wähler von so ziemlich allem die Nase voll haben, findest du nicht? Es wäre wirklich sehr hilfreich, wenn man diese Leute mit einer einfach zu vermarktenden Sache ablenken könnte – oder auch mit einer Person. Einem Bösewicht. Und siehe da, da ist er auch schon. Falls deine Umfragen das bestätigen.«

Freddy legte seine Stirn in tiefere Falten, was den unglücklichen Nebeneffekt hatte, dass sich seine Augen zu Schlitzen verengten. Wenn ich ihn nicht schon so lange gekannt hätte, wäre er mir unheimlich vorgekommen.

»Und was interessiert dich an der Gold-Affäre?«, wollte er wissen. »Wenn er auch für dich den Sündenbock spielen soll, warum bist du dann hier?«

»Weil ich glaube, dass er unschuldig ist.«

»Er ist dein Klient«, stellte Freddy fest. »Interessant.«

Er fiel in ein für ihn seltenes Schweigen, und ich wusste, dass er die Sache gründlich durchdachte und die Chancen berechnete: *Kann sie es, oder kann sie es nicht?*

»Interessant, dass dein Chef nicht da ist«, sagte ich.

»Er nimmt nie an Gesprächen auf niedrigerem Niveau teil«, sagte Freddy. »Also wirklich, Kate. Du weißt doch, dass ein paar Höflichkeiten beim Mittagessen nicht vergleichbar sind mit einem persönlichen Termin.«

»Natürlich, aber wir haben beide Lyle Gold besucht, nicht wahr?«, erwiderte ich geschmeidig. »Ich fand es wirklich außerordentlich faszinierend, dass ein so mächtiger Typ wie du sich die Mühe gemacht hat, ihn zu besuchen. Wenn deine Umfragen zeigen, dass ein ›Verräter‹ deiner Sache nützen würde, dann hättest du allen Grund sicherzustellen, dass der Angeklagte von der Hoffnungslosigkeit seines Falles überzeugt ist. Vielleicht würde er sich dann nicht allzu sehr gegen die Vorwürfe zur Wehr setzen; vielleicht würde er sogar auf einen Deal eingehen.«

Freddy lief puterrot an. »Bra-vo, Kate.« Er klatschte in die Hände. »Bist du nicht ein cleveres Mädchen? Aber das habe ich ja schon immer gewusst, wie du dich vielleicht erinnerst. Schlechtes Timing von dir. Der Mann ist bereits angeklagt. Und er *wird* schuldig gesprochen werden.«

»Du scheinst dir da ja furchtbar sicher zu sein«, sagte ich.

»Bin ich auch.«

»Niederlagen sind nicht mein Stil«, erinnerte ich ihn.

»Oh, einmal ist immer das erste Mal«, sagte Freddy. »Alles was du dafür tun musst, ist, dir die falsche Seite auszusuchen.«

Es ist so eine Sache mit Leuten wie Freddy, die glauben, sie wären die schlauesten Kinder in der ganzen Schule, in Wirklichkeit aber einfach nur die intrigantesten sind. Es ist ziemlich hilfreich, wenn das Weiße Haus auf deiner Seite steht – jedes Weiße Haus. Und ganz offensichtlich hatte *dieses* Weiße Haus nicht vor, sich auf meine Seite zu stellen, egal was ich sagte oder wie ich es sagte.

»Freddy«, erzählte ich ihm, »es gibt Leute, die, egal ob Lyle Gold verurteilt oder freigesprochen wird, ihr ganzes Leben und ihr ganzes Vermögen dafür einsetzen werden, die Wahrheit herauszufinden. Und keine Umfrage der Welt kann mit der Wahrheit konkurrieren.«

Ein bisschen melodramatisch vielleicht, aber zum Teufel auch, es war schließlich ein spannungsgeladener Augenblick. Wenn ich mich selbst in den Hintern hätte treten können, hätte ich es getan. Nicht für das, *was* ich gesagt hatte, sondern dafür, dass ich es überhaupt gesagt hatte. Ich hatte ihm alles auf dem Präsentierteller serviert. Decke niemals, ich wiederhole, niemals alle deine Karten auf. Hatte ich das immer noch nicht gelernt? Hatte ich es nicht damals schon instinktiv gewusst, als ich

Freddys Fall übernommen hatte? Das war der unerfreuliche Teil. In diesem einem unerbittlichen Blick des Mannes – dessen Arsch *ich* damals gerettet hatte – sah ich die messerscharf verlaufende Trennungslinie zwischen bekannt und unbekannt, sicher und feindlich. Auf der einen Seite der Linie war alles vertraut und jeder ein Freund, auf der anderen Seite befand sich der Feind. Wir gegen sie. Und jetzt, ich gegen Freddy.

Mir wurde plötzlich klar, dass August Mercer – der, machen wir uns nichts vor, der Mann hinter Freddys Karriere war – ein Interesse an der Gold-Affäre gefunden hatte, das dem meinen direkt entgegengesetzt war. Und Freddy, immer eifrig bemüht, seinem Namen in Mercers Umgebung mehr Klang zu verleihen, war selbst bis zu einem gewissen Grad darin verwickelt. Ich war eine ganze Weile in Italien gewesen. Ich hatte eine ganze Menge verpasst.

Nun ja. So viel zu der Idee, dass ich die ganze Sache mit einem Lächeln erledigen könnte. Jetzt, nachdem ich vor Freddy meine Karten offen gelegt hatte, gab es kein Zurück mehr. Es würde nur noch Stunden dauern, bis die Sache allgemein bekannt wurde, und Jack und ich mussten sofort anfangen, unsere PR-Strategie aufzuarbeiten. Kein Fernsehen, noch nicht. Dort tummelten sich bereits zu viele Journalisten, Meinungsforscher und ehemalige Experten unter den heißen Scheinwerfern. Das waren die gefährlichen Leute. Sie mussten *unbedingt* auftreten, damit sie irgendetwas sagen konnten, einfach nur einen Laserstrahl zum Mond und zurück schicken konnten.

Sobald ich das Gebäude verlassen hatte, zückte ich mein Handy, rief Maurice Barres an (John Jaures war in Paris, wegen einer ganz anderen Geschichte) und ratterte meinen Plan herunter. »Bist du verrückt?«, fragte er.

»Nachweislich«, antwortete ich. Innerhalb von zwei Stunden mailten Jack und ich ihm eine Pressemitteilung, die er verwenden konnte. Am nächsten Tag würde das Thema in seiner täglichen Kolumne zur Sprache kommen. Wir schmeichelten uns selbst – und ihm übrigens auch – und dachten, dass etwas Vorteilhaftes für uns dabei herauskäme, vielleicht etwas über unsere Tapferkeit oder die Kühnheit, uns eines der hoffnungslosesten Fälle dieses Jahrhunderts anzunehmen.

> Der liebenswerten **Kate Boothe** sind anscheinend ein paar Gehirnzellen in Italien vertrocknet, wo sie sich die letzten fünf Monate aufgehalten hat. Boothe ist nach Washington zurückgekehrt, um den Fall **Lyle Gold** zu übernehmen. Die wahre Liebe eilt zur Rettung? Boothe war einst mit Gold liiert, wird aber in letzter Zeit mit **Roberto Picchi** in Verbindung gebracht, auch bekannt als der Sohn des umstrittenen chinesischen Botschafters **Yang Xianxu**.

»Oh, Gott«, stöhnte Jack, als er es las. »Ich dachte, dieser Typ wäre ein Freund von dir.«

Sofort zogen wir uns ins Le Sénateur zurück und setzten uns auf die Hosenböden, um die erste öffentliche Phase unserer Strategie durchzuarbeiten, wobei wir uns mit reichlich französischem Roten wappneten. Wir kamen überein, dass ich die sonntäglichen Talkshows übernehmen würde. Einfach nur wegen der Tatsache, dass ich in den Fall verwickelt war, würde ich automatisch eingeladen werden. Bis auf Edgar Demange hatte sich noch niemand sonst auf Lyles Seite gestellt. Er war bereits verdächtig, ich nicht.

»Zieh diese braune Kombination an, die du in Rom gekauft hast«, sagte Jack. »Denk dran: elegant und maßgeschneidert.«

»Und steck dein Haar hoch«, fügte Lili hinzu, die sich über unseren Tisch gebeugt hatte. »Du wirkst ernsthafter und älter, wenn du dir das Haar hochsteckst.«

»Nimm neutralen Lippenstift«, sagte Jack. »Kein Lip Gloss.«

»Du magst Lip Gloss«, erinnerte ich ihn.

»Richtig, aber nicht an einem Mädchen, das mich bei meinem Frühstückskaffee von irgendetwas überzeugen will.«

Ich versuchte Roberto anzurufen, um seine Meinung zu hören. Wie die meisten Europäer trug er sein Mobiltelefon – oder *Handy* – immer mit sich herum. Festnetztelefone sind für den mobilen Mann der Alten Welt nur eine Last. »Du kannst mich jederzeit erreichen«, hatte er gesagt, als er mich am Flughafen abgesetzt hatte. Und das war auch der Grund, warum ich mein Telefon am liebsten quer durch den Saal geschleudert hätte, nachdem ich mehrere Male angerufen und jedes Mal nur eine automatisch generierte Nachricht auf Italienisch erhalten hatte, die besagte (so glaube ich zumindest), dass der Teilnehmer nicht erreichbar sei. Was, wenn er eine neue Nummer bekommen hatte, kurz nachdem ich abgereist war? Seit jener ersten E-Mail hatte er nicht mehr versucht, mich zu erreichen, und ich hatte ihm schon mehr als nur ein paar geschickt. Vielleicht hatte er jemand anderes kennen gelernt. Ich musste mächtig schlucken, als ich über diese Möglichkeit nachdachte. Ein Mann wie Roberto würde immer die Aufmerksamkeit der Frauen erregen.

Ich tat, was ich in solchen Situationen schon immer getan hatte: Ich schwor mir, nicht mehr darüber nachzudenken. Wer war denn schon Roberto, doch auch nur irgendein Mann? In Washington gab es Tausende von Männern. Alles, was ich tun musste, war mit den Augen zu klimpern, und – schwupps – würde schon ein anderer passender Kandidat in meinem Gesichtsfeld auftauchen. Allerdings musste ich eingestehen, dass ich mir nicht sicher war, dass ich einen anderen Kandidaten wollte.

*

Theoretisch war es einfacher, mit Eddie Drumont anzufangen als mit jemandem wie Truman Pace. Eddie war ein Leichtgewicht. Ich war schon früher in seiner Show aufgetreten, und um ehrlich zu sein, hatte ich noch nie viel von ihm gehalten. So ein gewitzter Kerl, der sogar schon einen Präsidenten beraten hatte und auf dem Weg zur wahren Macht war und dann von dieser großen Tarantel mit Namen Be-rühmt-heit gestochen worden war. Eddie, mit seinem schütteren blonden Haar und dem sanften, harmlosen Gesicht, setzte darauf, dass ein Buch, in dem er alles auspackt, und ein Vertrag mit einer Fernsehstation den Fahrschein in ein neues Leben bedeuten würde. Bis zu einem gewissen Grad hatte er auch Recht behalten. Viele Leute aus der Branche, mich eingeschlossen, mochten ihn als einen Möchtegern abtun, aber er moderierte immer noch die meistgesehene Politshow am Sonntagmorgen (was im Zeitalter des Kabelfernsehens allerdings auch nicht allzu viel zu sagen hatte).

Der Warteraum der Drumont-Show war der beste von allen Sonntagsprogrammen. Es gab ein Buffet mit Bagels, Räucherfisch, Speck, Eiern, Bratkartoffeln – die ich besonders liebe, wenn sie in Ketchup schwimmen –, sogar starken Kaffee und frisch gepressten Orangensaft. Ich hatte mir gerade einen Pappteller voll gestapelt, als niemand anderes als Mimi Ryan den Raum betrat, in einen winzigen, leuchtend orangen Minirock gezwängt und mit einem rosafarbenen Zehenring, der in ihren beigen Riemchensandalen zappelte. Wo wollte sie denn hin, South Beach? Gott sei Dank war Lili bei mir.

Es hätte mich natürlich nicht überraschen sollen. Eine Blondine in Washington – ob echt oder nicht – landet immer ziemlich schnell vor der Kamera. Mimis Mutter hatte sich für jedes Zimmer ihres Hauses einen Fernseher gekauft, damit sie ja keine Sekunde der fünfzehn Minuten verpasste, in denen ihre Tochter auf dem Bildschirm zu sehen war.

»Oh, Kate, wie lustig«, sagte Mimi. »Jetzt sind wir zusammen in der Eddie-Show. Ist das nicht einfach zu heftig?«

Lili schlürfte lautstark ihren Kaffee. Ich zuckte mit den Schultern.

»Also ich muss dir sagen« – Mimi senkte ihre Stimme, als ob der Raum abgehört würde – »ich finde es richtig, richtig tapfer von dir, Lyle zu verteidigen. Besonders wo er doch dein Herz gebrochen hat und so. Sag mal, Kate. Ist das – du weißt schon – so eine Art weibliche Rachestrategie? Versuchst du, ihm den Rest zu geben?«

»Oje, Mimi, ich weiß noch nicht einmal, wie ich anfangen sollte, darauf zu antworten«, sagte ich.

»Ach, Süße, du brauchst gar nichts zu sagen. Ich verstehe schon. Wir machen doch alle dumme Sachen wegen der Männer. Was letzten Endes dahinter steckt, ist doch, dass wir alle von dem Fachwerkhäuschen mit dem Jägerzaun träumen.« Mimi war immer noch in der Aufwärmphase. »Frag dich doch mal selber, wofür tust du das alles, diese Arbeit? Was wollen wir eigentlich? Heiraten. Einen Ehemann, der uns anbetet. Wenn wir Glück haben, jemand, der genauso erfolgreich ist wie wir. Niemand macht dir deswegen Vorwürfe.«

Ich starrte sie an, zweimal in ein und demselben Gespräch von den Socken gehauen – ein neuer Rekord! Ist etwa wahr, was die Ureinwohner behaupten, dass die Kamera dir die Seele stiehlt?

»Mimi«, sagte ich vorsichtig, »ich will Lyle Gold nicht heiraten.«

»Aber was ist mit Roberto Picchi?«, schoss sie zurück. »Er ist doch der Hauptgewinn.«

»So wie ein Senator?« Lili konnte sich nicht bremsen. Es war weithin bekannt, dass Mimi ein ausgewachsenes Verhältnis mit einem aufstrebenden Senator hatte. Diese Dinge werden allerdings vorzugsweise *hinter* den Rücken der Betreffenden diskutiert. Selbst Washington hat seine Standards. Mimi wurde verständlicherweise blass, und ich ebenso. Denn es gab kein Zurück mehr: Im Studio würde es Krieg geben.

Wir waren für den ersten Teil der Show vorgesehen. Das bedeutete zwanzig Minuten ohne Werbeunterbrechung, eine Seltenheit im Fernsehen, und es kann dich in Schwierigkeiten bringen. Eddie hatte wenige berechenbare Eigenschaften. Das Einzige, worauf man sich verlassen konnte, war, dass er sich hin und wieder zu dir hinüberbeugte und behauptete: »Ich glaube Ihnen nicht.« Und er war mit einem Bündel Notizen bewaffnet, die ein äußerst kompetentes Team zusammengestellt hatte, sowie mit einem Ohrenstöpsel, mit dessen Hilfe ihm der Produzent aus etwaigen prekären Situationen heraushelfen konnte. Die Gäste besaßen diesen Vorteil nicht.

Eddie hatte auf uns gewartet und schaute kaum von seinen Notizen auf. »Seid ihr bereit?«, fragte er.

»Oh ja, Eddie, das bin ich«, schnurrte Mimi. Ein Techniker klemmte jedem von uns ein Mikrofon an, und ein Kameramann zählte den vorhergehenden Werbeblock für uns herunter.

»Die Gold-Affäre«, sagte Eddie und schaute Unheil verkündend in die Kamera. »Seit Monaten hält der Hochverratsprozess gegen den Journalisten Lyle Gold das Land in Atem. Vor zwei Wochen wurde Lyle Gold von einer Grand Jury angeklagt, und er wartet nun auf seinen Prozess. Zu diesem Thema sind nun bei mir die Meinungsforscherin Mimi Ryan, die Umfragen für das Weiße Haus durchführt, sowie die Beraterin Kate Boothe, die Lyle Gold vertritt. Ihnen beiden ein herzliches Willkommen.«

Eddie lächelte Mimi an. Sie würde anfangen. Das machte mir nichts aus. Es ist nicht schlecht, wenn du die Argumente deines Gegenübers kennst, aber ich konnte auch so schon ziemlich gut erraten, was sie sagen würde. Und ich hatte Recht. Zuerst jedenfalls. Es war dieselbe alte Nummer: Lyle Gold war schlicht und einfach schuldig; das musste alle anständigen Amerikaner betroffen machen, »denn Gott allein weiß, wie viele tapfere Angehörige des Militärs und der Geheimdienste, die draußen in der Welt ihr Leben im Namen des Vaterlands aufs Spiel setzen, dasselbe Leben auf Grund dieses einen faulen Eis verlieren könnten.« Mimi sah todernst aus, als sie das sagte.

Als Nächstes war ich dran. Ich würde meine einleitenden Sätze sagen, und dann kam die von keinerlei Regeln beschränkte Frage-und-Antwort-Runde.

»Nun, Eddie, zunächst ist es wichtig zu betonen, dass Lyle Gold nicht für schuldig befunden wurde«, begann ich, aber bevor ich fortfahren konnte, unterbrach mich Eddie.

»Aber eine Grand Jury hat ihn angeklagt, was ja durchaus eine ernsthafte Angelegenheit ist.«

»Und jetzt kommt erst einmal der Prozess ...«, sagte ich. Und wieder schnitt Eddie mir das Wort ab.

»Beamte des Militärs und des Außenministeriums – sehr hochrangige, respektable Leute – haben gegen ihn ausgesagt, wie man den Berichten entnehmen kann. Wollen Sie behaupten, dass all diese hart arbeitenden Menschen sich irgendwie zusammengeschlossen und eine riesige Verschwörung gegen einen Mann inszeniert haben, der, wenn auch nur den Indizien nach, sein Land verraten zu haben scheint?«

Das lief nach überhaupt keinem Plan – nicht nach meinem jedenfalls, aber auch nicht nach dem üblichen Format der Show. Und wenn ich noch irgendwelche Zweifel daran hegte, dass ich in einen Hinterhalt gelockt worden war, dann zerstreute Mimi sie umgehend:

»Kennen Sie das alte Sprichwort in Washington, Eddie: Denk immer an die Agenda«, sagte sie. »In diesem Fall hege ich da ein paar Bedenken.«

Die Hauptregel für Fernsehauftritte lautet, dass man niemals die Fassung verlieren darf, nicht einmal, wenn sie dir angespitzte Bambusstäbe unter die Fingernägel schieben. Es sah schlecht aus. Also saß ich einfach schweigend neben Mimi, meine Hände auf dem Kirschholztisch verschränkt, während sie drauflos redete.

»Ich mache mir Sorgen, wenn bestimmte Leute im Fernsehen auftreten, die ihre Liebesbeziehungen – zu wem auch immer – als Weg zu Macht und Ansehen in Washington benutzen. Es untergräbt zum Beispiel die Glaubwürdigkeit aller Frauen in Washington, die in den unterschiedlichsten Bereichen hart arbeiten und sich bemühen, der Öffentlichkeit auf eine ehrenvolle Weise zu dienen, wenn draußen im Land der Eindruck entsteht, dass der Weg nach oben und zu mehr Einfluss darin besteht, mit wichtigen Leuten anzubändeln.«

»Wie meinen Sie das?«, fragte Eddie.

»Ich meine, dass ich eigentlich nicht diejenige bin, die Klatsch verbreitet oder in der Privatsphäre anderer Leute herumschnüffelt, es sei denn, das Privatleben der betreffenden Person hat einen entscheidenden Einfluss auf ihr Berufsleben. Ich denke also, dass es angebracht ist, darauf hinzuweisen, dass Kate, die eine gute Freundin von mir ist und eine gute Beraterin, zurzeit mit dem Sohn des chinesischen Botschafters Yang Xianxu liiert ist.«

Eddie wandte sich mir zu. »Kate, sind Sie der Meinung, dass Sie davon entscheidend beeinflusst sein könnten?«

»Wenn ich immer noch mit Roberto *Picchi* zusammen wäre, dann, finde ich, sähe das schon etwas merkwürdig aus«, räumte ich ein. »Aber es ist ein zufälliges Zusammentreffen von

Umständen. Da wir hier in Washington sind, muss ich darauf aufmerksam machen, dass diese Stadt in vielerlei Hinsicht sehr klein ist. Gewisse Beziehungen können sich überschneiden. Aber mein Engagement in der Gold-Affäre ...«

»Und mit Lyle Gold selbst«, legte Mimi los.

»In der Gold-Affäre«, fuhr ich fort, »hat allein mit der Tatsache zu tun, dass dieser Mann ohne jedes Gerichtsverfahren für schuldig befunden wurde und genauso gut unschuldig sein könnte.«

»Sie leugnen aber nicht, dass Sie irgendwann einmal eine romantische Beziehung zu Lyle Gold hatten«, sagte Eddie.

»Ich leugne es nicht ...«

»Und Sie leugnen auch nicht, dass Sie noch kürzlich mit dem Sohn von Botschafter Xianxu liiert waren.«

»Wir waren fast fünf Monate lang zusammen, als ich in Italien lebte.«

»Haben Sie zusammengelebt?«

Ich räusperte mich. »Eddie, ich glaube nicht, dass dieses Herumwühlen in meinem Privatleben irgendetwas mit der Gold-Affäre an sich zu tun hat. Ich denke ...«

»Ich denke, dass ich gerne wissen würde, ob es bei diesem Fall irgendjemanden gibt, mit dem du noch nicht zusammen warst.« Und Mimi lachte.

Es ist schon etwas Besonderes, im landesweiten Fernsehen eine Schlampe genannt zu werden.

Ich lächelte breit und lehnte mich zu Eddie hinüber. »Ich denke, dies ist ein hervorragendes Beispiel für die vergiftete Atmosphäre, die diesen speziellen Fall umgibt. Verleumdungen, versteckte Andeutungen und Lügen gehören dieser Tage offensichtlich zur Etikette. Die Herausforderung in der Gold-Affäre, jetzt, bevor der Prozess beginnt, besteht darin, das Beweismaterial zu sichten und nicht voreilige Schlüsse zu ziehen, ganz egal, wie willkommen oder verlockend diese Schlüsse sein mögen.«

Dankenswerterweise gab es jetzt eine Werbeunterbrechung. Eddie rief nach Puder, und Mimi summte vor sich hin, als wir das Set verließen. Ich war noch paralysiert, als mich Lili aus dem Studio führte, um meine Wunden mit Mimosas zu pflegen. Doch die Tatsache blieb bestehen: Die Blase war geplatzt, und zwar auf spektakuläre Weise. Die Drumont-Show lief live an der Ostküste, und es würde exakt einen Tag dauern, bis die Erschütterungen den Rest der Medienlandschaft erreicht hatten.

*

»Kate Boothe ist ein Beispiel für jemanden, der sich nach oben geschlafen hat«, meinte der konservative Leitartikler des *Wall Street Journals* während seines großen Auftritts in einer beliebten Nachrichtensendung.

»Hat sie nicht einmal gesagt, dass es ihre größte Leistung ist, dass ihr umfänglicher Geist und ihre schmale Taille nie die Plätze getauscht hätten?«, erwähnte der hübsche junge Meinungsmacher, der vor allem dafür bekannt war, dass er mit der Klatschkolumnistin der *Post* ausging (und nein, ich hatte das nie gesagt; es war Mimi gewesen, vor vier Jahren in einem Interview mit der *Washington Times*).

»Mit ihrer hochgesprayten, föngetrockneten Pseudo-Hollywood-Frisur verkörpert Kate Boothe den schlechtesten Teil des prominenten Washingtons und der Ostküstenelite«, haute der *Kansas City Star* auf den Putz (Was sollte ich seiner Meinung nach denn tun? Aufhören, mir die Haare zu kämmen? Außerdem kam ich aus dem mittleren Westen!).

Ich fühlte mich verletzt und gerädert, als ich am Montagabend die Tür zu meiner Wohnung aufschloss. Ich hatte mich den ganzen Tag in dem sprichwörtlichen Schneckenhaus verkrochen. Doch wenn ich erwartet hatte, dass ich mich zu Hause besser fühlen würde, dann hatte ich die Rechnung ohne die Sommerhitze gemacht, die in ihrer ganzen dampfenden Pracht zwei Monate zu früh ihren Einzug gehalten hatte. Meine Wohnung schien vor Luftfeuchtigkeit zu triefen. Kein Treibhauseffekt? Na klar. Ich schaltete meine Klimaanlage ein – der Herr segne diese Erfindung –, öffnete ein Bier und ließ mich in den Stuhl auf meinem Balkon plumpsen. Der Letztere, mit seiner Aussicht über den Potomac, ließ mich über die gesalzene Miete hinwegsehen. Ich nahm ein paar Schluck, streifte meine Schuhe ab, stemmte meine Füße gegen das Geländer und sah zu, wie die Glühwürmchen unten am Ufer entlangtanzten. Normalerweise hätte ich den Fernseher eingeschaltet und mir die neuesten Nachrichten angesehen.

Niemand hatte behauptet, dass es leicht sein würde oder dass man nicht seinen Preis dafür bezahlen müsste. Himmel noch mal, Lyle saß in einer Gefängniszelle. Bei mir war es nur der Ruf, der ein wenig angekratzt wurde.

*

Ach, dieses alte, traurige Lied aus dem Ersten Weltkrieg, *Er hängt im alten Stacheldraht/Ich sah sie/Ich sah sie/Im Stacheldraht da hängen sie.* So ging es meinem Namen, zerfetzt – am gründlichsten im Radio, welchem ich am folgenden Morgen in meinem Büro lauschte. Den Kaffee hatte ich griffbereit, jedoch wünschte ich mehr sehr, es wäre Grappa gewesen. Und am Dienstag wurde die Rhetorik schärfer.

»Ich möchte eigentlich nur eines wissen, Truman. Gibt es eigentlich jemanden, den diese kleine Schlampe nicht [*pieeeep!*] hat?«

Jack, auf den immer Verlass war, schaute vom Radio zu mir herüber und sagte: »Gut, dass sie diese sieben Sekunden Verzögerung drinhaben.« Er zwinkerte mir aufmunternd zu.

»Bin ich jetzt eine Schlampe?« Ich konnte es nicht fassen. Wie viele Synonyme gibt es eigentlich für *Hure*?

»Truuuuman, ich rufe aus Omaha an. Ich rufe mit dem Handy an ...«

»Als ob wir das bei dem Rauschen nicht selber wüssten«, murrte Jack.

»Ich glaube, dass diese Kate die ideale Verteidigerin für Lyle Gold ist ...«

»Na siehst du!«, rief Jack.

»Ein Luder verteidigt einen Verräter«, fuhr der Anrufer fort. »Perfekt.«

Der Truman-Pace-Show zuzuhören war Selbstkasteiung, aber ich musste es tun. Behalte deine Feinde im Auge. Es gab genug Leute, die uns beobachteten, so viel war sicher. Das Büro war mit Anrufen besorgter Klienten bombardiert worden. Sie hatten Bedenken wegen der Tatsache, dass wir Lyle Gold verteidigten, und befürchteten, dass die negative Ausstrahlung auch sie erfassen könnte, oder dass wir jetzt nicht mehr genug Zeit hätten, uns ausreichend um sie zu kümmern. Jack nahm die meisten dieser Anrufe entgegen. Schließlich waren die Mehrzahl von ihnen Kongressabgeordnete, und die meisten waren Männer. Es musste angenehmer für sie sein, meine zur Frage stehenden Taktlosigkeiten mit einem Mann diskutieren zu können.

Meine Mutter hatte keine derartigen Skrupel. »Ich habe dir doch gesagt, dass du dir genau überlegen sollst, mit wem du etwas anfängst«, sagte sie. »Warum konntest du nicht mit einem Polizisten ausgehen oder mit einem netten Rechtsanwalt?«

Ach, du großer Gott. Aber ich rief Maurice Barres an und las ihm die Leviten, weil er so eine hundsgemeine Kolumne geschrieben hatte. Er entschuldigte sich mit der Ausrede, »mein Herausgeber hat es geändert«. Na. klar, sicher. Ich biss mir auf die Zunge. »Schon verstanden. Ich weiß ja, wie diese Dinge so laufen.« Das war zweischneidig, und Maurice wusste es. Aber solange ich das beliebteste Prügelmädchen der ganzen Welt war, musste er sich keine großen Sorgen machen.

Botschafter Xianxu, dem es langsam zum Hals heraushängen musste, solche Pressemitteilungen herauszugeben, stellte klar, dass er mich niemals getroffen oder von mir gehört hatte oder sich sonst wie meiner Existenz bewusst war. Niemand glaubte ihm. Und was Roberto betraf – nun ja, er tauchte wieder auf, irgendwie jedenfalls. John Jaures rief mich aus Paris an – er wollte ein paar Affen aufspüren, die von Banden darauf trainiert worden waren, Touristen anzugreifen – und hatte als Leckerbissen für mich parat, dass er Roberto zufällig in der Buddha Bar getroffen hatte.

»Ich erzählte ihm, dass ich für dich arbeiten würde«, sagte John. »Er lässt dir ausrichten, dass er dich bald anrufen würde.«

Die Worte trafen wie Peitschenhiebe. Die Buddha Bar! Nur Spieler gehen dort hin, mit hoch gewachsenen, dünnen Blondinen in hautengen Kleidern und Stilettos. (John war natürlich aus Recherchegründen da.) *Also was zum Donnerwetter hatte mein so genannter Freund dort zu suchen?*

»Kate, hast du nicht im Fernsehen bekannt gegeben, dass er dein *ehemaliger* Freund ist?«, erinnerte mich Jack, völlig unnötigerweise, wie ich fand.

Meine Assistentin, ein Flüchtling aus dem zusammenbrechenden Dotcom-Kartenhaus und mit strahlenden Augen versehen, klopfte gegen den Türrahmen. »Ein Fleurop-Gruß«, sagte sie und brachte mir ein halbes Dutzend roter Rosen. Ich starrte wie ein Idiot auf den Strauß. »Möchtest du, dass ich sie in eine Vase stelle?«, fragte sie.

»Gerne.« Ich entfernte die Karte vom Zellophanpapier, während meine Assistentin sich hastig verdrückte.

»Mr. Wonderful?«, fragte Jack.

Nur, wenn Robertos Gefühle sich plötzlich in die Worte *Schmor in der Hölle, du Verräterschlampe* verwandelt hatten. Keine Unterschrift. Der Auftrag musste aus der Stadt gekommen sein. Kein Florist, der etwas auf sich hält, hätte sich so einen Text diktieren lassen – das hoffte ich jedenfalls. Jack nahm mir die Karte ab.

»Nun ja.« Er zuckte mit den Schultern. »Rote Rosen. Nicht die schlechteste Art, es zu sagen.«

Meine Assistentin schnitt sorgfältig die Stiele ab und stellte die Blumen ins Wasser. Als der Tag vorüber war, waren sie schwarz geworden und gestorben. Ich erkannte die Taktik wieder. Militante Abtreibungsgegner versandten solche Rosen jedes Jahr um den Valentinstag herum an Befürworter des Rechts auf Abtreibung. Das war finster. In meinem Fall erschien es mir irgendwie armselig. Ich war mir nicht sicher, ob ich eine Todesdrohung darin sehen sollte, aber als Jack Jaures anrief, um Bescheid zu sagen, dass er aus Paris zurück war, erwähnte ich es ihm gegenüber. Er schien zu glauben, dass man es ernst nehmen sollte.

»Sei vorsichtig«, sagte er. »Lyle Gold sitzt weggesperrt in einer Gefängniszelle. Du bist draußen. Und du wirst zu einer Zielscheibe werden.«

*

Ich besorgte mir eine geheime Telefonnummer. Zugegeben, die ersten paar Abende nach der Drumont-Show waren hart –

mehr oder weniger sank ich nur gegen die Wand in meiner Diele und heulte –, aber der Startschuss war gefallen. Und wenn du schon mitten im Rennen bist, was sollst du dann tun, aussteigen? Ich schätzte, dass ich mindestens zwei Wochen mit Kate Boothe, der Schlampe, leben musste. Und doch, bereits nach einer Woche war ich so erschöpft von den ganzen Sorgen, dass ich einfach aufhörte, mir darüber Gedanken zu machen. Danny Daly hatte Recht. Die Leute sagen sowieso, was sie wollen. Und wie viel schlimmer konnte es schon noch kommen?

Lyle Gold wusste es, und deswegen, so bildete ich mir jedenfalls ein, rief er mich an. Ich war schockiert, als meine Assistentin verkündete, dass er in der Leitung war. Wir hatten seit dem Tag im Gefängnis nicht mehr miteinander gesprochen. Er hatte genau zwei Minuten zur Verfügung, aber er brauchte nicht einmal so lange. »Tut mir Leid, dass sie solche Sachen über dich sagen«, begann er. »Du magst vieles sein, aber eine ›leichte Beute‹ bist du bestimmt nicht.« Ich musste ein ganz klein wenig lächeln, und er fuhr fort. »Du musst verstehen, wie verrückt diese ganze Geschichte ist, Kate. Sie hängen alle dermaßen dicht zusammen, da passt nicht einmal mehr eine Briefmarke dazwischen. August Mercer, drüben im Weißen Haus, ist ein Kumpel von Leutnant Henry. Und Henry ist mit der Tochter dieses alten Senators verheiratet, Danny Daly. Erinnerst du dich an ihn?«

»Machst du Witze?«

»Joseph Henry. Die älteste Geschichte der Welt: Ein armer Junge arbeitet sich hoch«, sagte Lyle. »Schafft ein Stipendium für Yale, bändelt mit der Tochter eines ehemaligen Marineinfanteristen an. Kann ja nicht schaden, dass der Vater mittlerweile ein einflussreicher Politiker ist. Klingt wie ein Weg, um den ihn dein Jack beneiden würde.«

Ich ignorierte den letzten Satz. Ich hatte Daly getroffen, bevor die Aussage vor der Grand Jury zu den Zeitungen durchgesickert war, vielleicht hatte er also gar nicht das Bedürfnis verspürt, seinen Schwiegersohn zu beschützen. Vielleicht aber *mochte* er seinen Schwiegersohn auch gar nicht. So etwas war schließlich kein ungewöhnliches Phänomen in dieser Welt. Und dennoch, Tatsache war, dass Henry Protektion genoss.

Ich dankte Lyle für seinen Anruf. »Das ist wirklich anständig von dir«, sagte ich.

»Ich versuche mein Bestes, manchmal«, antwortete er, doch dann brach seine Stimme, und er hängte plötzlich auf.

*

Jack stellte feierlich ein Fläschchen mit Pillen gegen Sodbrennen auf den Tisch, der mit rosafarbenen Notizzettelchen übersät war. »Wir haben es mittlerweile mit einigen extrem panischen Klienten zu tun«, brummelte er. Er knackte mit seinen Fingerknöcheln. »He, Kate, wie hoch ist deiner Meinung nach die Wahrscheinlichkeit, dass August Mercer diesen Leuten auf dem Capitol Hill sagt, dass sie uns fallen lassen sollen?«

»Ziemlich hoch«, sagte ich wahrheitsgemäß. »Aber du weißt auch, dass wir für ihn nur ein kleiner Fisch sind.«

Ein weiterer Strauß Rosen wurde geliefert. *Gib es auf, du Hure.* Wer schrieb solche Sachen? Jack machte den Blumenladen ausfindig und fragte mich, ob ich dem Besitzer auftragen wollte, zukünftige Lieferungen von meinem hasserfüllten Bewunderer zu stoppen. Ich betrachtete die welken Knospen. »Kommt gar nicht infrage«, sagte ich. Ich würde es diesem Wichser zeigen, wer auch immer er oder sie war.

*

Washington ist eine Stadt mit nur einem großen Arbeitgeber, aber trotzdem bleiben die verschiedenen Zweige der Regierung fein säuberlich getrennt. Wenn du dein Hauptgeschäft auf dem Capitol Hill mit den Kongressabgeordneten und den Lobbyisten machst, hängst du vermutlich nicht sehr oft mit den Typen von der Zentralbank oder dem Außenministerium rum. Sie trinken ihr Bier in anderen Bars. Doch das eine oder andere Mal kreuzen sich die Pfade.

Es war Freitag, Gott sei Dank, und ich hatte beschlossen, mich für mein Überleben zu belohnen: ein Steak und ein Cocktail im Schatten der ehrwürdigen Kuppel höchstselbst. Der Capitol Grille präsentierte seine gut abgehangene Ware stolz in seinen Fenstern, was Veganer möglicherweise zum Erbrechen gebracht hätte, aber ich mag ein gutes Filet. Ich machte sogar extra eine Reise durch Burgund, nachdem Jack sich endlos über das Fleisch der weißen Rinder aus dieser Gegend ausgelassen hatte. Jack hatte versprochen, sich mit mir an der Bar zu treffen, und so saß ich denn mit einer Flasche französischem Wein neben dem riesigen Glas mit Ananasscheiben in Wodka, als ich am entgegengesetzten Ende niemand anderen als Leutnant Joseph Henry erblickte. Oh, er war tatsächlich ein ganz Hübscher, schlank und breitschultrig in seiner Uniform, sein braunes Haar frisch geschnitten und die Grübchen in seinen Wangen besonders männlich. Er war allein, wartete aber auf jemanden. Er sah wiederholte Male auf seine Uhr.

Ich glaube daran, dass jeder seines eigenen Glückes Schmied ist. Also sprang ich von meinem Hocker und stellte mich höflich und mit einem Lächeln vor, das noch nie eine Zurückweisung hatte erdulden müssen. Bis zu diesem Zeitpunkt, als Henry seine Hand zurückzog, sobald ich meinen Namen genannt hatte.

»Sie sind das Mädchen, das mit Lyle Gold verbandelt ist, stimmt's?«, fragte er.

»Ich bin die Beraterin, die Mr. Gold vertritt«, antwortete ich.

»Ich kann nicht mit Ihnen reden«, sagte er.

Ich schwieg einen Augenblick. »Vor ein paar Wochen habe ich Ihren Schwiegervater getroffen«, sagte ich.

»Und Sie haben es offensichtlich überlebt, nicht wahr?« Henry war unbeeindruckt. Besonders hier in Washington musste er diesen Spruch schon bis zum Abwinken gehört haben. Ganz der Offizier, blieb er beim Thema. »Schauen Sie: Ich bin hier mit jemandem verabredet. Ich kann nicht mit Ihnen reden. Ich kann mit niemandem reden.«

»Sie *haben* aber schon gesprochen«, sagte ich. »Sie sind beim militärischen Geheimdienst der zuständige Mann für die Gold-Affäre. Sie haben das so genannte Geheimdossier gesehen.«

Henry sah sich aufmerksam um. »Ich habe gesagt, dass ich nicht mit Ihnen reden kann. Und selbst wenn ich könnte, würde ich es nicht tun. Und jetzt entschuldigen Sie mich bitte.«

Das tat ich. Es hatte keinen Sinn, es erzwingen zu wollen. Immerhin war dieser Mann dafür ausgebildet, auch Folter zu widerstehen.

6

Das Geständnis

Eine Woche nach meinem desaströsen Auftritt in der Drumont-Show bekam ich einen Anruf von Freddy Banks.

»Wie geht's dir?«, fragte er fürsorglich.

»Mir geht's gut«, antwortete ich. Ein weiterer Strauß schwarzer Rosen war abgegeben worden und hatte von meiner Assistentin nicht gerettet werden können (obwohl sie es weiterhin tapfer versuchte, indem sie diverse Lösungen mit Zucker und Rosennahrung herstellte). Ein weiterer nervöser Klient hatte gedroht, seine Geschäfte zukünftig mit einer anderen Firma zu machen. Und eine weitere Welle bösartiger E-Mails hatte unsere Internetseite überflutet. »Einfach klasse.«

»Ich dachte, ich sollte mich einfach mal bei dir melden«, sagte Freddy, nachdem er sich geräuspert hatte. »Wo es doch so eine schwere Zeit für dich ist.«

Hoppla, wer hätte wohl gedacht, dass Freddy nett sein kann? Doch dann dachte ich: Moment mal, Freddy *ist* nicht nett.

»Wirklich nett, dass du an mich denkst«, log ich.

»Nicht unerwartet, hoffe ich.« Er räusperte sich erneut. »Ich wollte nur wissen, ob mein Mädchen in Ordnung ist.«

»Dein Mädchen, heh?« Ich winkte Jack heran, der gerade mit einem Bündel von Notizzetteln vorüberlief. *Es ist Freddy*, kritzelte ich auf einen Schreibblock, und er ließ sich direkt auf einen Stuhl plumpsen.

»Absolut. Wir kennen uns schließlich schon so lange.« Er schwieg einen Moment lang.

»Na klar, sicher.« Ich wusste nicht, was ich sonst hätte sagen sollen.

Freddy schwieg wieder ein Weilchen und sagte dann mit gedämpfter Stimme: »Weißt du, es gab da ein wenig ... Aufregung ... im Außenministerium.«

»Tatsächlich.«

»Ja. Nun ja, nachdem du in Eddie Drumonts Show aufgetreten bist, hat der Außenminister August Mercer persönlich angerufen. Du weißt doch, wie der Außenminister so ist, oder?«

Ich wusste, was in den Zeitungen stand, dass er diese Position erreicht hatte, weil er ein umsichtiger und gründlicher Mann ist, und dass er die Gold-Affäre mit wachsender Besorgnis betrachtete, je näher der Prozesstermin rückte, der auf das Ende des Sommers festgesetzt worden war, und bis dahin waren es keine drei Monate mehr.

»Ein wenig«, sagte ich.

»Er hat Mercer die Leviten gelesen, und so etwas macht man in diesen Kreisen eigentlich nicht«, sagte Freddy. »Ich meine, die beiden spielen Golf zusammen im Burning Tree Club. Sie sind alte Yale-Kumpels.«

Leutnant Henry hatte ebenfalls in Yale studiert. Jetzt, wo ich darüber nachdacht, fiel mir wieder ein, was mein Großvater einmal gesagt hatte: Wenn du die eher widerwärtigen Typen in der amerikanischen Politik aufspüren willst, frag einfach, wer in Yale studiert hat – insbesondere an der juristischen Fakultät.

»Er hat Mercer zu verstehen gegeben, dass er ein überzeugendes Schuldeingeständnis braucht.«

»Na ja, von Lyle wird er jedenfalls keins kriegen«, sagte ich. »Lyle hat es nicht getan, und er würde nicht einmal dann ein falsches Geständnis ablegen, wenn du ihn mit glühenden

Schürhaken durchbohrst. Er ist vollkommen davon überzeugt, dass seine Ehre wiederhergestellt werden wird.«

»Ehre? Was bedeutetet das schon in dieser Zeit?« Freddys Lachen klang hohl. »Der Außenminister hat entschieden, dass es eine einfache Lösung gibt, wenn die moralischen Indizien nicht ausreichen und die materiellen Beweise zu brüchig sind. Dann wird er eben freigelassen. Wenn man bedenkt, dass die Anklage gegen den Schweinehund schon erhoben worden ist, bedeutet das natürlich eine äußerst unangenehme Diskussion mit dem Generalbundesanwalt.«

»Ich würde dir Geld geben, wenn ich bei diesem Gespräch zuhören könnte«, sagte ich halb im Spaß.

»Eben. Aber aus verschiedenen Gründen erwarten wir nicht, dass der Außenminister eine solche Diskussion führen wird.«

»*Wir*?«, fragte ich. »Ist das ein *Pluralis Majestatis*?«

»Sagen wir, er bezieht sich auf das Weiße Haus.«

»Und du selber?«, fragte ich. »Bist du nur der Botschafter, oder warst du bei dieser Diskussion tatsächlich anwesend?«

»Ich war in Mercers Büro, als er mit dem Außenminister sprach.«

Ich sah mir die Ziffern auf dem Display meines Telefons an. »Jetzt rufst du aber nicht aus dem Weißen Haus an.«

»Nein, denn dann würden wir unser nettes kleines Gespräch gar nicht führen«, sagte Freddy. »Kate, steig aus. Begreif es doch. Du bist ein schlaues Mädchen, und du kannst es wirklich zu etwas bringen. Steig aus diesem Spiel aus. Es ist es nicht wert. Ich will nicht, dass mein Mädchen zu Grunde geht.«

Oh, dachte ich, Freddy sichert sich ab. Interessant. Mehr als jeder andere wusste er, zu welchen Coups ich fähig war. Ich wollte mir?, nicht *die falsche Seite aussuchen*, hatte er es nicht so ausgedrückt? Mir war vollkommen klar, dass Freddy, sobald es ums Ganze geht, sich nur um Freddy kümmert.

»Verrat mir nur eines«, begann ich. »Wer im Außenministerium ist noch in die Gold-Affäre verwickelt?«

»Mit solchen Fakten bin ich nicht vertraut.«

»Aber du bekommst doch alle möglichen Memos zu sehen«, hakte ich nach. »Wessen Name erscheint da noch?«

»Es gibt da eine Abteilungsleiterin, die der alte Herr immer mit einbezieht. Joan Picquart.«

»Ich habe viel Gutes über sie gehört«, bemerkte ich vorsichtig.

»Der Minister scheint viel von ihr zu halten. Er lässt sie diesen ganzen Kram bearbeiten. Sie hat auch Mercer schon ein paar Mal angerufen«, sagte Freddy. Bevor ich antworten konnte, beeilte er sich hinzuzufügen: »Hör zu: Alles, was Mercer tun muss, ist ein paar Telefonate zu führen, und schon seid ihr alle eure Klienten los. Das weißt du hoffentlich? Ist diese Gold-Sache das wirklich wert?«

»Das ist eine ausgezeichnete Frage«, sagte ich, »und ich verspreche dir, sehr gründlich darüber nachzudenken.«

Ich legte auf und schaute Jack an, der sich aufmerksam nach vorne gelehnt hatte.

»Glühende Schürhaken, Kate?«, fragte er.

*

So. Freddy wollte also den Cowboy spielen. Ich kannte diese Typen, Einzelgänger auf ihren einsamen Feldzügen, ohne Rücksicht auf das Protokoll. Einige verfolgten dabei selbstsüchtige Motive (ich schätzte, dass Freddy zu ihnen gehörte), doch hin und wieder gab es einen weißen Ritter. Einmal hatte ich sogar einen kennen gelernt, ich wusste also, dass es sie gab.

Es war während eines Abendessens in Washington gewesen. Es waren ungefähr ein Dutzend Gäste anwesend, und die Tischordnung ließ mich neben einem stämmigen, grauhaarigen Mann landen, der – wie ich mit Erschrecken feststellen musste – nicht nur lediglich dreiundvierzig Jahre alt war, sondern auch ein berühmter Rebell. Wie auch immer, er hatte im unversöhnlichen Afghanistan gekämpft. Abdul Haq (nicht sein richtiger Name – er hatte ihn geändert, um seine weit verzweigte Familie zu schützen) hatte während der ersten Gänge der Mahlzeit mürrisch auf seinem Teller herumgepickt. Einst war er ein schlanker junger Mann gewesen, der durch Tunnel kroch, bevor eine Landmine seinen rechten Fuß abriss. Er erzählte mir die Geschichte, wie die Mudschaheddin versucht hatten, seinen Fuß zu retten, indem sie ihn ohne Betäubung direkt dort auf dem Feld operierten, in dem Loch in seiner Haut herumstocherten und Steine und Dreck herausholten (und er lachte, als ich zusammenzuckte).

Er war nach Washington gekommen, um Unterstützung für einen Plan zur Entmachtung der Taliban zu gewinnen, der vorsah, einige von ihnen zu überzeugen, auf seine Seite zu wechseln. Aber es gab da ein Problem: Wir waren gerade dabei, gegen sie in den Krieg zu ziehen, und Abdul Haq hatte nicht vor, nach den Taliban in Afghanistan zu regieren. Er wollte einfach nur dort leben und einen Laden aufmachen. Während er also mit mir sprach, in gedämpftem Ton und mit vielen Pausen, in denen er seinen englischen Wortschatz nach den richtigen Ausdrücken durchsuchte, wusste ich schon, dass die Vereinigten Staaten ihn nicht unterstützen würden. Vielleicht einen anderen Mudschahed, aber jeder, der an diesem Abend an diesem Tisch saß, wusste, dass Haq allein sein würde, was auch immer er tat. Ich glaube, auch Haq wusste es. Aber hier war einer dieser seltenen Menschen, die sich von keiner Seite kaufen ließen und deshalb glaubwürdig blieben.

Drei Wochen nach diesem Abendessen befand sich Haq in seinem Haus in Peschawar und beschloss, die pakistanische Grenze zu überqueren und nach Afghanistan zu gehen. Er besaß keinerlei Unterstützung durch die Vereinigten Staaten, aber viele Leute in jenem Teil der Welt glaubten das Gegenteil, was ihn zu einem Gebrandmarkten?? machte. Die CIA erzählte ihm, dass sie ihm erst dann helfen könnte, wenn er etwas unternahm. Also nahm er seinen Neffen und noch ein paar andere Männer mit, einige Satellitentelefone und ein paar Schusswaffen sowie jede Menge Bargeld (natürlich um Stammesführer zu bestechen), setzte sich auf ein Maultier und brach nach Afghanistan auf. Er wurde von den Stammesführern verkauft, die geschworen hatten, ihm zu folgen. Stattdessen lieferten sie ihn den Taliban aus, die ihn häuteten, kastrierten und aufhängten.

Das war das zugegebenermaßen extreme Schicksal eines Cowboys. Selbst in dem vergleichsweise kühleren Klima Washingtons konnte es riskant sein, ganz besonders in einer Schlangengrube wie der Exekutive. Welches Spiel mochte Freddy wohl spielen, fragte ich mich. Ich starrte gedankenverloren an die Zimmerdecke, als John Jaures gegen den Türrahmen klopfte. »Hallihallo«, sagte er und schlenderte herein. Er trug wieder sein Iron-City-Beer-T-Shirt und hielt eine riesige runde Camembert-Holzschachtel in den Händen. »Nicht pasteurisiert!«, rief er aus. »Das ist doch das Zeug, das du magst, stimmt's?« Er legte sie auf meinen Tisch und grinste. Das war wirklich süß von ihm.

»Willkommen zu Hause«, sagte ich. »Aber Jack ist der Gourmet.«

»Dein Großvater hat doch mal einen Angeklagten freibekommen, indem er argumentierte, dass er durch den Verzehr von verdorbenem Käse verrückt geworden sein?«, erinnerte mich John.

»Du versuchst mir eine Lebensmittelvergiftung unterzujubeln?« Ich zog die Augenbrauen hoch.

»Ich will nur, dass du eine Ausrede hast, wenn die Leute dich fragen, warum du diesen Fall angenommen hast«, sagte er und setzte sich. »Diesen Käse besorgt zu haben war einer der größeren Erfolge meines Parisaufenthalts. Diese Affenbanden habe ich nicht mal von weitem gesehen.« Er schaute einige Augenblicke lang zu, wie ich meinen Stift auf dem Tisch herumdrehte. »Soll ich später noch mal wiederkommen?«

Ich hörte auf. »Nein, nein. Ich habe nur gerade – hast du mal von einem Mann namens Abdul Haq gehört?«

»Sicher. Ich habe ihn in Peschawar getroffen. Er ist gestorben.«

»Ich glaube, er wusste, dass er sterben würde«, sagte ich. »Als ich mit ihm sprach, sagte er, dass er manchmal das Gefühl hätte, sein Leben verschwendet zu haben. All diese Jahre hätte er gekämpft, und wofür?«

John dachte darüber nach. »In einem Interview hat er einmal etwas gesagt, das sich mir eingeprägt hat: ›Afghanen nehmen das Wort eines Mannes äußerst ernst, und sie haben ein langes Gedächtnis.‹ Vielleicht war er der Auffassung, dass er keine Wahl hatte. Er hatte seinen Leuten erzählt, dass er gehen würde. Und er war Soldat. Er war siebzehnmal verwundet worden. Er hatte immer noch Schrapnellsplitter in seinem Kopf. Er war ein Mann, der alles richtig machen wollte.«

»Und schließlich ging er über die Grenze«, sagte ich.

»Richtig«, antwortete John. »Das machte ihn zu einem der Guten.«

Ich lächelte John an und fühlte mich das erste Mal seit über einer Woche ein kleines bisschen besser. Ich war sogar inspiriert genug, im Außenministerium anzurufen und nach Joan Picquart zu fragen. Ich bekam sie natürlich nicht an die Strippe, sondern nur eine gelangweilte Sekretärin, aber was soll's. Auch so ein Schuss ins Blaue war einen Versuch wert.

*

Am folgenden Morgen ließ ich mich zu der absurd frühen Zeit von sechs Uhr wecken, um zusammen mit Lili einen Yogakurs zu besuchen. Wir machten Power Yoga, was bedeutete, dass der Saal heiß genug war, um mich eimerweise schwitzen zu lassen, und der Kurs dauerte zwei Stunden. Ich hatte vorher noch nie Yoga gemacht, und es ist wohl nicht die beste Idee, gleich mit der Extremversion anzufangen. Ich war schon immer eher ungelenk, und ich verspüre eigentlich keine Sehnsucht, gelenkiger zu werden. Beim Yoga ging es mir darum, richtig atmen zu lernen, nachdem ich das Gefühl hatte, es in der vergangenen Woche vergessen zu haben. In dem Kurs ging es nur um Dehnübungen und Muskelbeherrschung. Nach zehn Minuten schwor ich Lili, dass ich sie, falls wir es überleben sollten, umbringen würde (es war auch wenig hilfreich, dass unser Übungsleiter, ein Typ namens Thor, dessen Zehennägel in demselben Blau lackiert waren wie meine, mit uns am Ende des Kurses das Dankbarkeits-Spiel spielte – »Wofür bist du dankbar? Ich bin dankbar für die Sonnenuntergänge, für das Meer, für die Bäume« – ehrlich! Wer hat denn Zeit für *so was*?). So wackelte ich also zu meinem Auto, mit Muskeln, die bei jedem Schritt bibberten und zuckten, als plötzlich mein Handy klingelte. Ein »unbekannter Anrufer«, aber ich antwortete trotzdem.

»Hier ist Joan Picquart«, meldete sich eine geschäftsmäßige Stimme.

»Oh, Gott.« Überrascht wie ich war, hatte ich offensichtlich meine Manieren vergessen. Auch in ihren Kursen war es nicht ungewöhnlich gewesen, unvorbereitet aufgerufen zu werden.

»Warum kommen Sie heute Nachmittag nicht mal rüber.«

Es war keine Frage. Sie hatte den bierernsten Tonfall eines Menschen, dem man selten widerspricht. Ich schrieb ihre Adresse und eine Uhrzeit auf, und das war's.

Ich war noch nie in ihrem Haus gewesen – sie war eine ehemalige Professorin und keine Freundin. Sie lebte in einem Reihenhaus in Old Towne Alexandria, in einer Straße, die am Abend von flackernden Gaslaternen beleuchtet wurde und deren Bürgersteige wie Eisplatten von den Wurzeln jahrhundertealter Bäume zerbrochen worden waren. Meine Absätze klackerten auf den schmiedeeisernen Stufen zu ihrer Haustür, die geöffnet wurde, bevor ich die Klingel betätigen konnte.

»Willkommen.« Joans Stimme klang allerdings ganz und gar nicht einladend, und sie sah Zentimeter für Zentimeter wie eine waschechte, blitzgescheite Diplomatin aus. Was sie im Hörsaal schlicht aussehen ließ, wirkte jetzt würdig. Ihr vorzeitig ergrautes Haar war zu einem Bubikopf geschnitten, und sie hatte nicht mehr als einen blassen Himbeerton auf ihre dünnen Lippen aufgetragen. Ihr hohes, schmales Haus ging ein gutes Stück nach hinten raus und war mit passendem Chintz aus Virginia ausgekleidet. Die Hausherrin betrat einen kanarienvogelgelben Salon (ich war mir bis dahin nicht sicher gewesen, ob so etwas überhaupt noch existierte) und steuerte zielstrebig, aber leicht humpelnd, auf eine Hausbar zu.

»Ich nehme einen Scotch«, sagte sie. »Was hätten Sie gerne?«

»Scotch ist eine gute Idee«, sagte ich und dankte still meinem Vater, der bei mir den Geschmack an diesem Zeug geweckt hatte.

»Ich trinke ihn pur«, sagte sie.

»Für mich mit Eis«, sagte ich.

Sie öffnete eine verstaubte Flasche – »Mein Großvater hat sie mir zum Abschluss des College geschenkt, nur damit Sie wissen, wie alt er ist.« – und füllte zwei Bleikristallgläser. Ohne mich anzusehen, da sie sich darauf konzentrierte, eine genau abgemessene Anzahl Eiswürfel in mein Glas fallen zu lassen, sagte sie: »Sie fragen sich bestimmt, warum ich Sie angerufen habe. Ich muss wohl kaum betonen, dass das hier unter uns bleibt.«

»Natürlich.« Ich nahm das angebotene Glas. Sie deutete auf einen üppig gepolsterten Sessel. Ich setzte mich gehorsam.

»Sitzen Sie manchmal im Sattel, Kate?«, fragte sie.

»Ich hatte mal eine Vespa«, sagte ich, und sie lächelte nicht unfreundlich.

»Ich meine Pferde.«

Ich kam mir vor wie ein Idiot. Mädchen aus Chicago frönen allerdings selten dem Reitsport, und das sagte ich ihr auch.

»Ich habe damit angefangen, als mein Vater in Österreich stationiert war. Er war im diplomatischen Dienst.« Sie warf einen Blick auf ihr Glas. »Am vergangenen Wochenende machte ich einen Ausritt auf dem Anwesen eines Freundes im Süden von Virginia, in der Nähe von Monticello.«

»Das hört sich sehr nett an«, sagte ich bemüht.

»Normalerweise ist es das auch. Nur dass dieses Mal mein Pferd, wie das bei Tieren eben manchmal ist, auf seltsame Ideen kam und mit mir durchging, über Hecken sprang und durch Bäche setzte. Ich hielt mich fest, solange ich konnte, aber das verdammte Biest blieb plötzlich stehen und warf mich nach vorne ab, wo ich auf einem Holzstoß landete. Keine gebrochenen Knochen, aber mein Rücken ist ruiniert. Ich habe einen leichten Hexenschuss und einen verstauchten Knöchel. Das Wochenende habe ich in einem Krankenhausbett verbracht.«

»Das ist ja furchtbar«, murmelte ich. Ich meinte es ernst,

auch wenn ich nicht begriff, warum jemand so Wichtiges wie eine Abteilungsleiterin im Außenministerium mir solche Sachen erzählte.

»Ja, das war es«, bestätigte sie. »Ich lag in diesem Bett, und mir ging immer nur ein Gedanke in meinem Kopf herum: Was, wenn ich gestorben wäre? Viele Leute kommen bei Reitunfällen ums Leben. Oder sie erleiden irreparable Schäden. Was, wenn mir so etwas passiert wäre? Wer würde dann diese Geschichte erzählen können?«

»Welche Geschichte?«, fragte ich.

Sie nahm einen kräftigen Schluck von ihrem Scotch. »Meine liebe Kate, Sie sind da in etwas verwickelt, was viel größer ist als Sie – und im Übrigen auch viel größer als ich. Ich kann mir vorstellen, dass Sie sich für Lyle Gold eingesetzt haben, weil Sie das Gefühl hatten, damit etwas Nobles zu tun. Und wenn Sie sich fragen, ob es das wert ist, kann ich Ihnen nur sagen: Ja, das ist es.«

Ich trank meinen Scotch aus, und Joan stand auf, um uns beiden einen neuen einzuschenken.

»Ich habe letzte Woche den Bericht über die Rückverfolgung einer E-Mail erhalten«, begann sie, »von einem jungen Mann, der für unsere technische Abteilung arbeitet. Wir sind uns bewusst, dass viele Mitarbeiter des Außenministeriums persönliche E-Mail-Konten unterhalten. Was viele von ihnen nicht wissen, ist, dass sogar E-Mails, die von einem persönlichen Konto aus verschickt werden, von uns gelesen und verfolgt werden können. Jede E-Mail, die von einem Computer der Regierung verschickt wird, wird von unserer Firewall bemerkt.«

»Alles kann verfolgt werden?«, fragte ich.

»Bis zu einem gewissen Grad. Wir machen ab und zu einen kleinen ... Frühjahrsputz. Vorsichtsmaßnahmen, verstehen

Sie. Nichts, was nicht auch jede andere, äh, Firma tun würde. Während einer dieser Aktionen hat dieser technische Assistent Nachrichten gefunden, die von einem ... interessanten ... privaten Mail-Konto verschickt worden waren.«

Joan sah mich an, und mir wurde klar, was sie von mir hören wollte.

»Lyle Gold.«

»Genau.« Sie nickte. »Stellen Sie sich vor, was dieser junge Mann denken musste. Er dachte: Wie kommt dieser Mann auf unseren Server? Oder gibt es zufällig einen Mitarbeiter des Ministeriums mit dem gleichen Namen wie dieser Schweinehund, der im Gefängnis verrottet. Als der junge Mann die betreffenden E-Mails las, sah er sich mit Nachrichten konfrontiert, die direkt aus dem geheimen Dossier stammten.«

»Woher wissen Sie das?«, fragte ich schnell. Joan sah mich erneut an.

»Weil ich die E-Mails gesehen habe, und weil ich das geheime Dossier gelesen habe.«

Ich antwortete nicht, sondern konzentrierte mich darauf, mein zweites Glas zu leeren.

»Es gibt keinen Lyle Gold, der im Außenministerium arbeitet«, sagte Joan. »Ich *glaube*, dass die Gold-E-Mails von jemandem innerhalb der Bundesregierung verschickt worden sind. Jemandem, der sich in das private Konto eingeloggt hat.«

Jetzt war es an mir, dumm zu gucken. Eigentlich ist es nicht schwierig, sich Zugang zum privaten E-Mail-Konto eines anderen zu verschaffen und unter seinem Namen eine Nachricht zu versenden. Alles, was man braucht, ist eine vage Vorstellung davon, welches Passwort und welches System der andere wohl benutzt. Viele Leute machen sich wahrscheinlich keine großen Gedanken über ihr Passwort: Heh, wer wird denn schon meine eingescannten Urlaubsfotos kopieren oder mein geheimes

Kartoffelsalatrezept stehlen? Aber wir leben inzwischen in einer vernetzten Welt. Es ist naiv, ein zu einfaches Passwort zu benutzen (übrigens ist das Wort *Passwort* selbst eines der meistbenutzten Passwörter). *Was wäre, wenn Lyle Gold doch nicht so schlau oder vorsichtig gewesen ist, wie ich ihn eingeschätzt habe?* Er war ein beliebtes Opfer, wenn man an all die Feinde denkt, die er sich in Washington und anderswo gemacht hat, und vielleicht hatte er sich im Cyberspace angreifbar gemacht. Das Ganze war jedenfalls nicht sonderlich schwierig.

»Wollen Sie damit sagen ...«, begann ich langsam, doch Joan hob ihre Hand.

»Warten Sie einen Augenblick«, unterbrach sie mich. »Ich besitze einen Ausdruck. Ich habe mit dem technischen Assistenten gesprochen. Irgendetwas stimmt nicht mit diesem Dossier. Ich kann aber nicht sagen, ob die Probleme in meiner Abteilung liegen.«

»Die Mail kann von überall verschickt worden sein.«

»Von überall innerhalb der Bundesregierung«, korrigierte sie.

»Aber der- oder diejenige muss sie von *innerhalb* dieses bestimmten Servers verschickt haben«, sagte ich.

»Ja.«

»Und es ist nicht so, dass sich jede beliebige Person oder jeder besonders unternehmungslustige Reporter an einen Regierungsschreibtisch setzen und anfangen könnte, E-Mails zu versenden«, sagte ich.

»Nein. Das ist zwar möglich«, sagte Joan, »aber nicht wahrscheinlich.«

Ich beugte mich vor. »Und was hat der Außenminister dazu gesagt?«

Joan runzelte die Stirn, aber nicht meinetwegen. »Ich habe meine Bedenken dem Minister gegenüber zum Ausdruck gebracht, und auch gegenüber dem stellvertretenden Minister, der die E-Mails als Erster gesehen hat.«

»Und diese Putzfrau?«, fragte ich.

»Davon weiß ich nichts«, sagte Joan bestimmt. »Aber der stellvertretende Minister war nicht geneigt, Gold von dem Verdacht freizusprechen. Offen gesagt meinte er, dass es vorzuziehen wäre, wenn diese ganze Geschichte gar nicht erst vor Gericht landen, sondern Gold selbst die Sache beenden würde.«

»Und wie sollte Lyle das tun?«, fragte ich.

»Zu einer anderen Zeit hätte man einen Revolver und eine einzelne Patrone innerhalb der Reichweite des Gefangenen platziert, nur für den Fall, dass er beschließt, sich selbst zu richten«, sagte Joan.

»Das ist krank«, sagte ich.

»So waren die Zeiten damals«, erwiderte Joan. »Auch heutzutage geschieht das ab und zu noch.«

Sie schaute mich viel sagend an. Mein Mund war trocken geworden. Mit was für Leuten hatten wir es hier zu tun? Mein Gesicht muss meine Gedanken verraten haben, denn Joan fügte hinzu: »Denken Sie immer an die Lektion, die Sie in meinem Kurs gelernt haben: Menschen, die Politik machen, können und werden ihre Handlungen in der Regel als moralisch definieren. Das ermöglicht ihnen, in dem Gefühl zu leben, dass ihre Handlungen menschenfreundlich, dass sie richtig und im langfristigen Interesse nicht nur der Sicherheit dieses Landes und seines Wohlstands, sondern auch ihrer eigenen Werte sind.«

»Warum erzählen Sie mir das alles?«, fragte ich.

»Und was, wenn mir etwas zugestoßen wäre?«, sagte Joan. »Ich will nicht mit dem Wissen ins Grab steigen, dass in meinem Zuständigkeitsbereich so eine Ungerechtigkeit passiert ist. Ich werde meiner Familie nicht zumuten, damit leben zu müssen. Sie müssen allerdings verstehen, dass ich auf meine eigene Art damit umgehen werde. Ich bin diejenige hinter den verschlossenen Türen. Es müssen Ergebnisse erzielt werden. Aber ich habe das Gefühl, dass Sie wissen sollten, was ich glaube: Jemand anderes hat Lyle Golds Namen benutzt, um seinen eigenen Verrat zu vertuschen.«

»Ist Lyle in Gefahr?«, fragte ich.

Joan sah mich scharf an. »Natürlich ist er das. Wir alle sind es. Hier geht es um sehr viel.«

Sie überreichte mir einen Umschlag, der Kopien der E-Mails enthielt, die an Mao adressiert waren und Informationen über Truppenbewegungen beinhalteten, der Teil des geheimen Dossiers, welcher der Grand Jury vorgelegt worden war und ausgereicht hatte, einer Anklage gegen Lyle Gold zuzustimmen.

»Das ist nur zu Ihrer Information«, sagte Joan. »Ich bin sicher, Sie haben Verständnis dafür.«

»Kannten Sie mal einen Mann namens Abdul Haq?«, fragte ich sie, während ich die Papiere sichtete.

»Natürlich. Er wurde viele, viele Male von vielen, vielen Leuten enttäuscht. So ist die Welt normalerweise eben beschaffen. Aber vielleicht können wir dieses Mal den Lauf der Dinge ändern.« Damit war ich entlassen.

*

Ich rief Edgar Demange an und berichtete ihm einen Teil dessen, was Joan mir erzählt hatte. »Diese verdammten Arschlöcher mit ihrer Knastjustiz«, brummelte er. »Diese Tricks werden öfter benutzt, als man glaubt.« Und dann fuhr ich mit hämmernden Kopfschmerzen und den E-Mails zu meinem

Büro. Meine Assistentin war nirgends zu sehen – wahrscheinlich ist sie intensiv damit beschäftigt, einen weiteren Strauß dieser beschissenen Rosen zu retten, dachte ich –, dafür war Jack aber da. »Komm doch mal einen Augenblick rüber«, rief er, als er mich hereinkommen hörte.

Wenn Jacks Wohnung seine Sehnsucht widerspiegelt, Frauen zu verführen, dann handelt sein Büro davon, wie er mit den Klienten kuschelt: sehr clubmäßig, mit schwarzen Ledersesseln, einem eleganten Tisch aus rostfreiem Stahl, den er in der Lower East Side von Manhattan gekauft hatte, und grauen, heruntergelassenen Rollos vor den Fenstern. Der perfekte Ort, um eine Zigarre zu rauchen (wenn er geraucht hätte) und Pläne zur Erlangung der Weltherrschaft zu schmieden (was er regelmäßig tat).

»Ich war heute im Cosmos Club«, sagte er. Das war ein wunder Punkt in unserer Beziehung, Jack hatten sie die Mitgliedschaft angetragen, mir aber nicht. »Sie können *mit* ihm kommen«, wurde mir gesagt. Die Luft in dem Club mochte zwar abgestanden sein, aber der Bartender konnte einen knochentrockenen Martini mixen. »Ich bin deinem Lieblingslobbyisten begegnet.«

»Lewis Tap ist Mitglied?« Niedergeschlagen versank ich in einem der Sessel.

»Ja, ist er.« Jacks Parodie war köstlich. »Und er erzählte mir *die* Neuigkeit: Lyle Gold hat gestanden.«

»Gestanden«, wiederholte ich.

»Gestanden.«

»Oh, bitte«, sagte ich. Kam das nicht allzu gelegen, gerade, wenn man an Freddys Anruf vor ein paar Tagen denkt?

»Nun ja, angeblich hat er gegenüber seinem Gefängniswärter gestanden. Lewis sagte, er hätte es von einem *hohen Beamten im Außenministerium* erfahren.«

»Ich habe mich gerade mit einer Spitzenbeamtin des Außenministeriums getroffen, und sie hat es mit keinem Wort erwähnt«, versetzte ich. »Und ich habe gerade mit Demange telefoniert, und der hat auch nichts gesagt.«

»Heh, ich behaupte ja nicht, dass ich es glaube.« Jack hob seine Hände.

»Aber wenn schon Lewis davon erzählt?«, sagte ich, und Jack nickte.

»Genau. Aber warte – es kommt noch besser.« Er hielt einen Brief hoch. »Rate mal, was das ist? Ein Brief vom Finanzamt. Unsere Bücher sollen überprüft werden. Kannst du dir das vorstellen? *Eine Buchprüfung.* Mercer sollte sich eigentlich etwas Originelleres als *das* einfallen lassen können.«

Buchprüfungen machen mir Angst. Mein Vater hat einmal eine ganz schlimme erdulden müssen, als ich fünfzehn war. Danach hatte er weißes Haar und eine Rechnung über 800.000 Dollar Steuernachzahlung im Briefkasten. Außerdem bläute er mir nachdrücklich ein, immer alle Quittungen aufzubewahren und alles mit äußerster Sorgfältigkeit zu dokumentieren.

»Wir wissen doch gar nicht, ob Mercer ...«, begann ich.

»Doch, tun wir, Kate, wir wissen es!«, schrie Jack. »Warum sonst sollte Freddy dich angerufen haben? Pass auf, diese Leute brauchten ein Geständnis, und sie haben es auch bekommen, irgendwie, auf ihre Art. Und wenn sie schon mal dabei sind, warum sollten sie uns nicht auch gleich ein paar Steine in den Weg rollen? Amateure! Auf geht's!« Energisch tippte er die Nummer unseres Buchhalters, der nicht ganz so enthusiastisch war.

Ein Geständnis – klar, es war nur ein angebliches Geständnis, aber warum sollte man sich an Details aufhängen? Innerhalb weniger Stunden bekam Truman Pace Wind von dem Gerücht. Er machte sich gar nicht erst die Mühe, die Fakten zu überprüfen. Er brachte es so früh wie möglich. »Verräter Lyle Gold hat gestanden!« Eine Minute, nachdem sie durch den Äther gegangen war, erschien die »Nachricht« im Internet. Der besagte Gefängniswärter war nie aufgetaucht, aber das schien kaum eine Rolle zu spielen. Die Geschichte wurde einem »leitenden Beamten des Außenministeriums« zugeschrieben, und das war ausreichend für die allermeisten Medien, selbst wenn Edgar Demange darauf bestand, dass sie nicht stimmte.

Es war auch ausreichend für den Kongress, der nur ein paar Wochen von der Sommerpause entfernt war. Abgeordnete und Senatoren würden nach Hause zurückkehren und ein paar Grillfeste besuchen oder einige aufrüttelnde Reden halten. Sie brauchten etwas, das sie ihren Wählern zu Hause zum Fraß vorwerfen konnten. Das Abgeordnetenhaus beschloss, über die Gold-Affäre abzustimmen, jetzt, wo es ein »Geständnis« gab.

*

Nur eine Woche später saßen Jack und ich auf der Zuschauergalerie des Abgeordnetenhauses. Es wurde nicht über ein Gesetz abgestimmt, sondern es wurde nur über eine *unverbindliche Resolution* – wahrscheinlich einer meiner Lieblingsbegriffe aus der Sprache der Gesetzgebung. Er bedeutet, dass das Haus seiner Ansicht Ausdruck verleiht – mit anderen Worten, ein New-Age-Bekenntnis im Deckmantel der parlamentarischen Sprache. Wir sahen zu, wie der strenge, selbst ernannte »Unbestechliche«, Jeffrey Kavenyac, ein abgehärteter Veteran aus dem Süden von Chicago, sich im Blitzlichtgewitter der Kameras auf das Podium stellte und verkündete: »Ich bin von der Schuld Lyle Golds absolut überzeugt.«

»Jahumm«, gähnte Jack.

Kavenyac fuhr fort. Er hatte eifrig Dokumente studiert. Der Khan-Brief war nur ein Teil der Geschichte. Er zitierte auch aus Golds Geständnis.

»Sein Geständnis?«, rief ich aus, laut genug, um den erhobenen Zeigefinger eines Capitol-Hill-Polizisten zu Gesicht zu bekommen (Reaktionen waren den billigen Plätzen nicht gestattet). »Es ist ein Gerücht, du Idiot!«

»Wenn Gold nicht schuldig ist, dann wäre es ja die Regierung«, sagte Kavenyac. »Aber diese Regierung und dieses Gremium stehen für ein ehrenhaftes Volk, das die Werte und den Charakter besitzt, die diese Nation zum Fels in der Brandung für die Demokratie gemacht haben!« Seine Kollegen Abgeordneten johlten und jubelten. Und das, so dachte ich, war das Geräusch einer Last, die von ihnen abfiel. Das Haus fuhr fort und verlieh seiner Ansicht Ausdruck, dass die Regierung und das Militär, ganz zu Schweigen von der Ehre des amerikanischen Volkes, durch die Gold-Affäre und von einem Mann beschmutzt worden waren, der nach allen vorliegenden Beweisen ein echter Verräter ist, 245 zu 0.

Jack – selbst dem zuversichtlichen, optimistischen Jack – wich alle Farbe aus dem Gesicht. Die Luft stand plötzlich still, und ich begann zu würgen. Tränen traten mir in die Augen, weil es ganz danach aussah, als wäre jetzt alles vorbei. *Finis.* Was konnten wir denn jetzt noch tun?

*

Es war etwas zu früh, in den Ring zurückzusteigen, zumal die Leute immer noch meine moralische Integrität infrage stellten, aber wir hatten keine große Wahl. Am folgenden Abend ging ich zu dem Brüllwettbewerb für Großmäuler, der sich selbst die beliebteste abendliche Politshow des Kabelfernsehens nannte, und steckte meine Schläge ein – »Ihr Vater dürfte Ihren Geschmack bei Männern wohl sehr bedauern«, merkte der ältliche Senator aus Alaska an –, bevor meine Stunde kam.

Der Gastgeber leierte die Litanei der Verbrechen gegen die Menschlichkeit herunter, die Lyle angeblich begangen hatte (darunter offensichtlich auch sein schlechter Geschmack in Kleidungsfragen, denn der Gastgeber erwähnte sein »unschickliches Erscheinungsbild vor Gericht«) und wollte von mir wissen: »Was sagen Sie dazu?«

»Zunächst einmal scheint mein Klient ja allen gängigen Vorurteilen zu trotzen, wenn Sie der Meinung sind, dass er sich nicht besonders gut kleidet, denn Lyle Gold ist schwul«, sagte ich. Am Tisch wurde hörbar um Luft gerungen, als jede Diskussion mit einem Schlag verstummte – eine Premiere in dieser Show, das garantiere ich Ihnen. Der alte Senator begann zu zittern. Der Gastgeber selbst war nicht in der Lage, seine Kinnlade am Herunterklappen zu hindern.

»Aber – aber Sie waren doch mit ihm liiert«, konnte der Gastgeber noch stammeln. Aus dem Augenwinkel konnte ich sehen, wie die Kamera mich heranzoomte.

»Ja, das war ich, Tony, aber er hat es gestanden.« Ich zuckte mit den Schultern.

»Er hat gesagt, dass er schwul ist? Wem?«, bohrte der Gastgeber nach.

»Ich habe gehört, dass er es einem alten Studienfreund erzählt hat«, sagte ich fröhlich.

»Und wo ist dieser alte Studienfreund jetzt?«, fragte der alte Senator mit seiner tiefen Stimme.

»Oh, das weiß ich nicht. Er scheint wie vom Erdboden verschluckt zu sein.«

»Das verleiht der Sache aber kaum Glaubwürdigkeit«, verkündete der Senator.

»Aber Sie *sind* doch mit Lyle Gold zusammen gewesen.« Der Gastgeber kam immer noch nicht darüber weg, und sein Gesicht überzogen verschiedene Schattierungen von Rot und Purpur.

»Natürlich war ich das. Und deshalb weiß ich ganz *sicher*, dass er nicht schwul ist. Aber ich dachte, ich könnte mal versuchen, ein Gerücht in die Welt zu setzen – und wäre das nicht ein Leichtes für mich in dieser Show – in dieser Stadt, die von Gerüchten lebt?«

Der Gastgeber blinzelte und schaute den Senator an, der eine Sekunde lang unverständlich herumstotterte – ein Tropfen im Ozean der Sendezeit –, bevor ich den Faden wieder aufnahm.

»Ich weiß auch ganz *sicher*, dass Lyle Gold nicht gestanden hat. Ich weiß auch ganz sicher, dass dieses Gerücht von einem Lobbyisten in dieser Stadt in die Welt gesetzt wurde. Ein Lobbyist! Jemand, der Umschläge mit Geld verteilt, um Leute zu beeinflussen! Wie anrüchig ist *das*?«

Ich war zwar nicht *so* sicher, dass Lewis Tap selbst das Gerücht erfunden hatte, aber er war der Verteiler gewesen. Seine Vorliebe für Klatsch war kein Geheimnis. Ich ging das Risiko ein und versuchte, überzeugend auszusehen. Entscheidend ist, wie man es rüberbringt.

»Ich finde es mehr als anrüchig, wenn ein Mann sein Vaterland verrät ...«, begann der alte Senator.

»Natürlich finden Sie das. Weil genau dieser Lobbyist Ihnen über Jahre hinweg Tausende von Dollar für Ihren Wahlkampf gegeben hat.« Ich lächelte ihn strahlend an. Was diesen Punkt anging, war ich mir sicher. Werbeunterbrechung. Perfektes Timing.

»Das ist nicht die ganze Wahrheit, junge Dame!«, rief der Senator, als wir unsere Mikrofone abnahmen. »Tony, ich möchte, dass Sie das sagen, wenn Sie wieder auf Sendung sind, dass es nicht die ganze Wahrheit ist.«

Der Gastgeber zuckte mit den Schultern. »Wir sind dann schon beim nächsten Thema.«

Der Senator brummte sich etwas in den Bart, als wir das Studio verließen. »Junge Dame, Sie spielen nicht besonders fair.«

»Ich bin ein Auftragskiller, Senator«, erzählte ich ihm. »Ich habe nicht den Auftrag, fair zu sein.«

Danach bekam ich noch mehr Rosen von meinem Bewunderer. Meine Assistentin machte sich an die Arbeit, beschnitt die Stiele und wechselte alle dreißig Minuten das Wasser. Ihre Wachsamkeit zahlte sich aus. Die Rosen überlebten.

7

Es gibt keine Gold-Affäre

Alle Jahre wieder wird in Washington eine grandiose Party abgehalten, die sich *Geschmack des Südens* nennt. Es ist die jüngere Ausgabe des Antrittsballs des Präsidenten, und Eintrittskarten sind schwer zu bekommen. Jeder Staat, der mit einer Lage südlich der Mason-Dixon-Linie gesegnet ist, spendiert einen ganzen Tisch voller regionaler Spezialitäten: Alligator aus Florida, Gegrilltes aus South Carolina, Krabben aus Louisiana. Balancieren Sie einen Teller in einer Hand und in der anderen was auch immer Sie für ein lokales Feuerwasser erwischt haben, dann stellen Sie vorsichtig noch eines der Plastikschnapsgläser, die am Ende des Tisches aufgereiht sind, auf ihren Teller: Wassermelonengeist aus Arkansas, Jack Daniel's aus Kentucky, Minzlikör aus Mississippi. Diese Ausschweifung wird durch lockere Abendgarderobe und Livemusik verschönert. Die Südstaatler wissen wirklich, wie man eine gute Party schmeißt. Essen, Alkohol, Tanz. Die Veranstaltung pflegte im National Building Museum stattzufinden, bis ein paar texanische Cowboys ein ganzes Fass in einen der Zimmerspringbrunnen schütteten. Danach wurde das Fest aus dem Museum verbannt. Jetzt findet es im historischen Hangar des National Airport statt, wo der Betonfußboden leichter zu reinigen ist.

Ich habe fast jedes Jahr am *Geschmack des Südens* teilgenommen. Üblicherweise geben Jack und ich ein kleines Vorfest in meiner Wohnung, doch dieses Jahr beschlossen wir, es zu lassen. Wir waren nicht in der Position, eine Party zu schmeißen, es wäre unter den gegebenen Umständen unverantwortlich gewesen. Ehrlich gesagt, war ich nicht besonders in der Stimmung, dieses kleine glitzernde Ding anzuziehen, das mein Lieblingskleid für heiße Sommertage ist, und in meinen Stöckelschuhen (schlecht) über die Tanzfläche zu wirbeln. Solange Lyle im Gefängnis saß, war ich der Meinung, dass es ein wenig nach Nero aussehen würde, der in den Flammen Roms die Harfe gezupft hatte. Ernste Zeiten erfordern ernstes Benehmen, nicht wahr?

Doch Jack fand, wir sollten beide gehen. Der Ball war immerhin eine Gelegenheit zur Kontaktpflege, wenn auch eine spaßige, und unser Erscheinen würde deutlich machen, dass wir zwar ein paar Schläge eingesteckt hatten, aber noch lange nicht am Boden lagen. John beschloss mitzukommen. Ihm sei jeder Vorwand recht, einen Smoking zu tragen, sagte er, und ich muss zugeben, dass ich nicht schlecht staunte, als er bei mir auf der Schwelle stand. Wer hätte schon ahnen können, dass Dreckschleuder Jaures sich so herausputzen konnte, ganz besonders mithilfe von ein paar Spritzern Limonendeo.

»Du siehst wie ein Sahnetörtchen aus«, sagte John, als er mich sah. Das geschah mir recht, mein Kleid war in einem schaumigen Rosa gehalten.

»Wessen Auto nehmen wir, meine Herren?«, fragte ich. Jack klimperte mit seinen Schlüsseln.

»Meines wurde soeben abkommandiert«, sagte er.

»Es hat nur zwei Sitze«, bemerkte ich.

»Damit habe ich kein Problem«, entgegnete John.

»Ich auch nicht«, sagte Jack. »Wir können beide Wagen nehmen ...« Doch John war bereits auf den Beifahrersitz gesprungen und zog mich auf seinen Schoß.

»Es ist ein Cabrio, stimmt's?«, sagte er, als Jack seine Augenbrauen hochzog. Okay, meine Haare sahen katastrophal aus, als wir mit dröhnendem Motor vorfuhren, aber die Fahrt war richtig gut gewesen, danke.

Die Band, eine typisch Washingtoner Alle-sind-weiß-nur-die-Sängerin-ist-schwarz-Ausgabe von Coolness, hatte sich in ihre Version von »Devil in a Blue Dress« hineingeswingt, als wir den Saal betraten. John nahm einen Zug von seinem Dixie-Bier. »Ich kann nicht glauben, was sie aus diesem Lied machen«, sagte er und starrte die Band an, als wäre sie ein Autounfall. Ein unechte Blondine, natürlich in einem blauen Kleid, war auf die Bühne gesprungen und groovte mit einem amüsierten Bassisten zum Off-Beat. »Das ist ein Kriegsverbrechen, glaubt mir, ich weiß, wovon ich rede.« John kippte sich einen Jack Daniel's hinter die Binde.

Ich war lange nicht so pingelig, was die Musik betraf. Meine Füße machten sich selbstständig, während ich an meinem Minzlikör schlürfte. Trotz meiner vorherigen Bedenken war dies genauso ein Abend, wie ich ihn mochte. Die Luft hatte genau den richtigen Grad von Schwüle, der Mond schien hell, und von dem Tisch beinahe eines jeden Staates wehte der Duft von Gegrilltem herüber. Für einen Augenblick vergaß ich mich selbst.

»Hallöchen, Süße!«

Augenblick verdorben. Mimi Ryan winkte mir mit den rosa-silbrigen Fingernägeln an ihrer Hand zu und umklammerte mit der anderen einen riesigen Hurricane. Jacks Augen sprangen bei dem Anblick förmlich aus ihren Höhlen.

»Louisiana?«, fragte er.

»Du sagst es.« Sie kicherte. Mit der passenden Entschuldigung schlug John hurtig eine Schneise zum Bayou-Buffet. »Was ist denn das hier, Kate? Sind das deine Leibwächter?« Sie wies mit dem Kopf auf Jacks verschwindenden Rücken, dann auf John. »Du brauchst sie wahrscheinlich in diesen Zeiten!« Sie nippte an ihrem Cocktail und warf John ein gigantisches Lächeln zu.

»Hat Jack Ihnen erzählt, dass wir beide mal was miteinander hatten?«, fragte sie ihn.

»Muss er wohl vergessen haben«, sagte John.

»Oh, das passiert allen, die einem das Herz gebrochen haben«, antwortete sie.

»Mimi, nicht wahr?«, fragte John.

»Mäh-mi«, korrigierte sie.

»Natürlich.« John grinste breit.

Aber Mimi war schon bei etwas anderem. »Katie, Süße, es tut mir wirklich furchtbar Leid wegen der Eddie-Show. Ich weiß, du musst sehr böse auf mich sein.«

»Mach dir darüber mal keine Sorgen«, sagte ich.

»Ich mach mir keine Sorgen *darüber*«, sagte sie und beugte sich näher zu mir, »ich mache mir Sorgen um *dich*. Du hast ja keine Ahnung, was für einen Schaden dein Ruf genommen hat.« Sie gewann ihr Lächeln zurück und wandte sich erneut John zu. »Hat Kate Ihnen erzählt, dass wir früher mal Verbindungsschwestern waren?«

Ich wollte mich in Luft auflösen. Stellen Sie sich vor, Sie müssten die längst vergangenen Tage von Delta Zeta mit einem Mann diskutieren, der im Kosovo hinter den Linien gearbeitet hat. Doch John erwiderte Mimis Lächeln und antwortete: »Sie spricht von nichts anderem.« Ich wusste nicht, ob ich ihn küssen oder kastrieren sollte.

»Ah, schön.« Mimi nippte erneut an ihrem Cocktail. Wenn Sie in Washington nicht wissen, was Sie sagen sollen, dann trinken Sie. »Weißt du, Kate, einer deiner früheren Beaus ist heute hier. Er sieht un-heimlich gut aus.«

Das Herz schlug mir bis zum Hals. Sie meinte doch nicht etwa Roberto. Doch dann erinnerte ich mich, dass er nicht nur mein derzeitiger war (theoretisch), sondern dass Mimi ihn auch noch nie gesehen hatte.

»Warst du nicht mal mit Reiff Prouty zusammen?«, fragte Mimi und legte ihren Kopf schief.

»Nein«, sagte ich mit Nachdruck, irgendwo zwischen Erleichterung und Enttäuschung.

»Oh. Ich dachte, du wärest. Manchmal scheint es, als sei Kate schon ziemlich viel herumgekommen.« Sie kicherte John an. »Wie auch immer, Reiff hat nach dir gefragt. Du sollst mal kurz Ciao sagen.« Sie zwinkerte mit den Augen, und nachdem sie Johns Arm getätschelt hatte, wanderte sie von dannen und verschwand in der Menge.

»Sie ist interessant«, bemerkte John.

Jack, der eben wieder aufgetaucht war, reichte ihm einen Hurricane und trank gierig von seinem eigenen. »Nur begrenzt«, sagte er.

»Gibt es in dieser Stadt jemanden, mit dem ihr noch nicht im Bett wart?«, fragte John. »Einen Buckligen vielleicht? Oder ein paar Zwerge?«

Ich hätte vielleicht Einspruch dagegen erhoben, hätte ich nicht im selben Augenblick das Gefühl gehabt, einen Blick auf Reiff erhascht zu haben, der seine Hand auf die Schulter einer zerzausten Rothaarigen gelegt hatte und sie nach Alabama begleitete. Die Sängerin der Band schmetterte plötzlich: »You make me wanna shout!«, und jetzt war es an Jack, die Bühne mit Horror zu betrachten.

»Großer Gott«, sagte er. »Wenn wir alle unsere Feuerzeuge anmachen, werden sie dann ›Freebird‹ singen?«

Ich überließ die Jungs ihren Klagen. Mit einem schnellen Nippen am Likörgläschen (zum Mutmachen – ich hörte das Geflüster und spürte ein Prickeln von den Blicken in meinem Nacken) schlängelte ich mich durch die Menge und suchte nach Reiff. Er ist zwar nicht der angenehmste Gesprächspartner, aber plötzlich erschien es mir von äußerster Wichtigkeit, herauszufinden, warum er wieder in Washington war.

Fast tausend Menschen waren zum *Geschmack des Südens* gekommen, und bei all dem Glitzern der Pailletten und dem rauschenden Satin ist es nahezu unmöglich, jemanden zu finden. Du musst mit ihnen zusammenstoßen. Wenn das nicht hilft, dann gehst du auf die Damentoilette und hoffst, dass du etwas anzüglichen Tratsch mitbekommst, und das tat ich dann auch. Ich fühlte mich tatsächlich irgendwie schlecht (der Minzlikör, dachte ich), und lehnte mich gegen die Innenseite eines Toilettenabteils, als ich das Klappern einer Kosmetiktasche auf dem marmornen Waschtisch hörte. Gekicher, Ohs und Ahs über den »traumhaften« Farbton eines mattrosa Lippenstifts (»Er nennt sich *Obscenity*!«). Dann, nachdem ich all das durchlitten hatte, endlich etwas Interessantes.

»Hast du den Typen aus dem Außenministerium gesehen?«

»Reiff? Oh, ja. Er ist schon eine ganze Weile da.«

»Ich habe ihn noch nie gesehen.«

»Er war in Übersee. Diplomatisches Corps.«

»Das klingt ja *so* romantisch!«

Ein kurzes, bellendes Lachen, und dann: »Lass dich dadurch nicht täuschen. Er ist ein echter Mistkerl.«

Ich konnte es nicht glauben. Ich konnte mir ihn unmöglich mit einer Frau – geschweige denn mit verschiedenen Frauen – im Bett vorstellen. Oh, er sah wirklich gut aus, aber war auch genauso kalt. Doch die verbitterte Stimme hatte noch mehr zu sagen.

»Ich habe noch nie jemanden erlebt, der sich so strategisch durch die Betten schläft. Wenn du kein Treuhandvermögen hast, ist er gar nicht erst interessiert. Der Typ hat Schulden zu bezahlen.«

»Glücksspiel?« Die sanftere Stimme lachte.

»Ha, ha. Viel zu proletarisch. Er hat es sich durch die Nase hochgezogen.«

Ich hörte noch ein leises Murmeln, dann wurde die Tür geöffnet und wieder geschlossen. Ich rührte mich nicht. Sieh da, was es nicht alles gab. Reiff hatte also noch eine andere Schwäche neben dem Ehrgeiz. Natürlich gingen die beiden oft Hand in Hand. Ich schüttelte den Kopf, um klarer zu werden. Ein Ingwerbier, und ich wäre wiederhergestellt.

Ich verpasste gerade meinen Lippen neuen Glanz, als ich eine ältere Frau, die ihr grauschwarzes Haar mit einem samtenen Stirnband zurückgebunden hatte, vor dem Spiegel neben mir bemerkte. Sie starrte mich an. Ich schielte beunruhigt zu ihr hinüber. »Wir Frauen glauben immer, dass wir einen Mann ändern können«, sagte sie, in dieser Art, wie Damen ab einem gewissen Alter unerfreuliche Themen diskutieren. »Es funktioniert nie. Sie sind eben, wie sie sind, und wir tun besser daran – unseretwegen, aber auch ihretwegen –, sie zu lassen. Sie sollten vielleicht einmal darüber nachdenken, warum Ihnen so daran gelegen ist, ein bestimmtes Individuum zu rehabilitieren.«

Stimmt, das war *die* Frage der vergangenen Woche gewesen, nicht wahr? Ungebetene Ratschläge sind mir nie willkommen. Ich sah der Frau direkt ins Gesicht und antwortete: »Sie sollten einmal darüber nachdenken, warum Ihnen nicht daran gelegen ist, dass ein bestimmtes Individuum rehabilitiert wird.«

Ich verschloss meinen Lippenstift mit einem Klicken und ging mit erhobenem Kopf hinaus. Jawoll, der habe ich es richtig gezeigt. Doch all meine Verwegenheit verschwand spurlos, als ich in den Saal zurückkam und zu der Stelle ging, wo ich meine beiden Begleiter zurückgelassen hatte. Dort sah ich Jack, der mit rot angelaufenem Gesicht einen Lobbyisten (es musste einer sein – seine Frisur war teuer) an seinem seidenen Kragen gepackt hatte. Eine kleine Menschenmenge hatte sich bereits in freudiger Erwartung um sie geschart, als ich in diesen verdammten Stöckelschuhen stolpernd hinüberlief. Zuerst konnte ich die genauen Worte nicht verstehen, aber ich konnte sehen, wie John seinen Drink sorgfältig auf einem Tisch abstellte, während er ein wachsames Auge auf das Geschehen richtete.

»Was hast du gesagt?« Jacks Stimme überschlug sich beinahe. »Was hast du gesagt?«

Der junge Mann – er war *richtig* jung, wahrscheinlich frisch vom Capitol Hill in die K Street abgeworben – versuchte ihn abzuschütteln, aber Jack hielt sein Jackett hartnäckig fest. Was konnte denn so schrecklich sein, dass Jack deswegen so einen Streit anfing?

»Wie hast du sie genannt?«, brüllte Jack. O Gott, es ging um mich. Es musste um mich gehen. Nichts anderes würde Jack so reagieren lassen. Ich hatte mich gerade durch die Menge gedrängelt, als der Junge zurückschrie.

»Was seid ihr denn, so eine Art Pro-Gold-Syndikat?« Er lachte über seinen eigenen Witz. »Gegen das eigene Land ...«

John schaltete sich ein. »Ho, ho, ich glaube kaum, dass wir deswegen ...«

»Was?« Der Junge schubste Jack weg und schlug nach John, alles in einer ruckartigen Bewegung. »Du glaubst nicht, dass wir die Vereinigten Staaten verteidigen sollen? Sollen wir stattdessen die Verräter beschützen?«

Au weia, das war leicht entzündlicher Stoff, besonders wenn ein erheblicher Teil der Menge in Uniformen steckte. Einige von ihnen versammelten sich hinter dem jungen Mann. Ich schluckte kräftig.

»Du gehörst bestimmt auch zu diesem Syndikat!«, blaffte der blauäugige Knabe John an. »Du bist wahrscheinlich der Anwalt von diesem Syndikat!«

Ein *Anwalt*? Na, wenn das keine Provokation war. John richtete sich auf, sodass man das Narbengewebe sehen konnte, das seine linke Schulter bedeckte und von einem brennenden Reifen stammte, der ihm in Haiti um den Hals geworfen worden war, während in seinem Knie noch der Schrapnellsplitter aus Jalalabad steckte. Dann sagte er mit einer ruhigen, gefährlichen Stimme: »Du bist ein Feigling!«

Testosteron brandete durch den Saal. Der Junge holte aus, um John einen Faustschlag zu verpassen, doch Jack rammte ihm die Faust in den Magen, bevor er die Chance dazu bekam. Und dann das Chaos. Mädchen kreischten und versuchten sich aus der Gefahrenzone zu bringen, Stühle fielen zu Boden, Gläser zerbrachen. Ich verlor Jack und John aus den Augen, als sie unter einem Berg von Polyester begraben wurden. Stöhnen, Grunzen, noch mehr Schreie, in einigen davon schwang etwas wie Hilfsbereitschaft mit. Bevor ich überhaupt ganz verstanden hatte, was hier geschah, fühlte ich, wie lange Fingernägel über meinen Schädel kratzten, als magere Finger eine Hand voll meines Haares ergriffen und mit einem kraftvollen Stoß meine Stirn gegen die Betonwand krachen ließen.

Fast sofort prallte ich in eine aufrechte Haltung zurück, und vor meinen Augen begannen Sterne zu tanzen. Ich hatte das immer für ein Klischee gehalten, aber es waren tatsächlich Sterne. Ich war paralysiert. Niemand hatte mich je zuvor physisch angegriffen, und ich begann hysterisch zu lachen (bei einer Kneipenprügelei wäre ich jedenfalls nicht von großem Nutzen gewesen). Ich hatte keine Vorstellung, wer mein Gesicht an die Wand geschmettert haben könnte. Es war die Hölle. »Der Geschmack des Südens« würde jetzt vermutlich auch aus dem historischen Hangar verbannt werden, dachte ich wirr, als ich umherstolperte und versuchte, den grapschenden Händen auszuweichen, die die Luft zerrissen. Das Nächste, woran ich mich erinnere, war das Gefühl von Flüssigkeit, die direkt in mein Gesicht gespritzt wurde und auf mein Kleid heruntertropfte. Traurigerweise stellte sich später heraus, dass es Bloody Mary gewesen war (welcher Südstaatentisch servierte denn so was?). Ich wischte mir den Alkohol aus den Augen, verschmierte dabei mein Mascara und erblickte drei junge Mädchen, wahrscheinlich kaum älter als einundzwanzig, die mich mit purem Hass betrachteten.

*

Mein Nasenbein war gebrochen, und ein herrlicher blauer Fleck breitete sich bis zu meinen Augenwinkeln aus. Einige weitere Kratzer zierten meine Arme, aber abgesehen davon und von einer deftigen Rechnung von der chemischen Reinigung kam ich relativ unbeschadet davon. Jack hatte zwei gebrochene Rippen, und John lief mit einem geplatzten Trommelfell herum. Aber sie waren ziemlich stolz auf ihre Wunden. Die exotische Welt des männlichen Sozialverhaltens, nehme ich an.

Das Handgemenge schaffte es natürlich in alle Zeitungen und ebenso der Begriff, den der Junge uns so zornig an den Kopf geworfen hatte: Das Syndikat. Wir Goldianer hatten jetzt einen Namen. Truman Pace ging schnurstracks auf uns los. Kommentare erschienen in den konservativen wie in den liberalen Blättern. Unsere Firmenkunden waren mittlerweile richtig nervös, das Telefon klingelte ununterbrochen. Meine Eltern und meine Onkel und sogar meine Cousins riefen an. Sie meinten, ich sollte auf Schmerzensgeld klagen. Wen genau ich denn verklagen sollte, wollte ich wissen.

Und inmitten dieses Durcheinanders erreichte mich eine verhältnismäßig ermutigende Nachricht von Lyle, deren erster Teil als geradezu anständig bezeichnet werden konnte:

Ich hoffe, meine Überlegungen können dir ein wenig Trost spenden, wenn das möglich ist [Ich hatte nicht gewusst, dass Lyle so etwas in sich trug – aber er verhielt sich auch einfach zweckdienlich]. Du weißt, dass ich Mao gekannt habe – ich habe ihn einige Male interviewt. Ich hatte niemals Zugang zu der Art von Dokumenten, die ich ihm angeblich gegeben habe. Es fand alles offen statt. Ich habe einmal mit einem Diplomaten über Mao gesprochen, einem Mann, der sehr viel über China wusste. Ich habe Mao sogar beim Kommunikationsdirektor des Pentagon zur Sprache gebracht. Sie haben Aufzeichnungen darüber, da bin ich mir sicher.

Weiterhin wurden beleidigende Worte von angeblich respektablen Menschen geäußert. Ein Taxifahrer weigerte sich, mich mitzunehmen, und spuckte verachtungsvoll aus. Die Buchprüfung drohte. Meine geschwollene Nase ließ mich wie einen Boxer aussehen. Aber eines Tages würde das alles vorbei sein. Reiß dich zusammen, sagte ich zu mir selbst, hatte ich nicht vor vier Jahren beim New York Marathon bei Kilometer 37 noch mal die Zähne zusammengebissen, als mich drei Britinnen eingeschlossen hatten? Zu Tode erschöpft, mit dermaßen verkrampften Muskeln, dass meine Beine mit schwarzen und blauen Flecken übersät waren, mobilisierte ich genug Kraft für ein paar wohl platzierte Ellenbogenstöße und beendete den Lauf in meiner bis dahin besten Zeit. So schlecht ging es mir also noch gar nicht. Und außerdem, dieses Mal war ich auf der richtigen Seite. Sag es ein paar Mal – ich habe Recht, ich habe Recht –, und jeder Schmerz lässt ein wenig nach. Sag es noch ein paar Mal mehr, und du glaubst es wirklich.

Ich versuchte es. Großer Gott, wie ich es versuchte. Ich bilde mir ein, dass ich ziemlich ordentliche Überzeugungskraft besitze, aber ich war so *erschöpft.* Vielleicht war es auch die

Schockwirkung des physischen Angriffs, jedenfalls erschien mir der Rückmarsch an die Front jenseits meiner Möglichkeiten. Ich dachte gerade schwer über diese Dinge nach, an einem Abend etwa eine Woche nach dem »Geschmack des Südens«, als ich nach einem langen Arbeitstag die Tür zu meiner Wohnung aufschloss und nach dem Lichtschalter im Flur tastete. Und da, in einem Sessel auf der Terrasse, sah ich Roberto.

*

Es war durchaus möglich, dachte ich, dass ich verrückt werden würde. Ich starrte den bestaussehenden Mann der Welt an, nicht gewohnt, ihn in dieser Umgebung zu erblicken, in meinem Reich. Roberto gehörte an einen anderen Ort – oh, verdammt, sogar in eine andere Zeit. Es war, als würde ich wehmütig ein altes Foto betrachten. Er bewegte sich langsam, wie in einem Traum, von der Terrasse in die Wohnung hinein. Seine Augen leuchteten trotz der dunklen Schatten. Wahrscheinlich habe ich in diesem Moment nach Luft geschnappt.

»Tja, Kate, es gibt einen Verräter«, sagte er an Stelle einer Begrüßung, »und es ist nicht Lyle. Du hattest Recht.«

Ich blinzelte sprachlos. Er hatte gerade meine drei kleinen Lieblingsworte ausgesprochen.

»Hast du nichts dazu zu sagen?« Ein leichtes Lächeln spielte um seine Lippen. »Vielleicht, dass du froh bist, mich zu sehen?«

»Natürlich.« Ich gewann meine Stimme zurück. Aber ich ging ihm nicht entgegen. Ich blieb wie angewurzelt im Flur stehen. Roberto bemerkte es, wie nicht anders zu erwarten. Er war ein Literat. Er war auch ein Aristokrat, was bedeutete, dass er sich selbst in ungemütlicher Atmosphäre mit einer mühelosen Imitation von Nonchalance, auf die jeder andere hereingefallen wäre, in den samtenen Sessel fläzen konnte. Ich wusste es allerdings besser, besonders als er sich eine Zigarette anzündete.

»Diese Geschichte, in die du hineingeraten bist«, begann Roberto mit einer ruhigen, gefassten Stimme, »existiert.«

Kein Witz. So viel hatte ich natürlich schon von Joan Picquart erfahren, aber es noch einmal von Roberto zu hören, war Balsam für mich. Ich bemerkte etwas irritiert, dass sein Haar länger geworden war.

»Das blasse kleine Arschloch, das für meinen Vater gearbeitet hat, wenn er nicht gerade Männer und Frauen vögelte ...«

»Mao«, murmelte ich. »Wie lautet sein richtiger Name?«

»Spielt das eine Rolle?«, fragte Roberto, und ich dachte, außer für krankhaft Neugierige wohl nicht. »Ein sehr ehrgeiziger Typ, der einen anderen sehr ehrgeizigen Typen aus Lahore kennen gelernt hat ...«

»Khan.«

»... der dachte, dass sein Land einen Platz am exklusiven Tisch der Geopolitik haben sollte«, fuhr Roberto fort. »Wenn Russland mit den Vereinigten Staaten und China an diesem Tisch sitzen konnte, warum dann nicht auch Pakistan? Für diesen guten Zweck konnte ein kleines bisschen Spionage nicht schaden, und sie war leicht zu bezahlen.«

Ich saß ihm gegenüber auf dem kamelfarbenen Sofa. Ich weiß selber nicht, warum ich mich nicht dazu durchringen konnte, mich in seine Arme zu werfen, obwohl mir mein Gefühl sagte, dass ich es eigentlich tun sollte. Er rauchte eine Weile schweigend vor sich hin.

»Mao und Khan haben viel Zeit zusammen in Paris verbracht. Ich habe einen Freund von dir dort getroffen, als ich mir die Sache mal genauer angucken wollte.«

Das muss John gewesen sein, klar. »Ja, ich habe es schon gehört«, sagte ich. »In der Buddha Bar. Wie war der überteuerte Calvados?«

Roberto zögerte nur kurz, bevor er antwortete. »Schwer herunterzubekommen.«

»Na sicher.« Ich verschränkte meine Arme vor der Brust.

Roberto ignorierte die Bemerkung. »Mao und Khan hatten ihre festen Lokale in der ganzen Stadt, im Marais. Es war nicht allzu schwer, Leute zu finden, die einen von ihnen oder beide kannten. Diese Leute haben auch keine Angst zu reden. Es gibt andere, Diplomaten, die nicht besonders bereitwillig auf Fragen antworten, es sei denn, die Umstände sind außergewöhnlich.«

Zum Beispiel, wenn die richtige Person die Fragen stellt, dachte ich.

»In groben Zügen verhält sich die Sache so: Khan kannte einen jungen Mann, von dem er dachte, dass er nützlich sein könnte. Er machte diesen jungen Mann mit Mao bekannt. Aber dieser Kontakt brachte, unglücklicherweise, wenig Verwertbares. Er wurde zu einer Last, bettelte um mehr Geld und hielt sich nie an die Vorsichtsmaßregeln, um die Mao und Khan ihn gebeten hatten. Dieser Kontakt schickte zum Beispiel E-Mails. Wenigstens besaß er den Scharfsinn, ein Alias zu benutzen.«

»Lyle Gold.«

Roberto starrte förmlich durch mich hindurch, streckte einen Arm aus und berührte sanft mein Gesicht. »Deine Nase. Es ist nicht sehr schlimm.«

»Es verheilt. Die Schwellung ist zurückgegangen.« Ich errötete.

»Ja. Ich habe alles darüber gelesen.« Er machte einen tiefen Zug und drückte die Zigarette aus. Das letzte Mal, dass ich ihn rauchen gesehen hatte, war, als er mich nach Venedig verfolgte und nach Harry's Bar mitnahm, dieser historische amerikanische Zufluchtsort. Er hatte Bellinis bestellt. Es war zwar nicht die richtige Saison für Pfirsiche, aber dieses Gebräu aus süßen, pürierten Pfirsichen, die sich in den Bläschen von Prosecco auflösten, hätte genauso gut Ambrosia sein können, oder was auch immer sich diese alten römischen Götter hinter die Binde gegossen haben. Ich trank vier und verkündete Roberto, dass ich ihn nicht küssen würde, wenn er sich dieses fiese Laster des Zigarettenrauchens nicht abgewöhnen würde. Er hatte auf der Stelle aufgehört.

»Kate«, sagte er, zärtlich jetzt, »ich möchte, dass du diese Sache zu Ende bringst. Ich möchte, dass du nach Rom zurückkommst. Du wirst dich damit trösten können, wenn du es so nennen möchtest, zu wissen, dass du moralisch richtig gehandelt hast. Du wirst die Gewissheit haben, dass du, entgegen aller Wahrscheinlichkeit, auch Recht gehabt hast.«

»Aber wenn ich Recht habe«, begann ich, »dann kann ich nicht zurückgehen.«

»Diese Sachen, die über dich gesagt worden sind, auch über meinen Vater ...« Er verstummte, schüttelte seinen Kopf.

Ich schwieg eine Weile. »Hast du ihn getroffen?«, fragte ich.

»Noch nicht.« Roberto zündete sich eine zweite Zigarette an. »Ich weiß nicht, ob ich dazu in der Lage bin. Er könnte nicht gut damit umgehen. Ich könnte nicht gut damit umgehen.«

Roberto stand auf und begann aufzubrechen. Ich fühlte mich taub – so hatte ich mir unsere Wiedervereinigung nicht vorgestellt. Doch dann blieb er kurz vor der Tür stehen, seine Hand lag bereits auf der Klinke.

»Das Alias war *Lyle* Gold.«

»Ich weiß.«

»Was kann ich sonst noch für dich tun.« Es war keine Frage. Die Tür fiel mit einem Klicken hinter ihm ins Schloss. Er war hier gewesen, und er war gegangen. Es war alles so schnell gegangen, dass ich kaum glauben konnte, dass ich ihn gesehen hatte. Ich ließ mich in den Samtsessel sinken, dort wo Roberto gesessen hatte.

Du musst immer zwei unabhängige Quellen haben – meine teuer bezahlte Lektion aus der Journalistenschule. Mein Körper schmerzte vor Erschöpfung, als ich Jacks Nummer wählte.

*

»Möchtest du darüber reden?«, fragte Jack, als wir von seinem Auto zum Gefängnis hinübergingen. Wir wollten Lyle besuchen.

»Nein, möchte ich nicht.« Ich ließ meine Sonnenbrille ständig auf. Jack hatte mich auf der ganzen stundenlangen Fahrt regelmäßig mit derselben Frage gepiesackt, was mich nötigte, ihn daran zu erinnern, dass er es auch nicht mochte, wenn ich ihn fragte, ob er darüber reden wolle.

»Und du hast keine Ahnung, ob er hier geblieben oder zurück nach Italien geflogen ist.«

»Ich sagte, dass ich nicht darüber reden möchte.«

»Nun ja, ich finde das ziemlich seltsam. Tut mir Leid, Kate, aber es ist seltsam und unheimlich. Der Kerl taucht einfach auf – wie kommt er überhaupt in deine Wohnung? Hast du ihm einen Schlüssel gegeben?«

»Als er mir seinen gegeben hat«, erklärte ich. Wir betraten das endlose Grau des Gefängnisses, zückten unsere Ausweise und trugen uns als Besucher ein.

»Und er war in Paris, um Nachforschungen darüber anzustellen. Ohne dich anzurufen, ohne eine einzige E-Mail.«

»Jack«, sagte ich mit einem warnenden Unterton, als wir in denselben graubraunen Raum geführt wurden, in dem wir uns auch beim ersten Mal mit unserem berüchtigten Klienten getroffen hatten.

»Ich meine, *ich* würde mich gerne in Paris herumtreiben und ein bisschen *Recherche* betreiben. Mehr wollte ich damit nicht sagen.« Jack zuckte mit den Schultern.

»Der Kaffee ist dort nicht so gut wie in Rom«, sagte ich.

»Das wusste ich nicht. Großartiger Hinweis.« Und als dann Lyle in den Raum geführt wurde, nahm Jack die Rolle des höflichen Beraters an. Lyle hatte denselben ausgebleichten Teint wie letztes Mal, doch jetzt war sein Gesicht auch von Sorgenfalten durchzogen, den Kerben der Katastrophe.

»Wie wirst du behandelt, Lyle?«, fragte Jack freundlich. Lyle antwortete nicht, doch ich presste meinen Absatz auf Jacks Zehen, um ihn an die Tugend des Taktgefühls zu erinnern.

»Ich habe gehört, dass ich gestanden hätte«, sagte Lyle schließlich.

»Ja, es wurde auch landesweit ausgestrahlt, wie Kate dich schwul genannt hat.« Jack schien diese Offenbarung sichtlich zu genießen, nicht zu vergessen den überraschten Ausdruck auf Lyles Gesicht. »Keine Sorge – dieses Gerücht hat es nicht weit gebracht.«

»Oh, gut.« sagte Lyle.

Ich griff nach dem Hörer. »Das letzte Mal, als wir hier waren, hast du erwähnt, dass Freddy Banks dich besucht hat. Was hat er damals gesagt?«

Lyle zuckte mit den Schultern. »Es ist ein Weilchen her. Ich weiß es nicht mehr. Hartes Los, so in der Art.«

»Ein Typ aus dem Weißen Haus macht den ganzen Weg hier raus, um dir sein Mitgefühl auszudrücken«, sagte ich.

»Ich weiß nicht, warum er hier war. Er sagte so Sachen wie ›Wenn Sie nicht schuldig sind, dann dürfen Sie den Kopf nicht verlieren‹ und ›Ein unschuldiger Mann ist immer stark‹.«

»Nicht allzu ungewöhnlich«, bemerkte Jack dazu.

»Was hast du ihm gesagt?«, fragte ich.

»Was sollte ich schon sagen? Ich sagte ihm, dass ich entlastet werden müsse. Er schien dem gegenüber sehr verständnisvoll. Er sagte, dass er selber nicht in der Position wäre, mich zu entlasten, aber mit Sicherheit würde sich jeder mir gegenüber fair verhalten.« Lyle lachte bitter. »Fair! Er fragte mich, worauf sich die Anschuldigungen gegen mich denn gründen würden. Ich sagte ihm, dass ich es nicht wüsste. Er schien das nicht so recht glauben zu wollen, aber es ist die Wahrheit. Wie hätte ich das denn wissen sollen? Niemand hatte mir auch nur irgendetwas gesagt, außer, dass ich mich glücklich schätzen dürfte, nicht als *feindlicher Kämpfer* eingestuft worden zu sein.«

Da hatte Lyle wirklich mal Glück gehabt. Wenn er mit diesem Titel belegt worden wäre, hätte er unbegrenzt und ohne Anklageerhebung oder Rechtsvertretung vom Verteidigungsministerium in Haft genommen werden können. Nur amerikanische Staatsbürger können als *feindliche Kämpfer* eingestuft werden. Die verquere Logik des Kriegsrechts. *Verräter* zu sein, hat irgendwie auch seine guten Seiten. Zumindest hatte der das Recht auf einen fairen Prozess.

Lyle sah mich mit grimmiger Entschlossenheit an.

»Du weißt, wie es mir geht?«, fragte er, mit rauer Stimme. »Ich schreibe, ich arbeite, ich träume. Ich verbringe den größten Teil meiner Zeit in der Zelle. Ich denke daran, wie ich einmal war – was ich zu sein hoffte. Ich verstehe es nicht. Ich sitze hier, und ich denke, dass in dieser Situation der Tod vielleicht nicht das Schlimmste wäre.«

»Nein – so etwas darfst du nicht glauben!«, rief ich ein wenig zu ängstlich.

»Kate, wie kann es denn sein, dass in einem Land wie diesem, mit all seinen Vorstellungen von Gerechtigkeit und Wahrheit, so etwas abgründig Ungerechtes wie das hier passieren kann? Weißt du, wenn – wer auch immer dieses Verbrechen begangen hat – wenn ich denjenigen auch nur fünf Minuten lang für mich allein hätte ...«

Er war heiser, als ihn die Wärter abführten. Und ich versuchte mir die Zornestränen zu verkneifen, als Jack und ich gingen. Mein Partner sagte nichts, bis er seinen Wagen aufschloss. »Ironischerweise hat er diesen Kerl vielleicht schon vor sich gehabt«, bemerkte er.

»Du glaubst doch nicht wirklich, dass es Freddy war«, sagte ich.

»Ich kann ihn aber auch nicht von der Liste streichen«, sagte Jack und drehte den Zündschlüssel um.

*

Als ich ein kleines Mädchen war, legte mein Vater großen Wert darauf, mich einmal auf eine Ruinentour mitzunehmen. Wir besuchten jeden Steinhaufen, den es im östlichen Mittelmeerraum gab. Wenn man eine gesehen hat, hat man alle gesehen, so sah ich es damals jedenfalls mit meinen dreizehnjährigen Augen. Zerbröselte Marmorsäulen, braun verfärbt vom Smog oder von Schlingpflanzen verschlungen. Der Stein zerbirst vom Alter und von der Beanspruchung. Und wenn einmal ein Riss erschienen ist, ist das Ganze kaum noch zu retten.

Was also passiert, wenn eine Geschichte einen Riss bekommt?

Es dauerte gerade mal einen guten Monat, von dem Augenblick an, als wir ihn in Jacks Wohnung getroffen hatten, als – drei Tage, nachdem wir Lyle besucht hatten – John Jaures begann, seine Artikelserie zur Gold-Affäre zu veröffentlichen. Ich nehme an, dass dies keine besonders große Verzögerung ist, wenn man bedenkt, wie groß der Rechercheaufwand ist, und dazu kommt noch die Zeit, die die Herausgeber und die

Rechtsabteilung der Zeitung für die Bereinigungen brauchen. Enthüllungsjournalismus ist weniger ein aufregendes als vielmehr ein schwerfälliges Geschäft. Viele Wochen zuvor hatte John ein Interview mit Said Khan geführt, und jetzt, in Johns erstem Artikel, sprach Khan aus seinem Grab über den ach so wichtigen *G*-Brief.

Khan wusste von diesem Brief, den der US-Militärgeheimdienst in sein geheimes Dossier mit aufgenommen hatte. Er war daraufhin zu einem besonders demütigenden Gespräch mit dem pakistanischen Botschafter einbestellt worden. Aber als John ihm eine Kopie des Briefes zur Begutachtung vorlegte, um zu verifizieren, dass er tatsächlich von Mao an ihn adressiert worden war, erzählte er ihm, dass daran etwas nicht stimmte. Ein Buchstabe war geändert worden. Anstatt des ursprünglichen Wortlautes *möchte ich dich bitten, mich am Morgen aufzusuchen, da er mir viele interessante Dinge gebracht hat*, lautete der Satz nun *da G. mir viele interessante Dinge gebracht hat.* Mao hatte nie einen Hinweis auf die Identität des Spions gegeben. Said kam das *G* nicht im Geringsten vertraut vor.

Ich las es, und ich lächelte. Jeder vernünftig denkende Mensch würde daraus schließen, dass der Brief gefälscht worden war. John selbst hatte begonnen, ihn den *Falschen G-Brief* zu nennen. Wer also war der Fälscher? Ich war vielleicht der Meinung, dass dies logisch betrachtet die nächste Frage wäre, aber es gab jede Menge Leute, die gar nicht vorhatten, zur Kenntnis zu nehmen, dass es ein Problem mit dem Brief gab. Nachdem John bereits als Gründungsmitglied des Syndikats abgestempelt worden war, fand sein Artikel nicht den Widerhall, den er sonst vielleicht bekommen hätte. Trotzdem und zu seiner Verärgerung, da er es überhaupt nicht mochte, seine Arbeit zu verteidigen, musste John in seinen einzigen Anzug steigen und von Talkshow zu Fernsehinterview springen, wo er es mit Leuten vom Schlage einer Mimi Ryan oder eines Maurice Barres zu tun bekam. Truman Pace wollte gar nichts davon wissen und forderte Johns Kopf, wenn er Lyles schon nicht bekam.

Pass auf, was Mercer jetzt macht, sagte ich zu mir selbst. Die sensationelle Möglichkeit, dass der *Falsche G-Brief* tatsächlich falsch sein könnte, würde vielleicht eine Präventivmaßnahme erfordern. Und dann, nur ein paar Tage später, während einer Routine-Pressekonferenz zu irgendwelchen Spezialeinheiten, die Südostasien durchkämmten, wurde der Vizepräsident zur Gold-Affäre befragt. Er blaffte sofort zurück: »Ich sage nur, was das letzte Wort in dieser Debatte sein wird: Es gibt keine Gold-Affäre.« Das Weiße Haus mit seiner würdigen Ausstrahlung hatte also Anstoß an der Bezeichnung genommen, die die Bestie ihrer Beute gegeben hatte. Und warum sollte eine Affäre zur Kenntnis genommen werde, wenn sie doch schon gelöst zu sein schien? Die Ankündigung kam von Mercer, ja, so musste es sein, da er ja schließlich die Politik des Weißen Hauses koordinierte.

Im Abgeordnetenhaus trat das jüngste Kongressmitglied, ein rotbäckiger Sechsundzwanzigjähriger, an das Rednerpult und erklärte offiziell (es wurde ja schließlich im Fernsehen übertragen) in einer aufrüttelnden Rede, von der sie in Salt Lake City hingerissen sein würden, dass er »anti-Gold« wäre: »Hier gibt es weder Freunde noch Widersacher, weder Parteigänger noch Feinde des Weißen Hauses. Hier sind die Repräsentanten des Landes, hier sind Amerikaner, die alles dafür geben, das zu bewahren, was ihnen am wertvollsten ist, das, was ungeachtet unserer Auseinandersetzungen und Parteienzwietracht das gemeinsame Fundament für unsere unbesiegbare Hoffnung ist – die Ehre unserer Männer und Frauen in Uniform.«

Wie willst du denn *dagegen* anstinken? Kauf dir eine Ausgabe des neuesten Prachtbandes über unsere Helden des Zweiten Weltkriegs oder lass ein paar Kröten für rote Papierblumen am Veteranentag springen. Aber in Gottes Namen, leg dich nicht mit unseren Frauen und Männern in Uniform an. Wenn sie sich nicht gerade an einem unschicklichen Massaker beteiligten, wie dem in My Lai, waren sie unangreifbar. Und jetzt war Lyle Golds Schicksal unlösbar mit ihrer Ehre verknüpft.

Nachdem die Einsätze öffentlich so erhöht worden waren, musste sich natürlich auch Hollywood in die Bresche werfen. Melvin Gluck mochte nur ein öffentlichkeitssüchtiges Großmaul sein, aber es gab ja auch noch andere. Der große Filmemacher Anthony France, der in seiner Jugend mit Actionfilmen über die Invasion der Außerirdischen und Historienschinken geradezu den Begriff Blockbuster erfunden hatte und sich jetzt mit »bedeutsamen« Filmen beschäftigte (in Schwarz-Weiß mit der Handkamera gedreht), meldete sich von seinem weitläufigen Anwesen in Southampton zu Wort. Er war gerade dabei, Pläne für eine kinematografische Ode an den bescheidenen, aber braven Soldaten zu schmieden. Wie viele Männer in seinem Alter, die zu jung für Vietnam gewesen waren, aber alt genug, um einen Nachbarsjungen zu kennen, der dort sein Leben gelassen hatte, war Anthony France allem Militärischen verfallen.

»Eine Armee ist etwas Bewundernswertes!«, rief er einem Reporter der *New York Times* ekstatisch zu. »Stellen Sie sich mal vor! So viele Herzen zu einem einzigen Gedanken vereint! So eine wunderbare Ordnung!«

Anthony France sprach nicht über die Gold-Affäre. Stattdessen schoss er sich auf John Jaures ein. »Ein Journalist sollte nicht alles sagen dürfen, auf jede Art, unter allen Umständen, zu jeder beliebigen Person«, sagte er.

Ich las es und konnte seine Chuzpe nicht fassen: France, der große Militärexperte. Wer war dieser France denn schon? Er verkaufte Fantasien. Das Kriegerischste, was er jemals erlebt hatte, war sein Make-up-Team, wenn es Schauspieler kunstvoll mit Ketchup beschmierte, während John in den Schützengräben gewesen war, wo ihm *echte* Kugeln um die Ohren geflogen waren. France hatte aus der Hüfte geschossen. Er war nicht mit den Dokumenten vertraut, die John gesehen hatte.

»Gold ist festgenagelt, und der Fall ist für alle Zeit beerdigt!«, ergoss sich Mimi Ryan am selben Abend in einer späteren Talkshow, Jack und ich lachten uns so darüber kaputt, dass meine Assistentin ein paar Minuten lang an die Tür klopfen musste, bevor sie John zu uns hineinwinken konnte. In diesen Tagen machten wir alle Überstunden.

»Kannst du das glauben?«, fragte Jack.

»Das ist es, worauf wir gewartet haben!«, rief John. »Zum ersten Mal bin ich mir sicher, dass wir diese Typen schlagen können. Kavenyac redet, also wird er verlieren. Begreift ihr es nicht? Kavenyac hat die Dokumente genannt – sie offiziell vom Rednerpult aus beim Namen genannt –, und wir wissen, dass sie gefälscht sind! Sie fühlen sich falsch an, sie riechen falsch, sie sind Fälschungen, und auch andere werden das glauben. Ich werde es beweisen. Wir werden sie an der Kehle packen.«

Jack schüttelte den Kopf angesichts dieser Zurschaustellung von machohaftem Optimismus. Ich ging spazieren. Washington Anfang Juli wird von vielen Leuten als schwül empfunden. Ich empfinde es als ekelhaft. Meine Haare sanken zusammen, und mein Leinenrock klebte an den Beinen. Nun ja, es ist schließlich ein trockengelegter Sumpf. Ich seufzte in der stechenden Hitze und schaute zu, wie andere Lobbyisten und Berater aus der K Street, von denen ich einige bereits seit beinahe zehn Jahren kannte, an mir vorüberhuschten. Einige nickten flüchtig, andere ignorierten mich. Das hier, so dachte ich, war das zentrale Problem: Ich musste ihnen meine Sicht der Dinge verkaufen.

Ein grundlegender strategischer Lehrsatz unserer Zeit: Wer am effektivsten den »moralisch« überlegenen Standpunkt für sich beansprucht, gewinnt. Das Problem war, dass dieser Standpunkt bisher den Anti-Goldianern überlassen worden war (sprich: allen). Es war also kein Wunder, dass die Öffentlichkeit sich gegen den Gedanken sträubte, dass jemand den *G*-Brief gefälscht haben sollte, um einem Mann die Schuld unterzuschieben, den sie mittlerweile längst als Verräter abgefertigt hatten. Die Leute mögen es nicht, wenn man ihnen erzählt, dass sie Unrecht gehabt haben.

Die Frage, die ich noch nicht beantworten konnte, war, wie ich *uns* in die Rolle der Guten manövrieren konnte, die wir ja, wie ich wusste, eigentlich schon waren. Und darin war ich wiederum nicht anders als die anderen. Wir alle möchten gerne denken: *Ich bin eine gute Person, weil ich glaube, was ich glaube.*

Ich spazierte nach Georgetown und wieder zurück – ein langer Bummel, zugegeben – und anschließend ins Le Sénateur. Es war wegen einer besonderen Veranstaltung geschlossen, die gerade ausklang. Lili nahm mich mit in die Küche und schenkte jeder von uns ein Glas Sancerre ein.

»Meine Füße!«, stöhnte sie. »Hast du den Sous-Chef gesehen? Er ist so süß!«

Lili und ich werden uns nie um einen Mann streiten müssen. Sie zieht die breitschultrigen und bulligen vor. Sie strich sich eine vorwitzige Locke hinter das Ohr und nahm einen Schluck Wein.

»Okay. Du hast mich zwar nicht um meinen Rat gefragt, aber ich nehme an, jetzt ist die erste und letzte Gelegenheit, ihn dir zu geben«, sagte Lili. »Vergiss erst einmal die Medien. Folge dem Geld.«

»Welchem Geld?«, fragte ich, nicht sicher, wovon sie überhaupt sprach.

»Du hast zwei Hauptprobleme: die Medien, jaja, wir alle wissen, wie das funktioniert, aber in dieser Geschichte spukt auch eine ganze Menge Geld herum. Denk mal an diese ganzen Typen – der stellvertretende Außenminister, August Mercer, ein paar von den Lobbyisten, mit denen sie hier essen. Alle die Leute, gegen die du hier immer wieder anrennst, sind richtig reich. Ich denke, du solltest erst einmal in diese Richtung bohren.«

»In dieser Stadt ist immer eine Menge Geld im Umlauf.«

»Richtig. Geld ist ein Faktor. Denk drüber nach. Wenn Leute eine Reservierung für den Samstagabend um acht haben wollen oder einen bestimmten Tisch bevorzugen, was tun sie dann? Sie stecken mir ein paar zusammengefaltete Geldscheine zu, vielleicht auch Theaterkarten.«

»Jaja. Geld verschafft Zugang. Olle Kamellen.«

»Und wie oft hast du von jemandem gehört, der es gut verwendet hat?«, fragte Lili.

Ich kannte ein paar, besonders einen, ein Kaufmann mit einer weißen Haarmähne und einem gepflegten grauen Schnurrbart, der über hunderttausend Dollar im Monat ausgab, um in den Korridoren Washingtons für die Sache der Afghanen zu werben. Er hatte nichts dabei zu gewinnen. Er war eines dieser seltenen reichen und idealistischen Individuen, die nicht wollten, dass ein Volk jemals wieder hungern muss. Den meisten Leuten fehlte diese Zurückhaltung.

»Es gab da diesen Typen in meinem College«, fuhr Lili fort, »der immer behauptet hat, jeder wolle mit dreißig ein Millionär sein. Das wäre aber nur reich, meinte er. Er dagegen wollte *richtig* reich sein. Du weißt schon, Firmenanteile zu besitzen, die auf dem Papier mehrere hundert Millionen Dollar wert sind. Erinnerst du dich an die Zeit, als so etwas noch möglich war? Aber denk an die Art von Mensch, der richtig reich werden *wird.*« Sie neigte ihr Glas in meine Richtung. »Wenn du erst mal richtig reich bist, wenn du diese finanziellen Reserven hast, dann kannst du alle Fallgruben vermeiden, in die andere Leute hineinfallen.«

»Wie etwa einen Justizirrtum«, murmelte ich.

»Die mit dem Geld haben oft auch die Macht«, sagte Lili.

»Die Wohlhabenden gegen die Habenichtse.«

»Und sie tun alles, was erforderlich ist, um es behalten zu können.«

Ich dachte darüber nach. Genau wie die Bestie selten einen der ihrigen angreift, so schützen die Netzwerke der alten Herren ihre Interessen.

»Denk drüber nach«, sagte Lili, und ich tat es.

*

Die Medien folgten, wie nicht anders zu erwarten, den Spuren von John Jaures. Reporter hassen es, Unrecht zu haben, aber sie verabscheuen es noch mehr, wenn jemand mehr Erfolg mit einer Story hat als sie selbst. Ich wusste, dass einige herumstocherten und Leute zum *Falschen G-Brief* befragten. Von zweien von ihnen – besonders intelligenten, die für die Nachrichtenagenturen schrieben – hatte ich gehört, dass sie Quellen gefunden hatten, die bestätigten, dass an dem Brief herummanipuliert worden war.

»Wann kann ich die Story lesen?«, fragte ich.

»Gar nicht«, antwortete einer von ihnen. »Wenn ich sie schreibe, werden sie mir meine Akkreditierung für das Weiße Haus entziehen.«

»Ich werde sie nicht schreiben«, sagte der andere. »Ehe ich michs versehe, werde ich anti-amerikanisch genannt und verliere meinen Job. Mein Herausgeber hat gerade unseren politischen Kolumnisten gefeuert, weil er *unpatriotische* Beiträge geschrieben hat.«

»John Jaures ist nicht gefeuert worden«, bemerkte ich.

»Ich arbeite aber auch nicht für *USA Today*, oder? Ich kann nicht ungestraft alles tun, was ich will. Außerdem hat mein Kind gerade auf dem College angefangen. Ich kann es einfach nicht riskieren.«

Und so zuckte die Bestie zurück.

Der *Falsche G-Brief* war falsch. Hat mir ja riesig geholfen, grummelte ich vor mich hin. Selbst die, die daran glaubten, wollten es eigentlich nicht. Aber wie schwierig konnte es denn sein, den Fälscher zu identifizieren? Zu den wahrscheinlichen Kandidaten gehörten alle diejenigen, die den Brief tatsächlich in Händen gehalten hatten. Es musste jemand sein, der zum Netzwerk der alten Herren gehörte, oder sich zumindest in ihrem Dunstkreis aufhielt und vielleicht darauf spekulierte, ein vollwertiges Mitglied zu werden.

Der also unter enormem Druck stand, einen »harten« Beweis gegen Lyle zu produzieren.

Der wusste, dass es bald zu einem Prozess kommen würde und dass die Indizienbeweise möglicherweise nicht ausreichen würden.

Der vielleicht das Gefühl hatte, vor allem, weil er selbst felsenfest von Lyles Schuld überzeugt war, dass es gerade in diesen unberechenbaren Zeiten nichts Verwerfliches wäre, ein bisschen nachzuhelfen.

Der gute Leutnant Joseph Henry. Ich seufzte und schenkte mir Sancerre nach. Abdul Haq hatte die Grenze überquert. Verglichen damit war es nicht allzu schwierig, das Territorium der alten Herren zu verletzen. Ich musste dafür nur ein besseres Vehikel finden als ein Maultier.

8

So ein gut aussehender junger Mann

Die Transitstrecke der Macht führt von Washington, D.C., nach New York City, obwohl die New Yorker es vielleicht anders herum formulieren würden. Die, die das Land am Laufen halten – Politik, Finanzen und Medien – sind dort in jedem beliebigen Zug oder Flug des Öfteren anzutreffen. Einmal saß ich hinter Henry Kissinger (der sein Gesicht hinter einer klatschlastigen Zeitung versteckte), und ein anderes Mal wuchtete ein ach-so-höflicher Nachrichtensprecher meinen Koffer in die Plastikklappe über meinem Sitz. Deshalb stimmte auch Jack zu, als Lili einen Wochenendausflug vorschlug. Ich motzte den Ausflug ein wenig auf, um die Erste-Klasse-Sitze im Hochgeschwindigkeitszug (die zivilisierte Art des Reisens) rechtfertigen zu können. Es gab eine Party zum Start einer neuen Zeitschrift. Normalerweise waren das ziemlich ermüdende Veranstaltungen, aber der neue Herausgeber war ein angesagter Playboy, und deswegen würde die Party selbst an einem sommerlichen Freitagabend die Medienfuzzis anziehen. Ich war entfernt bekannt mit der Frau, die die Festivitäten koordinierte, und sie setzte mich auf die Liste, wie man so schön sagt. In Washington war ich vielleicht gesellschaftlich geächtet, aber New York ist eine sehr viel größere Stadt.

Lili war bereits ein paar Tage früher losgefahren, um die alljährlich stattfindende Gourmet-Messe zu besuchen. Also bestieg ich den Zug allein, fühlte mich ausgelaugt und wie zu Papier vertrocknet, als ich die Schuhe abstreifte und mit meinen Zehen wackelte. Ich hatte einen Stapel von Tageszeitungen an meiner Seite liegen, die ich durcharbeiten wollte, und einen Becher Kaffee als Verjüngungskur auf meinem ausklappbaren Tablett. Eine Schlagzeile der *New York Times* weckte mein Interesse: GOLD-AFFÄRE WIRD ZUR BELASTUNG FÜRS AUSSENMINISTERIUM. Die ersten paar Absätze enthielten weitschweifige Ausführungen darüber, wie das Verteidigungs- und das Außenministerium immer tiefer in die Affäre verwickelt wurden. Das meiste davon wusste ich bereits, also übersprang ich den ersten Teil der Zeitung und wandte mich den Restaurantkritiken zu, als mein Handy klingelte.

»Guckst du gerade in die *Times*?«

Ich lauschte der knirschenden Stimme von Reiff Prouty. Ich versuchte, mein Handy nicht fallen zu lassen (wie war er an meine Nummer gekommen, und kaute er etwa Kaffeesatz, um diesen speziellen Effekt zu erzielen?).

»Hallo, Fremder«, sagte ich – betont fröhlich. Die hohe Kunst, das Unerwartete zu erwarten.

»Selber hallo. Ich war ein böser Junge – war schon eine ganze Weile wieder in D.C. und bin erst jetzt dazu gekommen, dich anzurufen.«

»Ist schon okay«, antwortete ich. »Es gibt viele Leute, die nicht mit mir reden.«

»Genau. Aber mich treiben tiefere Beweggründe. Du schuldest mir immer noch einen Drink. Übrigens werde ich noch eine ganze Weile in Washington bleiben.« Eine Pause für die imaginäre Fanfare. »Ich arbeite sehr eng mit dem stellvertretenden Außenminister zusammen.«

»Das ist ja großartig«, sagte ich. Reiff hatte jetzt also einen Patron.

»Es gibt eine anonyme Quelle, die in der *Times* rauf und runter zitiert wird. Hast du es gesehen? Die sagt, dass das Außenministerium Beweise zum Fall Gold zurückhält. Das ist nicht wahr. Wir haben uns immer an sämtliche Regeln gehalten. Alles ist in Ordnung.«

»Das ist ... gut«, sagte ich.

»Mal ehrlich, Kate, weißt du, was ich denke?«

»Keine Ahnung«, ich öffnete ein kleines Sahnedöschen für den Kaffee.

»Ich glaube, das alles kommt aus dem Weißen Haus.«

Ich schwang einen Plastiklöffel und verwandelte die schwarze Flüssigkeit langsam in eine braune. »Welcher Teil davon: die E-Mails, der Verrat oder die undichte Stelle?«

»Du glaubst, dass die E-Mails aus dem Weißen Haus gekommen sind? Ich auch!« Reiff machte schnelle Sprünge. Kein Wunder, dachte ich, dass er ein *viel versprechender* Diplomat blieb.

»Das habe ich nicht gesagt«, antwortete ich vorsichtig. »Aber es ist eine interessante Theorie.«

»Es ist mehr als eine Theorie«, sagte Reiff. »August Mercer hat das Sagen, das wissen wir alle. Mercer hat nicht den blassesten Schimmer von internationalen Angelegenheiten. Warum also kümmert er sich so um den Skandal? Es hat so viele von ihnen gegeben, seitdem diese Typen ins Weiße Haus eingezogen sind. Das ist Punkt eins. Ich habe noch zwei mehr für dich: Niemand, der so viel Einfluss hat wie Mercer, kann an einem starken Außenministerium Gefallen finden – es wäre ein Mitbewerber um das Ohr des Präsidenten, und Mercer sucht immer nach Möglichkeiten, beim großen Häuptling Punkte zu sammeln.«

»Ich hatte immer den Eindruck, dass der stellvertretende Außenminister und Mercer alte Kumpels sind«, sagte ich.

»Du weißt, wie diese Stadt ist. Es gibt immer einen internen Wettstreit darum, wer den größeren Einfluss auf den Präsidenten ausüben darf.«

In der Tat. »Du glaubst also, dass Mercer die E-Mails geschickt hat? Dass er sich als Lyle Gold ausgegeben hat?« Es war bald schon nicht mehr lächerlich, sondern wahnwitzig.

»Ich stehe fest an der Seite des stellvertretenden Ministers, und darum bin ich davon überzeugt, dass Lyle Gold der wirkliche Täter ist.« Reiff leierte die offizielle Parteilinie herunter. »Aber es scheint, als würde jemand versuchen, das Außenministerium schlecht aussehen zu lassen. Natürlich nicht Mercer persönlich. Er ist viel zu clever für so was. Aber er könnte gegenüber einem der Streber, die für ihn arbeiten, einem, der vor ihm glänzen möchte, eine entsprechende Andeutung gemacht haben.«

Freddy Banks. Ich hielt den Löffel in der Schwebe. Reiff wusste mit Sicherheit von meiner Verbindung zu Freddy. Er hatte mich an jenem lange vergangenen Nachmittag im Hay-Adams über meine Strategie im Banks-Fall ausgequetscht.

»Denk mal drüber nach«, fuhr Reiff fort. »Freddy will nach oben kommen, er arbeitet für einen mächtigen Mann. Es gibt nichts Besseres als ein paar gut platzierte undichte Stellen und Gerüchte, wenn man die Dinge ins Rollen bringen möchte. Kate, ich möchte dir einfach nur helfen.«

Aha, unmotivierte Akte der Freundlichkeit. Ich dankte Reiff und unterbrach die Verbindung gerade in dem Augenblick, als der Zug aus dem Bahnhof ruckelte. Ich trank einen großen Schluck Kaffee. Halte dich an die Regeln: Information ist versüßte Manipulation. *Warum* erzählt mir *wer was*? Es war zu früh, als dass ich darüber mit einem klaren Kopf hätte nachdenken können. Ich würde mindestens drei Becher brauchen, oder vielleicht Koffein intravenös.

Der Schaffner wanderte durch den Mittelgang und knipste Fahrscheine. Er nickte einem Mann zwei Reihen vor mir zu: »Herr Direktor.« Das reichte, um ein Mädchen aus ihrem Sitz im Power-Express zu katapultieren. Ein Direktor mit Wiedererkennungswert konnte nur ein bedeutender Entscheidungsträger sein. Ich nahm Kurs auf die Zugtoilette, um mir einen unverdächtigen Blick verschaffen zu können. Und da saß er, in einem dunkelblauen Anzug, der Chef des Federal Bureau of Investigation höchstpersönlich, direkt neben dem Ausschussvorsitzenden für Verkehrssicherheit. Vielleicht überprüften sie gerade die Sicherheit im Zug. Auf dem Weg zurück zu meinem Platz warf ich den Herren ein Lächeln zu und sagte: »Herr Direktor, Herr Vorsitzender.« Sie sahen mich nur oberflächlich an, aber als ich mich umdrehte, konnte ich sehen, dass dem FBI-Direktor mittlerweile eingefallen war, wer ich war. In Washington war das alles längst kein Geheimnis mehr, nehme ich an, und dennoch war es unheimlich faszinierend anzusehen, wie er direkt wieder in seinem Sessel versank. Das war die Körpersprache eines Mannes, der nicht reden wollte. Ich nahm mir vor, Lili anzurufen: Mal sehen, ob seine Frau *jetzt* die ersehnte Tischreservierung bekommen würde.

*

Jedes Mal, wenn ich in den Universitätsclub ging (und ich ging nicht besonders häufig), kam ich mir vor wie im Museum. Die holzgetäfelten Wände, die gut sortierte Bibliothek und die Kartenspiel-Turniere scheinen einem anderen Zeitalter zu entstammen (wie der altehrwürdige Club natürlich auch), Durchschnittsalter: tot. Lili winkte mir von einem Tisch aus zu, wobei die Batterie ihrer Silberarmbänder ein eigenes Begrüßungskonzert klimperte. Mit ihr am Tisch saß ein älteres Paar, offensichtlich aus der besseren Gesellschaft: die Dame mit einem operativ überspannten Gesicht und einem noppigen Kostüm, der Herr hatte sein vergilbendes Haar quer über den kahlen Scheitel gekämmt und trug Slippers mit Troddeln. Genevieve und Emilio Strauss waren die Hauptinvestoren des Restaurants in Washington. Sie hatten keine Kinder und beteten Lili an. Ich war die angekündigte Freundin, also lächelten sie mich an. Eine Flasche weißer Côte-du-Rhône glitzerte in einem silbernen Kühler, bis die Dame am Tisch unserem Kellner einen scharfen Blick zuwarf. Er schlenderte zu uns herüber und servierte ihn.

»Sie armes, armes Mädchen«, gluckte Genevieve und zerquetschte meine Hand in der ihren. »Lili-Schätzchen hat uns alles erzählt.«

Lili-Schätzchen warf mir einen Blick zu: *Spiel mit, meine Liebe, denn diese Leute bezahlen meine Miete.*

Sie hatten alles über die Gold-Affäre gelesen. Es war, so glaubten sie, schlichtweg peinlich. »Wir sind zum Gespött der ganzen Welt geworden«, sagte Genevieve.

»Ganz Europas«, berichtigte Emilio.

»Nun, das ist die ganze Welt«, blaffte Genevieve. »Sie sollten mal hören, was sie über uns sagen. Die Franzosen kriegen sich gar nicht mehr ein. Die große Demokratie, von einem einzigen charakterlosen Journalisten ins Wanken gebracht. Und Sie wissen ja, wie selbstgerecht die Franzosen sein können. Als ob sie noch nie einen Skandal gehabt hätten. Ihr Außenminister ist gerade wegen Veruntreuung verurteilt worden.«

»In Frankreich bist du kein richtiger Politiker, wenn du nicht wegen eines Wirtschaftsverbrechens verurteilt worden bist«, sagte Emilio. »Nicht wahr, Mädels, ihr wisst, was ich meine.« Er nickte mir und Lili zu, und weil uns nichts Besseres einfiel, nickten wir zurück.

Seine Frau hatte ihr Glas geleert und trommelte ungeduldig mit den Fingern, bis der Kellner kam und es wieder füllte. »Und was ist mit den Deutschen? Sie sagen, dass *wir* antisemitisch wären. Die Deutschen. Können Sie sich das vorstellen?«

Emilio bestellte eine weitere Flasche Wein. »Wie sich diese Leute alle aufführen. Ich weiß nicht, was bei dieser ganzen Sache herauskommen wird, aber ich bin mir sicher, dass ich Bestätigung dafür finden werde – und mehr als nur Bestätigung –, was ich der menschlichen Dummheit alles zutraue.«

Genevieve hatte keine Lust auf die Predigten ihres Mannes. »Bitte«, sagte sie. »Dieses Thema hängt mir zum Hals heraus. Ein lästiger Mann hat so ziemlich jede Dinnerparty verdorben, an der ich teilgenommen habe, ein Mann, dessen Mutter in einem Wohnwagen-Slum aufgewachsen ist. Hast du das gewusst, Lili? Es stimmt wirklich. In einem Wohnwagen in Florida.«

»Nein, das wusste ich nicht ...«, begann Lili.

»Ich dachte, Lyle Gold stammt aus der Upper West Side von New York«, warf ich ein.

»Dort ist er aufgewachsen – er ist in die staatliche Schule gegangen, wissen Sie; er wurde nicht in der Dalton-Schule angenommen – aber nur weil sein Vater eine Sozialwohnung hatte. Seine Mutter ist aus dem Wohnwagen-Slum. Das wissen wir alle. Sie können solche Typen mit einem Eimer Grillhähnchen bestechen.« Die silberhaarige Matrone lachte über ihren eigenen Witz. »Der Apfel fällt nicht weit vom Stamm, nehme ich an. Aber ich kann ihrem Sohn nicht ernsthaft vorwerfen, dass er ein bisschen nach oben zu kommen versuchte, mit diesem schicken Haus und dem exotischen Auto.«

»An jedem Baum gibt es faule Äpfel«, sagte Emilio. »Denk nur mal an diesen Prouty-Jungen.«

»Ja, ja«, Genevieve nickte und stocherte in ihrem *bœuf en gelée* herum.

Lili hatte innegehalten, ihr Löffel schwebte über ihrem Teller, und sie sah mich an. »Reiff Prouty?«, fragte sie.

»Wir kennen seine Eltern«, sagte Genevieve. »Äußerst liebenswerte Leute.«

»Kommt er manchmal ins Restaurant?«, fragte Emilio.

»Er ist ein Bekannter von Kate«, sagte Lili.

Ich hakte die Checkliste ab: »Groß gewachsen, dunkel, hübsch, Außenministerium.«

»Das ist er«, sagte Genevieve. »Seine Mutter und sein Vater kommen fast um vor Sorge. Wir sind ihnen in Nizza begegnet. So ein gut aussehender junger Mann. Ich weiß nicht, was da schief gegangen ist.«

»Man nennt es *Kokain*, Gennie«, sagte Emilio.

»Er macht eine Entziehungskur nach der anderen«, erzählte uns Genevieve, »und dazwischen gibt er sein Geld für Drogen aus. Seine Mutter sagt, dass er sogar einmal etwas von ihrem Schmuck gestohlen hatte, um seine Sucht zu finanzieren.«

»Du solltest über so etwas nicht reden«, ermahnte sie Emilio.

»Ja und, es ist doch alles wahr!«, sagte Genevieve. »Er wird nie sehr viel weiter nach oben kommen, nicht einmal Augusts Wohlwollen kann da noch helfen.«

»August Mercer?«, fragte ich.

»Ganz, ganz, ganz alter Freund der Familie«, sagte Genevieve. »Er arbeitet im Weißen Haus.«

»Er leitet es geradezu«, korrigierte Emilio.

»Ich glaube, der Präsident leitet es, Schatz«, sagte Genevieve mit einem klingelnden Lachen.

»Nur dem Anschein nach«, sagte Emilio.

Ich schielte zu Lili hinüber, die so unauffällig mit den Schultern zuckte, wie sie vermochte.

Genevieve plapperte munter weiter. »Es spielt eigentlich keine Rolle, denke ich. Jules muss einfach nur August anrufen, und alles wird wieder gut für seinen Sohn.«

»Und genau da irrst du dich«, sagte Emilio, während er sich in seinen Hummer vergrub. »Mercer will überhaupt nichts mehr mit ihm zu tun haben.«

»Aber das kann nicht sein. Ich habe letzte Woche noch mit Claire gesprochen. Jules und August klangen wie ein Herz und eine Seele.« Genevieve schien vergessen zu haben, dass Lili und ich mit einer gewissen Faszination zuhörten.

»Mercer hat sich für den Jungen weit aus dem Fenster gelehnt, und guck dir an, was passiert ist. Während seiner ganzen Laufbahn hat er permanent versagt, und jetzt bläst er sich zu allem Überfluss noch sein Gehalt durch die Nase. Das ist ein erheblicher Nachteil, mein Schatz. Mercer wird ihn nicht beschützen, egal wie viel Jules für seinen nächsten Wahlkampf springen lässt.« Emilio tränkte seinen Hummer mit Buttersauce.

»Nun, ich verstehe das alles nicht. Wir haben doch Standards. Ich verstehe es einfach nicht.« Genevieve wandte sich mir zu. »Möchten Sie noch etwas Wein, Kate?«

Emilio starrte seine Frau an. »Was? Du verstehst nicht, dass der mächtigste Mann dieses Landes dem Prouty-Bengel eine Chance gegeben hat und dass der es von Beginn an verpatzt hat? Du solltest wissen, dass Mercer in der denkbar schlechtesten Position ist. Er ist derjenige, der sich für Jules' Jungen eingesetzt hat. Es ist nicht Proutys Name, der hier auf dem Spiel steht, sondern Mercers.«

»Natürlich weiß ich das. Es ist, als würden wir uns für jemanden verbürgen, damit er Mitglied in diesem Club werden kann. Wenn alle anderen Mitglieder denjenigen nicht mögen, dann ist es unser Name, der beschmutzt wird.« Genevieve lehnte sich befriedigt zurück.

»Irgendwie so, ja.« Emilio gab auf.

Genevieves Miene hellte sich auf: »Möchte eines von euch Mädchen vielleicht ein Dessert?«

*

Wir rasten die steinernen Treppen des Clubs herunter und wandten uns nach Osten.

»Was war *das* denn?«, rief ich, so laut, dass ein Touristenpärchen in rosa Sweatshirts stehen blieb und uns anstarrte.

»Ich weiß es nicht!«, rief Lili aus. »Oh, Gott, Kate ...« Ihre Stimme versiegte.

Wir gingen schweigend die Madison Avenue hinunter, vorbei an den glitzernden Schaufensterscheiben, und vermieden sorgfältig die Schlaglöcher, von denen die Straßen übersät waren. Die Party für die Zeitschrift stieg in der Innenstadt, doch auch wenn wir vorhatten, uns ein Taxi zu nehmen, war es gut, erst einmal ein paar Blöcke weit zu gehen.

»Ist es Reiff?«, fragte ich, ein bisschen überrascht. »Glaubst du, dass in Wirklichkeit Reiff der Verräter ist?«

»Oh, Kate, ich kann es dir doch auch nicht sicher sagen.« Lili wich geschickt einem Müllsack aus. »Aber er ist definitiv ein Insider, falls dir das irgendwie weiterhilft.«

Es half mir sogar ein gutes Stück weiter. Reiffs Vater kannte also Mercer. Und Reiff war ein Mitglied des Clubs, mit dem System auf Kriegsfuß, mit Verbindungen, die ihm Deckung verschaffen würden (weil ihr Wohlergehen mit dem seinen verknüpft war), und er hatte noch einen zusätzlichen Grund – seine Abhängigkeit von Drogen –, nach alternativen Einnahmequellen Ausschau zu halten. Und dann noch dieses große Interesse an China. Es *musste* Reiff sein. Mit ihm ergab alles einen Sinn – und selbst wenn Mercer ihn nicht auf dem Kieker hatte, der Verrat war in seinem Zuständigkeitsbereich passiert. Mercer konnte sich selbst vielleicht einreden, dass eine unerwünschte Person wie ein Journalist das Verbrechen begangen hatte. Er konnte sogar zu dem Schluss kommen, dass die Ereignisse um Reiff einfach nur auf *Klatsch und Tratsch* zurückzuführen waren, wie diese Verwaltungstypen Spionagegerüchte gerne bezeichnen.

Und dennoch, man sollte auch Freddy nicht abschreiben. Ebenfalls ehrgeizig und niemand, der einen zweiten Skandal überstehen könnte. Mercer hatte ihn angeheuert. Es war unwahrscheinlich, dass er an die Schuld von einem der beiden glauben würde, weil das bedeuten würde, seine eigene Urteilskraft anzuzweifeln.

»Ruf Jack noch nicht an«, bremste mich Lili. »Bislang ist das alles doch nur Gerede.«

Oh, klar, da stand ich natürlich drüber. Hatte ich nicht den moralisch überlegenen Standpunkt für mich in Anspruch genommen?

*

Das neue Schickimickiblatt hatte richtig Geld in die Party gesteckt. Zu Ausschweifung und Hemmungslosigkeit hatte ich mich schon lange nicht mehr hinreißen lassen. Hier gab es allerdings eine grandiose Gelegenheit dazu. Sie lagen vor mir ausgebreitet in einem Tausend-Quadratmeter-Apartment, das pro Nacht zwanzig Riesen Miete kostete. Wir traten aus dem Aufzug und auf einen *Rasen.* Mit *Bäumen.* In der Innenstadt von *New York.* Die Ziegeltreppe zur Linken führte zu einem hölzernen Deck hinauf, in dem ein Swimmingpool schimmernd leuchtete. Die stählerne Wendeltreppe, die zur nächsten Etage hinaufführte, endete in einem Meditationsgarten. Das war *richtig* reich.

Ich war nicht unter meinesgleichen. Sehr viel Leder, Piercings, Tätowierungen, blutrote Lippen und märchenhafte Schuhe (damit man wusste, dass man es hier mit den Erfolgreichen zu tun hatte, trotz des ganzen künstlerischen Beiwerks). Ich kannte niemanden außer Lili – und meiner Freundin, die das Ganze organisiert hatte. Sie war jedoch einem schrecklichen Fall von Lebensmittelvergiftung anheim gefallen, irgendetwas in diese Richtung sagte jedenfalls ihre Assistentin, wobei sie Anordnungen in ein Headset blaffte und mit einer Gästeliste bewaffnet umherstolperte. Die Party, üppig mit diversen vollen Theken ausgestattet, präsentierte eine Band, die für ihre Verwurzelung in der Arbeiterklasse bekannt war. Gott segne den Kapitalismus, den großen Gleichmacher.

Lili schlenderte fort, in eine Fachsimpelei mit dem Manager des Party-Services vertieft. Ich fühlte mich etwas lächerlich, wie ich in dem riesigen Raum auf dem Estrichboden herumstand und mich an einem limonengrünen Martini festhielt – eine alberne Farbe für einen Cocktail. Aber offensichtlich fühlte ich mich noch lange nicht so lächerlich wie der Gitarrist der Band. In den Pausen drückte er sich so weit wie möglich von der Menge entfernt und so dicht wie möglich an einer Wand herum und umklammerte einen Tequila und ein Bier. Ich erkannte ihn von den Postern wieder, die in der Nähe der Theken aufgehängt waren. Er hatte die obligatorischen langen, dunklen Haare sorgfältig hinten zusammengebunden, aber der dazugehörige schmuddelige Bartschatten war offenbar nicht sein Fall. Ein gestutzter, exzellent gepflegter Ziegenbart umgab einen volllippigen Mund, den ich gerade ziemlich unhöflich anstarrte, als er mir zunickte.

»Wie geht's so?« Oberflächliches Zeugs. Er schien es eigentlich gar nicht wissen zu wollen. Vielleicht entgegnete ich deshalb: »Ziemlich mies, danke.«

»Keine Ursache«, sagte er. »Ich hoffe, dass es bald wieder besser für dich läuft.«

Ich zwinkerte ihm zu und nippte an meinem Martini, ein patentierter Bewegungsablauf, der eigentlich einen weltläufigen Eindruck hätte vermitteln sollen, hätte ich mein Glas nicht gerade so weit von meinen Lippen entfernt gekippt, dass grüne

Flüssigkeit in meine Bluse tropfen konnte. Geschickt. Ich begann den Wodka mit dem Rand meiner Cocktailserviette abzutupfen, was aber nur dazu führte, dass ich noch mehr von dem Zeug über mein Handgelenk goss. Der Gitarrist ließ sich schließlich erweichen und reichte mir seine Serviette.

»Ich kann diese Dinger auch nicht trinken«, sagte er. »Deswegen halte ich mich an das Altbewährte.« Er hielt das Bier und den Tequila hoch.

Ich dankte ihm und stellte mich vor. So lernte ich Charlie Peguy kennen, einen halb amerikanisch, halb pakistanischen Einwanderersohn, der seinem Herzen folgte und Musiker wurde, anstatt Medizin zu studieren, wie es sich seine Eltern gewünscht hatten.

»Und wen berätst du so?«, fragte Charlie.

»Viele Leute, aber im Augenblick vor allem Lyle Gold.« Warum hätte ich es verschweigen sollen, dachte ich. Von irgendjemand würde er es früher oder später doch erfahren. Besser, sich jetzt schon seiner Meinung zu stellen, in eigener Person.

»Wer ist Lyle Gold?«, fragte er.

Ich starrte ihn an. »Willst du mich veräppeln?«

»Keineswegs. Wer ist er?«

Ich fasste es kurz zusammen. »Er ist der Mann, der im Augenblick im Gefängnis sitzt, weil er des Landesverrats angeklagt ist. Aber er ist nicht der wahre Täter.«

Charlie Peguy kniff die Augen zusammen. »Er ist doch nicht etwa einer dieser Terroristen?«

»Nein. Einer dieser Amerikaner.«

Der Musiker schaute nachdenklich. »Ich bin in letzter Zeit fast nur im Tonstudio gewesen. Aber ich glaube, ich habe von ihm gehört.«

»Ein Journalist, der beschuldigt wird, militärische Geheimnisse an die Chinesen verkauft zu haben«, soufflierte ich.

»Aber das ergibt doch keinen Sinn. Warum sollte ausgerechnet ein *Journalist* so etwas tun?«, fragte Charlie.

»Sie sagen, dass er unbedingt Karriere machen wollte«, erzählte ich ihm, während ich plötzlich einsah, dass ich einen Gefangenen gemacht hatte. »Aber er kam von der falschen Seite der Straße, ein Außenseiter, der es mit den absoluten Insidern der Macht zu tun hatte.«

Ein angewiderter Ausdruck legte sich über Charlie Peguys Gesicht. »Typisch. Wenn du zum Proletariat gehörst, so wie ich, dann zählst du nicht.«

»Ich würde keinen von euch unbedingt als Angehörigen des Proletariats bezeichnen«, sagte ich.

»Klar, aber auch ich wäre nicht ihr Typ, oder? Ich habe das College abgebrochen. Ich verdiene mein Geld damit, dass ich für irgendwelche Ghettokinder Gitarre spiele. Also, wenn es nicht Lyle Gold erwischt hätte, hätte auch ich es sein können, oder? Und wer würde mich dann beschützen?«

»Nun ja ...«

Aber Charlie kam jetzt richtig in Fahrt. »Eine Sache sage ich mir immer wieder, wenn ich dabei zusehe, wie diese Typen wieder mal die Regeln ändern. Ich sage mir dann: Es wird schon seinen Grund haben, andere Zeiten erfordern eben andere Methoden, nicht wahr? Aber das heißt noch lange nicht, dass mir dabei nicht ein kalter Schauer den Rücken hinunterläuft. Und wenn ich von Leuten höre wie dem, von dem du gerade erzählt hast, dann frage ich mich einfach, wer sich diese neuen Regeln eigentlich alle ausdenkt?«

Es war nett, an etwas erinnert zu werden, was wir Washingtoner gerne vergessen: Eine gewisse Portion Misstrauen ist in diesem Land weit verbreitet und eine typisch amerikanische Eigenschaft.

»Es gibt viele gute, kluge Leute, die unsere Gesetze verfassen und verabschieden«, sagte ich aus dem Gefühl heraus, die andere Hälfte meines Kundenkreises verteidigen zu müssen.

»Natürlich, natürlich.« Charlie nickte und stellte sein Bier und sein Schnapsglas auf einem Tisch ab, damit er wirksamer gestikulieren konnte. »Aber es gibt auch immer eine Menge Leute, die nur auf ihren eigenen Vorteil bedacht sind. Weißt du? Wie dieser beschissene kleine schwule Schwulenhasser, dieser Rechtsanwalt?«

Nichts davon ließ irgendwelche Glocken bei mir klingeln. Ich starrte ihn ganz perplex an, bis Charlie, sein Gesicht eine einzige verzweifelte Grimasse, hervorbrachte: »Komm schon, du hast doch bestimmt diese Filme über ihn gesehen! Der Typ, der McCarthys Rechtsanwalt war, du weißt schon, der mit den Kommunisten-Anhörungen?«

»Roy Cohn«, sagte ich. »Mager, sauertöpfisch, schlechter Teint.«

Charlie richtete erleichtert seinen Finger auf meine Nase. »Das ist er! Weißt du, nach dem ganzen Scheiß mit dieser Kommunistenjagd, diese ganzen Leute, die aus dem Fenster gesprungen sind und so, da fängt Roy Cohn an, im Studio 54 rumzuhängen! Quasi im Walhalla der Lasterhaftigkeit!« Er schüttelte seinen Kopf. »Niemand zog ihn jemals für irgendetwas zur Verantwortung, obwohl so viele Leben zerstört worden waren. Roy Cohn. Jemand hielt seine schützende Hand über ihn.«

»Man nennt es das Netzwerk der alten Herren, Charlie«, sagte ich und nahm einen Schluck von meinem Cocktail. »Das hat es schon immer gegeben.«

»Das heißt noch lange nicht, dass das, was diese Jungs jetzt machen, in Ordnung ist«, sagte Charlie. Er nahm seinen Tequila und haute ihn weg. »Mann, was würde ich dafür geben, wenn ich diesmal derjenige sein dürfte, der fragt: ›Sir, haben Sie denn überhaupt keinen Anstand?‹«

Ich lächelte ein wenig, und warum auch nicht. Dieser Mann spielte Gitarre und schrieb die Songs für eine der vielversprechendsten Bands des Landes. Er hatte ein Publikum. »Nun denn, nett, dich kennen gelernt zu haben.« Ich gab ihm meine Karte.

Er schaute sie an. »Kommst du morgen Abend zum Konzert?«

»Ich denke, ich werde nach Washington zurückfahren«, sagte ich, denn nach dem Abendessen mit den Straussens hatten sich meine Pläne geändert. Ein entspanntes Wochenende in New York musste noch ein bisschen warten, ich hatte Arbeit zu erledigen, musste Reiff und Freddy erreichen. »Vielleicht schaffe ich es das nächste Mal.« Und ich ließ ihn allein zurück, damit er sich der Debütantinnen annehmen konnte, die im Saal umherstreiften.

Am nächsten Morgen nahm ich den Hochgeschwindigkeitszug zurück nach Washington. Lili hatte beschlossen, noch für eine Muskatellerverköstigung in New York zu bleiben. Ich marschierte durch die goldglänzende Pracht der Union Station, meinen Koffer im Schlepptau, als ein junger Mann in einem zerschlissenen Pullover auf mich zutrat. »Kate Boothe?«, fragte er.

Ich zögerte ein wenig, bevor ich antwortete: »Ja.«

»Das ist für Sie.« Er griff in seine Tasche, und für einen Moment dachte ich, dass er ein Messer oder eine Pistole hervorziehen würde. Aber nein, was er mir aushändigte, war eine Vorladung. Ich wurde vor eine Grand Jury bestellt.

9

Sie werden nicht durchkommen

Die Boothes kamen über Washington. Meine Eltern erschienen mit Koffern vor meiner Wohnungstür, meine Onkel nahmen sich eine Suite in einem der protzigen Hotels in der Innenstadt. Die Kavallerie war da.

Meine Onkel unterrichteten mich, dass Freddy Banks behauptete, dass ich versucht hätte, ihn zu bestechen, damit mein Klient Lyle Gold entlastet würde. Gab es da irgendetwas, was ich gesagt hatte – wollten sie wissen – das ihn zu dieser Annahme verleiten konnte?

Freddy, es gibt Leute, die, egal ob Lyle Gold verurteilt oder freigesprochen wird, ihr ganzes Leben und ihr ganzes Vermögen dafür einsetzen werden, die Wahrheit herauszufinden. Und keine Umfrage der Welt kann mit der Wahrheit konkurrieren.

Ich schloss angeekelt meine Augen, weil er das nicht ehrlicherweise als Bestechungsversuch interpretiert haben konnte. Unser Freddy hatte sich tatsächlich als Schlange offenbart. Irgendwie war es schon ein brillanter Einfall. Mich in die Schusslinie zu bringen und dicke Punkte beim Chef einzuheimsen. Meine Mutmaßungen über seine Rolle in dieser Affäre müssen ihm irgendwie zu Ohren gekommen sein. Er wollte einen Präventivschlag führen, bevor ich Gelegenheit bekam, öffentlich über meinen Verdacht zu spekulieren.

*

Ich wollte in den Zeugenstand. Es war die einzige Möglichkeit, sich zu wehren.

Mein älterer Onkel, der zuverlässige und methodische Sig (kurz für Sigfried, ein Name, der für meine Großmutter mit einem Hauch von Romantik verknüpft war, der aber seine Brüder auch heute noch dazu brachte, sich vor Lachen zu krümmen), hielt das für wahnsinnig. Sie hatten bereits eine Absprache mit der Staatsanwaltschaft getroffen. Gib eine Erklärung ab, leg sie zu den Akten, und geh wieder raus. Du verstößt niemals gegen die Regeln, die bei einer Absprache mit der Grand Jury ausgehandelt worden sind – und dies war noch nicht einmal *meine* Grand Jury. Es war eine »fortlaufende Untersuchung«.

Onkel Sig sagte, dass er noch nie etwas Vergleichbares gemacht hatte, und er würde jetzt auch nicht mehr damit anfangen, und ausgerechnet noch bei seiner *Nichte.* Mein Großvater würde sich in seinem Grabe umdrehen, und Gott allein wusste, wie meine Eltern darauf reagieren würden – »mich wahrscheinlich vor den Kadi zerren«, schnaubte er. Er bemerkte, ziemlich unfreundlich, wie ich fand, dass seine drei Töchter, allesamt Anwältinnen, seiner Strategie zugestimmt hätten. Doch Will, der jüngste der drei Brüder und ein eingefleischter Junggeselle, betrachtete mich eingehend. »Du glaubst, dass du die Kleine noch umstimmen kannst?«, fragte er. »Du weißt, wie Kate ist, wenn sie so ein Gesicht macht.«

»Aber warum denn?« Sig jammerte geradezu. »Es ist doch gar nicht nötig. Sie wollen nichts von ihr. Sie wollen Gold. Wir haben Immunität für Kate vereinbart. Wir sind durch.«

»Sie wollen sie nur benutzen, und du weißt das«, sagte Will.

»Ich will diese Absprache nicht«, unterbrach ich. »Die Grand Jury wird mir nichts tun.«

Beide Onkel hielten inne, ihre Cognacgläser baumelten in ihren Fingern. Dies musste einer der längsten Arbeitstage sein, die sie je in ihrer Hotelsuite verbracht hatten. Ich hatte bis jetzt gewartet, meine Argumente anzubringen, weil ich wusste, wie erbittert ihr Widerstand sein würde.

»Meine liebe Kate, du weißt nicht, was diese Leute mit dir tun«, sagte Sig freundlich. »Und wenn ich zur Regierung gehe und ihnen erzähle, dass die Absprache nicht mehr gilt, nun ja, ich weiß es ehrlich gesagt nicht. In all meinen Berufsjahren bin ich noch nie in einer solchen Situation gewesen. Du bist ganz eindeutig nicht das Wild, das sie zur Strecke bringen wollen. Aber das ist auch der einzige Vorteil, den wir haben.«

»Aber ich muss aussagen«, beharrte ich. »Wirklich. Es ist wichtig. Ich muss in diesen Zeugenstand und alles erzählen.«

»Ich verstehe dich nicht.« Sig verleibte sich den Rest seines Getränks ein, aber Will spitzte nachdenklich seine Lippen.

»Zum Beispiel bin ich unschuldig«, sagte ich.

»Daran zweifeln wir auch nicht«, sagte Sig.

»Also lasst es mich so machen«, sagte ich.

Will beugte sich vor. Er war der magerste der Brüder, besaß ein langes Gesicht und langgliedrige Finger. Er war tatsächlich auch ein umwerfender Langstreckenläufer. Seinerzeit hatte er sich für den olympischen Marathonwettbewerb qualifiziert. Und er liebte das Risiko.

»Lass sie es tun, Sig«, sagte er. »Sie wird alles unter Kontrolle behalten.«

Sig starrte seinen Bruder an. Seine Augen waren blutunterlaufen, während er Will ungläubig musterte. »Bist du von Sinnen?«, fragte er.

»Nicht heute Abend«, antwortete Will.

»Niemand sagt vor der Grand Jury aus, wenn die Absprache bereits getroffen ist«, wiederholte Sig. »Begreift ihr beide das nicht? Seid ihr beide Idioten?«

Aber Will war Feuer und Flamme. »Sie kann es schaffen. Du

weißt, dass sie es kann. Lass das Mädchen in den Zeugenstand. Sie wird sie mit ihrem Charme an die Wand spielen. Sie wird keine Konsequenzen zu befürchten haben. Sie wissen, dass sie unschuldig ist. Die Regierung weiß, dass sie unschuldig ist. Lass sie mit *ihnen* spielen. Sie erwarten nicht, sie im Zeugenstand zu sehen ...«

»Genau davor habe ich Angst«, brummelte Sig.

Aber Will fuhr fort. »Sie werden nicht wissen, was sie tun sollen. Und wenn die Regierung begriffen hat, was passiert, hat sie schon längst gewonnen.«

»Es ist unsere Aufgabe, sie zu beschützen«, sagte Sig, wie um das Gewicht ihrer Verantwortung deutlich zu machen. »Vera und Robert werden uns das Fell über die Ohren ziehen, wenn wir versagen.«

Ich beugte mich vor. »Aber so kann ich mehr Menschen helfen«, sagte ich. »Wenn ich mich an die Absprache halte, helfe ich meinem Klienten nicht. Wenn ich aussage, habe ich es zumindest versucht.«

Sig schaute erst seinen Bruder an, dann mich, und dann wieder seinen Bruder. Er seufzte. »Ich will schriftlich von euch haben, dass es nicht meine Idee war.«

»Ich habe noch etwas Besseres für dich«, sagte Will. »Ich wette mit dir um einen Tausender, dass sie es schafft.«

*

In dem Augenblick, als ich meine Aussage beendet hatte, wusste ich, dass ich es geschafft hatte. Ich konnte es in den Augen der Geschworenen sehen. Ich lächelte die Männer und Frauen an, die so aufmerksam in ihren hölzernen Stühlen gesessen hatten, und trat aus dem Zeugenstand. Oh, ich hatte ihnen alles erzählt. Über den *Falschen G-Brief* und meine ihn betreffenden Vermutungen, über das Gespräch mit den Straussens und den ein oder anderen Blödsinn– der aber mit Sicherheit an die Gefühle appellierte –, zum Beispiel darüber, wie ich Prosecco mit Roberto getrunken hatte, vor Ewigkeiten in Rom. Warum sollte ich nicht gleich alle Karten auf den Tisch legen (ich ließ ein paar Details unerwähnt, die mir zu privat und peinlich erschienen, wie zum Beispiel, dass ich in meinem Flur geweint hatte). Das Entscheidende war gewesen, dass ich als die Nebenfigur auftreten konnte, die ich ja tatsächlich war – schließlich hatte ja nicht ich den Verrat begangen.

Und als ich von meinen Stuhl aufstand, gab es einen Augenblick der Stille, der Erstarrung geradezu, als ob alle Zuhörer in jenem Saal plötzlich begonnen hatten zu ahnen, welchen furchtbaren Krach dieser Fall noch nach sich ziehen würde. Meine Onkel sahen fast gleichzeitig von ihren gelben Notizblöcken auf, und ich schritt zu ihnen hinüber. Ich hatte es geschafft. Es hatte nur zwei Tage gedauert, trotz der vielen Fragen und Unterbrechungen. Ich fühlte mich heiter, bereit, ein weiteres Mal von der Klippe zu springen. Als ich also zwischen meinen beiden Onkeln Platz nahm, ließ ich mich zurücksinken und sagte sehr, sehr leise: »Lasst die Aussage durchsickern.«

Sie tauschten Blicke aus. Sig wisperte aus dem Mundwinkel: »Soll das ein Witz sein?«

»Lasst es durchsickern«, wiederholte ich.

»Kate, wir können nicht ...«, begann Sig, aber Will zischelte ihn an.

»Du schuldest mir schon etwas wegen der Zeugenaussage. Willst du noch mehr Schulden bei mir anhäufen?«

Ich wollte jetzt alles an die Öffentlichkeit bringen, Wort für Wort. Die Mitschrift einer Aussage durchsickern zu lassen war einfach. Meinem Onkel Sig das Warum zu erklären dagegen nicht. Er würde es nicht begreifen. Aber wenn die Mitschrift erst einmal draußen ist, dann, so wusste ich, war der wichtigste Schritt zur Aufdeckung der Wahrheit in der Gold-Affäre getan. Lasst es alles nach draußen.

In der kühlen Marmorhalle des Gerichtsgebäudes warteten meine Eltern auf mich. »Du hast dich sehr gut geschlagen, Katherine«, sagte meine Mutter und legte einen schützenden Arm um mich. Sie sah gut aus in ihrer zitronengelben Spitzenbluse und dem langen braunen Rock. Zoll für Zoll eine Mutter aus dem Mittelwesten, mit Gesundheitsschuhen und allem Drum und Dran.

»Ich war ein bisschen nervös«, murmelte ich.

»Das hat man dir aber nicht angesehen«, sagte mein Vater mit fester Stimme. Er spielte den harten Hund in seinem dunkelgrauen Anzug. Die beiden, selbst so unheimlich talentierte Anwälte, mussten die ganze Zeit angstgepeinigt vor dem Gerichtssaal gewartet haben. Bestechung! Was für ein Quatsch! Schafft das Kind weg, okay, und kümmert euch um eure eigenen Angelegenheiten? Für sie musste es eine nervenaufreibende Erfahrung gewesen sein. Ich war ihr einziges Kind. Ich beschloss, einen längeren Besuch zu Hause in Chicago abzulegen, wenn sich die Dinge hier etwas beruhigt hatten.

Jack hielt nach wie vor meinen Regenmantel, den ich ihm gegeben hatte, als wir das Gerichtsgebäude betreten hatten. »Möchtest du ihn?«, fragte er. »Es ist irgendwie nass draußen.«

»Keinen Mantel.« Ich winkte ab. »Es ist auch schwül.«

»Bring wenigstens deine Haare in Ordnung«, sagte meine Mutter und reichte mir einen Kamm. »Es sieht wüst aus.«

Ich gehorchte – Protest war ohnehin zwecklos – und meine Mutter stupste noch ein paar Strähnen an den richtigen Platz.

»So«, sagte sie. »Perfekt.« Sie wappnete sich für den Augenblick, an dem wir durch die Türen in den wolkenverhangenen, feuchten Tag treten würden.

Meine Onkel gingen voran. Sie waren schließlich die Anwälte. Sig würde die erste, knappe Verlautbarung abgeben, und anschließend wäre ich dran. Ich hatte meinen Onkeln erzählt, dass ich nur ein paar Worte sagen würde. Sie hätten meine Verlautbarung gerne vorher gelesen, aber ich versicherte ihnen, dass ich auch früher schon oft in Kameras geblickt hatte. Meine Eltern gingen neben mir, und meine Mutter hakte sich kurz bei mir ein. Armer Papa, dachte ich, als ich einen kurzen Blick auf sein blasses, gepeinigtes Gesicht erhaschte: Dies würde seinem nervösen Magen kaum Besserung verschaffen. Hinter uns ging Jack, seine Augenbrauen zu einem Sorgenknoten verzogen, doch seine blauen Augen blickten hart, und sein Anzug saß wie immer makellos. Lili hatte sich unter die Menge gemischt, die hauptsächlich aus Presseleuten bestand und sich in einem dichten Knäuel vor dem Podium drängte, das für alle offiziellen Stellungnahmen vorgesehen war.

Die Kameraverschlüsse klickten wie balzende Grillen, als wir uns näherten. Blitzlichter explodierten, und Galgen mit flauschigen grauen Mikrofone wurden über uns herabgesenkt und schaukelten hin und her, als ob eine Parade stattfinden würde und keine Pressekonferenz. Während wir uns dem Podium näherten, fiel mir auf, wie merkwürdig dieser Begriff eigentlich war: *Pressekonferenz.* Die Presse konferierte nicht, eine Konferenz bedeutet wässrigen Kaffee und u-förmige Tische und nicht enden wollende, eintönige Reden. Und Konferenzen wurden nie gepresst (sonst würden sie ja nie länger als eine Stunde dauern – ha!). Derselbe Schlaumeier, der diesen Begriff erfunden hatte, war vermutlich auch für die *Denkfabrik* verantwortlich. Nutzlose, leere, dumme Wörter.

Sig räusperte sich mannhaft und ließ ein Resümee der Verteidigung vom Stapel. Ich hörte nicht zu. Also wirklich, es hatte sogar vereinzelten Applaus aus den Reihen der Grand Jury gegeben, als ich den Zeugenstand verließ. Welchen Ausgang hatten wir denn erwartet? Mein Onkel Sig kam zum Ende. Es gab Rufe nach meinen Eltern, die sich aber lediglich weiter zurückzogen. Ich trat vor die Mikrofone, schwarze, silberne, pelzige Klumpen. Reporter, deren Schweiß durch ihre Jacketts sickerte, schreiend und springend, in der Hoffnung, irgendeine Äußerung zu provozieren – vielleicht sogar, so wagten sie zu hoffen, ein verständliches Zitat? –, die sie schon über den Sender schicken konnten, während sie noch gar nicht beendet war. Kann ein Orgasmus dem auch nur nahe kommen? Nicht, wenn man den Reportern glauben will, die ich kenne. Und dann schnitt plötzlich eine Stimme klar durch den Lärm hindurch: *Was halten Sie von dem Militärtribunal?*

Ich beugte mich zu dem Mikrofon. »Wie bitte?« Meine Onkel stürzten auf das Podium, um zu versuchen, mich von einer Antwort abzuhalten, aber ich stoppte sie mit einer ungeduldigen Geste.

»Das Militärtribunal, Kate!«, rief ein Reporter. »Es hat Lyle Gold heute für schuldig befunden.«

Wovon, in drei Teufels Namen, redete dieser Kerl? Ich blickte mich um, von einem Onkel zum anderen, aber beide starrten stur auf ihre Füße. Ich zog eine Augenbraue hoch. Sie hatten also Recht: Die Regierung war hinter einem dickeren Fisch her, ich war einfach nur ein Ablenkungsmanöver gewesen. Meine lieben Onkel hatten es also nicht der Mühe wert erachtet, mich zu informieren. Aber ihrem verwirrten Gesichtsausdruck nach zu urteilen, hatten auch sie es vielleicht nicht gewusst.

So sollte ein *geheimes* Militärtribunal ja eigentlich auch funktionieren. Der zivile Teil der Welt kannte sich mit dessen Regeln nicht so gut aus, da Kameras und Reporter als Beobachter nicht zugelassen waren. Vieles von dem, was wir wussten, stammte aus einem Fernsehfilm, der in enger Zusammenarbeit mit dem Pentagon entstanden war. Wir wussten zum Beispiel, dass das Gericht Beweismaterial im Interesse der nationalen Sicherheit geheim halten konnte und dass es einen Angeklagten sogar dann für schuldig befinden konnte, wenn ein Drittel der Offiziere mit dem Urteil nicht übereinstimmte. Alles in allem konnte man froh sein, dass das Tribunal es nicht für richtig gehalten hatte, Lyle noch am selben Tag zu exekutieren. Ein Tribunal! Als »Verräter« hätte Lyle eigentlich ein ziviler Prozess zugestanden. Er war kein »Terrorist«, er wurde eben nicht vom Geltungsbereich der Verfügung erfasst, die der Präsident erlassen hatte. Ach, Details, Details. Gewiss, das Justizministerium hatte der Öffentlichkeit mehrfach versichert, dass eine solche Prozedur niemals auf einen Amerikaner angewendet werden würde, und die Öffentlichkeit hatte das geglaubt.

»Ich habe keine Kenntnis von dem Tribunal«, begann ich, und ich konnte Onkel Sig hinter mir stöhnen hören, »aber das ist ja wohl auch der natürliche Lauf der Dinge, nicht wahr?«

Vorsichtig, Schätzchen, hier sind zwanzig Kameras auf dich gerichtet, Plasmabildschirme, die jede Farbe farbiger und alle Fehler sichtbar machen.

»Nun ja, es gab ja einen guten Grund für die Einrichtung der Tribunale. Wir sind in einer Situation, in der wir möglichst schnell alle terroristischen Operationen stoppen müssen. Es gibt keine bewährten Rezepte. Zumindest ganz am Anfang brauchten wir Geschwindigkeit, und wir brauchten die Möglichkeit, verdeckt gegen diese Zellen vorzugehen. Deshalb brauchten wir Geheimhaltung.

Oft höre ich Politiker – meine Klienten – sagen, dass wir um unser Überleben kämpfen. Ein Kongressabgeordneter hat mir neulich erzählt, für ihn sei ›Ausgewogenheit ... der Schlüssel zum Erfolg, sonst könnten wir zu weit gehen und müssen dann wieder zurück.‹ Aber er war dennoch entschlossen, dieses Risiko einzugehen. Meine Frage lautet also: Sind wir hier zu weit gegangen? Den Regeln des Tribunals gemäß wird das geheime Dossier über Lyle Gold größtenteils auch geheim bleiben. Aber diejenigen unter uns, die dennoch Teile davon gesehen haben – und das sind immerhin einige –, hegen ernsthafte Zweifel an seiner Richtigkeit.

Diejenigen unter Ihnen, die es noch nicht gesehen haben, sollten sich fragen lassen: Was wäre, wenn über *Sie* ein geheimes Dossier zusammengestellt würde? Würde das zu weit gehen? Was hätte Sie dagegen in der Hand? Lyle Gold jedenfalls wird nicht unbedingt eine Revisionsverhandlung vor einem zivilen Gericht bekommen. Er wird wahrscheinlich auch kein Berufungsverfahren bekommen. Er wird aber möglicherweise, wenn es nach den Regeln des Tribunals geht, sterben.

Ich habe meine Karriere begonnen, indem ich den Ruf eines jungen Gesetzgebungsberaters wiederherstellte, dessen Name an eine Toilettenwand geschmiert worden war, zusammen mit der Beschuldigung, er hätte eine Vergewaltigung begangen, von der er allerdings schon längst freigesprochen worden war. Dieser Berater, in dessen Namen ein Gesetz zum Schutz der Privatsphäre verabschiedet worden ist, arbeitet jetzt im Weißen Haus. Die Wahrheit, was auch immer Sie darunter verstehen mögen, kommt früher oder später immer an den Tag.

Es gibt Beweise – die von der Bundesregierung unterdrückt werden, wenn ich das noch hinzufügen darf –, die belegen, dass vieles von dem, wofür Lyle Gold jetzt verurteilt worden ist, seinen Ursprung in Wirklichkeit *innerhalb* der Bundesregierung hat. *Innerhalb.* Wie kann ein einfacher Journalist sich Zugang zu solchen Dingen verschaffen? Was sollen wir denn glauben? Ich würde August Mercer drüben im Weißen Haus fragen: Was sollen wir denn glauben? Denn es *gibt* einen Verräter, so viel ist klar. Er bewegt sich immer noch unter uns. Mercer weiß es, das Außenministerium weiß es, das Pentagon weiß es – aber die Machthaber verschwenden lieber unsere Zeit und die ihre mit Bestechungsanklagen und Unterstellungen. Noch einmal frage ich: Sind wir zu weit gegangen?«

Für einen winzigen Augenblick herrschte Stille. Meine Onkel versuchten, am erfolglosesten Onkel Sig, ihr Entsetzen zu verbergen. Meine Eltern sahen grimmig aus. Jack grinste wie ein Verrückter. Und als die Presse sich erholt hatte und ein Sperrfeuer von Fragen abschoss, war es Jack, der mich bei den Schultern packte und mich von den kalt starrenden Kameras und der Treppe weg in das glänzend schwarze Auto bugsierte. Erst nachdem sich die Wagentür hinter mir geschlossen hatte, bemerkte ich, wie meine Hände zitterten.

*

Noch einmal frage ich: Sind wir zu weit gegangen? O Gott, war das wirklich ich? Ich schenkte mir noch ein Glas Bourbon ein (und verzichtete auf den Minzsirup; er verklebt meinen Magen) und betrachtete in lässig dahingestreckter Haltung von der Couch aus die endlosen Wiederholungen. Und ich zuckte jedes Mal zusammen, wenn diese Stelle kam. Was hatte ich mir bloß dabei gedacht? Nun ja, das war auch die Frage, über die sich die TV-Experten die Köpfe heiß redeten.

Umpf. Mein kleiner Ausbruch war großartiges Futter für die 24-Stunden-Nachrichtenkanäle, deswegen hatten auch die vielen Fotografen und Reporter ihr Lager vor meinem Apartmentblock aufgeschlagen und kämpften mit Schultern, Ellenbogen und Füßen für jeden noch so kleinen Originalton. Oh, ich möchte nicht ungerecht gegenüber den Hyänen erscheinen. Manche rackern verbissen auf ihren Holzwegen. Einige wenige sind sogar irgendwie anständig. Aber die meisten von ihnen würden ihren Liebsten ohne zu zögern Säure in den Hals gießen, wenn sie der Überzeugung wären, dadurch einen Vorteil oder – noch viel besser – eine Auszeichnung zu bekommen.

Der Büroleiter eines führenden, wenn auch in die Jahre gekommenen Privatsenders, ein wieselgesichtiger Mann, der wahrscheinlich einen exzellenten Job gemacht hätte, wenn er sich nicht selber zum Sprecher auserkoren hätte, war so ein typischer Fall. Von dem Augenblick an, an dem ich in meine Wohnung zurückgekehrt war, hatte er unermüdlich angerufen, und die Nachrichten, die er hinterließ, nahmen stets Bezug auf unsere »Beziehung« (die daraus bestand, dass wir uns gelegentlich bei Cocktailpartys über den Weg gelaufen waren) und drangen auf ein Exklusivinterview. »Es wird Zeit, deinen eigenen Arsch zu retten, Kate«, sagte er. »Du musst jetzt an dich selbst denken. Du hast mein Wort, dass wir dein Interview erst senden werden, wenn du dazu bereit bist.«

Sein Wort! Mir war vollkommen klar, dass dieser hinterfotzige Kerl jedes Interview mit mir sofort senden würde, nur um für einen Tag seine Quote aufzublasen, und, glauben Sie mir, er würde in der folgenden Nacht seelenruhig schlummern.

Mein Name und mein Ruf waren zwar schon unter die Räder geraten, nachdem ich durch die üblichen Talkshows getingelt war, aber das Publikum war bisher auf Washington und New York begrenzt gewesen. Große Teile des Landes hatten mich noch gar nicht zur Kenntnis genommen. Und jetzt – nun ja, so gut wie jede Großmutter in Kenosha hatte einen kurzen Eindruck von meiner Treppen-Rede bekommen. Und mittlerweile hatte die durchgesickerte Zeugenaussage ihren Weg zu ein paar sorgfältig ausgesuchten Journalisten gefunden. *Ich* werde Sie von dieser Wahrheit überzeugen.

Hier sind ein paar Wahrheiten: *Mädchen* geben nicht besonders oft spontane Bemerkungen mit politischem Anstrich ab, nicht einmal in diesem postfeministischen Zeitalter. Weil *Mädchen* nicht so ernst genommen werden wie ihre männlichen Gegenstücke. *Mädchen* mit ungezupften Augenbrauen und unvorteilhaften Kinnformen halten Reden, denen niemand zuhört; *Mädchen* mit glänzenden Lippen und in adretten Kostümen halten Reden, die ignoriert werden. Und *Mädchen*, die die Regeln zur Schau stellen, werden gegeißelt. Das wusste ich. Es war im wahrsten Sinne des Wortes mein Geschäft, mich mit solchen Dingen auszukennen. Aber was auch immer der Grund für diese Idiotie gewesen sein mag – Wahrheitsliebe, Gerechtigkeitssinn, die amerikanische Lebensart (Ha!, dachte ich und nahm einen ordentlichen Schluck Bourbon) –, ich hatte mir eingebildet, diejenige zu sein, die diese Nummer durchziehen kann.

Truman Pace wollte – Überraschung, Überraschung – meinen Kopf auf einem Tablett serviert haben. »Woher will denn dieses kleine Sahnetörtchen schon wissen, was es bedeutet, zu weit zu gehen?«, wollte er von seinen Hörern wissen. Maurice Barres, offensichtlich schockiert, sich in einer Situation wiederzufinden, die unangenehmer nicht sein konnte (»möglicherweise sympathisiert er mit ihr«), stürzte sich in den Talkshow-Rummel. »Kate Boothe ist weniger von der Unschuld Golds überzeugt als von der Schuld der Allgemeinheit«, sagte er. »Sie spricht diesen Verräter nur frei, um die Gesellschaft verurteilen zu können.« Es war sein zwanzigster Auftritt an diesem Tag – er schöpfte seine Möglichkeiten wirklich bis zum Letzten aus. Mir wurde elend, während ich ihm zuschaute, elend nicht nur im Magen, sondern auch im Herzen, weil ich ihm zu einem bestimmten Zeitpunkt vertraut hatte.

Ich hob erneut mein Glas, und meine Mutter, die den Inhalt meines Kühlschranks inspizierte, verzog ihre Lippen.

»Robert«, sagte meine Mutter, »deine Tochter wird zu einer *Alkoholikerin.*« Die Spitzenanwältin verwandelte sich, jedes Mal wenn es um mich ging, in den mütterlichen Typ.

Mein Vater betrachtete kritisch das Glas in meiner Hand. »Was tust du da?«

Ich starrte ihn an, für einen Augenblick verunsichert. Dann fügte er hinzu: »Leute, die Scotch trinken, können keinen Bourbon trinken.«

»Warum nicht?«, fragte ich.

»Sie tun es einfach nicht. Wegen des Geschmacks.«

Meine Mutter schnalzte missbilligend mit der Zunge. »Das ist der einzige Rat, den du deiner Tochter gibst?«

»Um Himmels willen, Vera, als Belohnung für ihren Abschluss bin ich mit dem Mädchen nach Schottland gefahren. Man sollte doch denken, dass sie dabei etwas gelernt hat.«

Mein Vater hatte ganz andere Dinge im Kopf. Es hatte natürlich Morddrohungen gegeben (ach, und der *National Inquirer* hatte Lili angerufen). Diese Sache war mittlerweile zu sehr aus dem Ruder gelaufen, und niemand durfte seinem kleinen Mädchen etwas antun. Es wurde Zeit, die eigenen Truppen zu mobilisieren. Ein alter Kumpel aus der Armee war ein hohes Tier beim Federal Bureau of Investigation, und mein Vater tippte entschlossen die Telefonnummer.

»Warum rufst du nicht einfach einen von Johnny Russos Spezis an?«, murmelte ich.

»Weil sie alle tot oder ohne Nutzen für uns sind«, antwortete mein Vater. »Hallo, Bill ...«

Das Klappern der Töpfe schepperte in meinen Ohren. Heute Abend kochte meine Mutter. (»Kann Jack nicht vorbeikommen?«, hatte mein Vater flehentlich gefragt. Meine Eltern beten Jack an, und er hatte an den letzten drei Abenden vorbeigeschaut und irgendwelches Gebräu zusammengerührt oder besonders aromatischen Käse ausgepackt.) In meinem Kopf klingelte es, und ich musste an die kleinen blauen Pillen denken, die Lili mir zugesteckt hatte, diskret in einem weißen Umschlag. Sie sagte, dass sie Schmerzen mit Schläfrigkeit bekämpfen würden. Das war eine prima Idee: Schlaf und noch mal Schlaf, und vielleicht wäre die ganze Angelegenheit vorbei, wenn ich wieder aufwachte. Und dann könnte ich wieder von vorne anfangen. Ich hatte einen Beruf, und ich hatte einen gut aussehenden Freund.

Nur dass der gut aussehende Freund wieder in Rom war. Er würde ein wenig verfolgt werden, ein paar Fotos würden geschossen werden. Aber ich war mir sicher, dass er über kurz oder lang wieder die Titelseite eines Gesellschaftsmagazins schmücken würde. Roberto war durch seine Herkunft und durch einen Ozean geschützt. Verdammt, ich hatte den Bogen überspannt, oder? Es wurde mir so schmerzhaft eng um die Brust, dass ich den restlichen Bourbon hinunterstürzte. Der Knoten würde sich früh genug wieder lösen.

Ich ging auf den Flur hinaus. Weinranken schlangen sich die Wände hinauf, ein ganz passabler Versuch, mir eines Winterabends einen persönlichen Weinberg zu malen, als die Stadt von Schneewehen lahm gelegt worden war. Ich wollte dort auf dem Holzparkett sitzen, meine Knie umklammern und weinen. Aber ich konnte es nicht. Nicht, solange meine Eltern noch da waren. Sie durften es nicht wissen. Sie waren jetzt schon so aufgeregt, und sie glaubten, dass sie mir dadurch helfen könnten, ein Bettsofa zu ertragen und würdig an der Presse vorüberzuschreiten.

Die blauen Pillen. Ich schüttelte den Umschlag aus einem Buch, das mir Jack vor ein paar Jahren gegeben hatte, eine Weltgeschichte des vergangenen Jahrhunderts, die ich wirklich einmal lesen sollte, dachte ich, als ich zwei der Pillen einwarf. Ich rollte mich auf meinem Bett zusammen, auf der bestickten Tagesdecke, die ich in Château-Thierry gefunden hatte, als Lili und ich jung und unbeschwert waren und bei jeder Gelegenheit der Champagner floss ...

Meine Mutter stand in der Tür. »Der Anruf ist für dich«, sagte sie, und sie sah mich dabei mit der wissenden Miene einer Mutter an, die merkt, dass mit ihrer Tochter irgendetwas nicht ganz in Ordnung ist. Stöhnend – weil dies bedeutete, dass ich später eine Standpauke zu hören bekommen würde – griff ich nach dem Gerät.

»Kate? Hier ist Joan«, verkündete eine muntere Stimme, und ich erwachte blitzartig aus meiner Umnebelung. Joan Picquart – du lieber Himmel, meine Zeugenaussage! Sie war inzwischen überall, und Reporter riefen an, um die Fakten zu kontrollieren. Mein Vater wusste mitzuteilen, dass Onkel Sig die Medizin gegen Magengeschwüre darüber ausgegangen war, dass er versuchte, wütende Staatsanwälte zu besänftigen. Natürlich hatte das auch Konsequenzen für Joan.

»Oh«, stotterte ich. »Oh ... ich, also ...«

»Ich möchte, dass Sie heute Abend zu mir nach Hause kommen«, sagte sie.

»Wie? Die Presse sieht alles. Sie stehen vor meiner Tür. Ich werde niemals dorthin kommen, ohne entdeckt zu werden.«

»Sie sind doch so clever«, gab Joan zurück. »Lassen Sie sich was einfallen.«

*

Die erfundene Rhode Island Gruppe lud zu einer Pressekonferenz ein, ihre Mitglieder hatten offenbar neue Informationen über weitere Verbrechen, die Lyle Gold begangen hatte. Als ich mich in den Rücksitz von Lilis Auto drückte und eine kratzige Wolldecke über mich zog, gab es keine Kameras mehr, die das hätten aufzeichnen können. Die Medien würden vielleicht ein bisschen sauer sein, wenn sie herausfanden, dass alles ein Täuschungsmanöver war, aber das ging uns sonst wo vorbei. Jack und ich hätten seinerzeit für eine Platte mit gemischten Früchten und Käse alles stehen und liegen lassen.

»Wie lange wirken diese Pillen?«, fragte ich, meine Stimme von der Decke gedämpft.

»Es hilft, wenn man sie nicht mit ein paar Schnäpsen herunterspült«, sagte Lili. Immer die fürsorgliche Gastgeberin, hatte sie an eine Thermosflasche mit starkem Kaffee gedacht, der meine Wangen hinunterlief und auf meine Bluse tropfte, als ich verzweifelt mehrere Becher trank. Es war immerhin Joan Picquart, mit der ich verabredet war – ich konnte es mir einfach nicht leisten, eine traurige Figur abzugeben.

Das Pressebatallion vor Joans Tür war nirgendwo zu sehen, ohne Zweifel war es auf dem Weg zur Pressekonferenz der Rhode Island Gruppe, aber trotzdem rollte ich mich aus dem Rücksitz und flitzte die schmiedeeiserne Treppe zur Tür hinauf, die auf der Stelle geöffnet wurde. Lili blendete kurz auf.

»Sie haben es geschafft, wie ich sehe.« Joan schloss die Tür fest. »Ich befürchte, dass ich keinen Prosecco im Haus habe.«

Bei dieser pointierten Anspielung auf meine Zeugenaussage musste ich tief Luft holen, aber ich sagte: »Ich werde den Bourbon nehmen.« Einer mehr konnte auch nicht schaden, und jetzt, da ich ihr gegenüberstand, brauchte ich einen kleinen Mutmacher.

»Ja, gut. Wie Sie wissen, ziehe ich Scotch vor.« Nicht die kleinste Spur von Humor schwang darin mit, als sie die Bleikristallgläser aus der Vitrine nahm.

»Ich mag Scotch«, sagte ich, peinlicherweise mit sich leicht überschlagender Stimme. Ich räusperte mich. »Mein Vater sagt, dass es das eigentlich nicht gibt. Leute, die Scotch trinken, ertragen es nicht, Bourbon zu trinken.«

»Ihr Vater hat Recht«, sagte Joan und reichte mir ein Glas. »Aber Sie werden es lernen, vermutlich.« Sie deutete mit der Hand auf den üppig gepolsterten Sessel, und ich nahm erneut darin Platz.

»Ich mag Scotch«, wiederholte ich. »Ich trank ihn beim ersten Mal, als ich hier war. Ich mag ...« Ein scharfer Blick von ihr brachte mich zum Schweigen.

»Also«, begann Joan. »Ich habe natürlich ihre Ansprache gehört.« Sie hielt inne, und mir erschienen Ewigkeiten zu vergehen, bevor sie ihre nächsten Worte sprach. »Ich fand sie gut.«

Mein Herz hüpfte vor Freude. »Wirklich?«

»Besser als Ihre Aussage jedenfalls, sagen wir mal so. Ein Reporter hat mir einen guten Teil davon über das Telefon vorgelesen. Aber die Ansprache fand ich interessant. Sie haben mit beidem einen ziemlichen Wirbel ausgelöst.«

Sie schwieg. Ich hatte das Gefühl, etwas sagen zu müssen. Das war es, was Joan Picquart wollte. Es war eine ganz simple Taktik, und ich fiel darauf herein. Aber wie sollte ich auch anders, wenn die letzte aufrichtige Person meinen Blick so intensiv gefangen hielt. Ich *mochte* sie, und ich wollte, dass sie mich mochte.

»Ich wollte Sie nicht in eine unangenehme Situation bringen ...«, fing ich an, aber Joan schnitt mir das Wort ab.

»Oh, das haben Sie aber getan«, sagte sie. »Ich habe intern an dieser Situation gearbeitet, so, wie man mit empfindlichen Situationen, die das Wohlergehen der Nation betreffen, eben umgehen sollte.«

»Aber Sie haben mir gesagt ...«

»Ich habe Ihnen die Informationen im Vertrauen mitgeteilt. Ich hatte Sie eingeweiht für den äußerst unwahrscheinlichen

Fall, dass mir etwas zustoßen sollte und ich nicht mehr in der Lage wäre, die Aufgabe zu Ende zu führen. Ich dachte, ich hätte mich klar genug ausgedrückt.«

Ich schwieg, während mir die Röte stetig höher ins Gesicht stieg.

»Sie haben alles ans Licht gebracht. Und es wird im Licht bleiben. Sie verstehen das, nicht wahr? Die gesamte Situation hat sich geändert. Jetzt findet das Spiel vor den Augen der Welt statt. Es gibt nichts, was bestimmte Personen weniger mögen.«

»Sie sprechen von Mercer«, sagte ich.

»Ich spreche von allen, die in diesen Fall tiefer verwickelt sind«, erwiderte Joan scharf. »Es gibt Personen, die dieses Problem lieber hinter den Kulissen aus der Welt geschafft hätten. Leise, schnell, ohne Kameras und Mikrofone. Jetzt haben sie diese Möglichkeit nicht mehr.«

»Entschuldigen Sie, wenn ich das so sage«, begann ich in meiner höflichsten Tonart, »aber mir scheint, dass Sie bisher nicht besonders erfolgreich darin waren, es hinter den Kulissen zu regeln.«

Joan lächelte kurz. »Da mögen Sie Recht haben. Aber die Regeln haben sich geändert. Ich denke, Sie sollten sich dessen bewusst sein.«

Joan beugte sich vor und schenkte mir einen weiteren Schluck ein.

»Lassen Sie mich eine Geschichte erzählen«, sagte sie. »Während des Ersten Weltkriegs stand Atatürk, bevor er überhaupt so genannt wurde, zusammen mit seinen Männern im Schützengraben. Wir haben diesen Grabenkrieg mittlerweile vergessen. Wir scheinen die gesamte Geschichte vor Hitler vergessen zu haben. Aber diese Schützengräben, nun ja, ich schweife ab, aber sie waren ein schrecklicher Ort. Auf allen

Seiten diese tiefen Gruben, mit Dreck, Ratten und anderen Dingen, die schlimmer waren als Albträume. Man ging hinein und wusste, die Chance, wieder herauszukommen, war praktisch null. Amerikanische Generäle schickten ihre Jungs mit Whiskyflaschen hinein. Scheint mir sinnvoll. Die Briten gaben ihren Jungs Teekannen mit. Die Briten feuerten die Türken mit ihrer Artillerie in Grund und Boden, die Einschläge näherten sich immer mehr dem Ort, an dem Atatürk stand. Die meisten Männer wären in dieser Situation in Deckung gegangen. Die meisten seiner Offiziere jedenfalls drehten sich um und flohen. Atatürk weigerte sich zurückzuweichen. Während seine Männer zusahen, steckte er sich eine Zigarette an. Er blieb bei ihnen. Und – wundersamerweise – das Bombardement hörte auf.«

»Wer ist Atatürk?«, fragte ich, und sie schüttelte den Kopf.

»Was bringen denn die anderen Professoren Ihnen heutzutage bei?«, fragte sie. »Ich denke, es spielt keine Rolle, ob Sie wissen, wer er war, oder nicht, solange Sie verstehen, was er tat und warum er es tat.«

Sie öffnete eine Schublade des kunstvoll geschnitzten Sekretärs und zog einen Bogen Papier heraus. »Dies, meine Liebe, ist die Kopie eines Memorandums, das ich geschrieben habe.« Sie gab es mir. »Na los, lesen Sie es.«

Es war laut Datierung drei Wochen alt und an den Außenminister adressiert. In Auszügen lautete es wie folgt:

»Eine Anzahl von Hinweisen, über die ich mit Ihnen nach Ihrer Rückkehr aus dem Nahen Osten gerne sprechen würde, zeigt mir, dass der Augenblick naht, an dem diejenigen, die davon überzeugt sind, dass ein Fehler begangen wurde, alle ihre Kräfte dafür einzusetzen beginnen, es auch zu beweisen und einen großen Skandal zu verursachen. Ich bin davon überzeugt, die notwendigen Schritte unternehmen zu können, um die Initiative zu behalten. Ich sollte hinzufügen, dass diese Leute nicht dieselben Informationen zu besitzen scheinen, die uns zur Verfügung stehen, und dass ich befürchte, dass ihr Unterfangen ein furchtbares Durcheinander erzeugen wird, welches nichtsdestotrotz keine Klarheit schaffen wird. Es wird eine ärgerliche und überflüssige Krise auslösen, die man dadurch verhindern kann, dass beizeiten Gerechtigkeit geschaffen wird.«

Ich sah ihr fest in die Augen. »Sie haben sich da ziemlich weit aus dem Fenster gelehnt.«

»Vielleicht. Aber ich bilde mir gerne ein, dass ich dem Ministerium und dem Wohle der Nation tiefer verpflichtet bin als mir selbst. Meine Weste ist weiß. Ich mag meine Arbeit und ich habe keinen besonderen Ehrgeiz, noch höher zu klettern. Meine Loyalität gegenüber dem Minister, und natürlich auch der Nation, ist unerschütterlich und über jeden Zweifel erhaben. Aber« – sie rutschte in ihrem Sessel herum –, »ich spüre auch die Notwendigkeit, diese Affäre zu entwirren, bevor Ihr seltsames Syndikat die Wahrheit den Medien in den Rachen wirft.«

Sie ließ sich zurücksinken und schwieg eine ganze Weile. »Ihr Instinkt hat Sie nicht getäuscht – aber Sie waren zu unbekümmert. Wenn Sie genau hinschauen, werden Sie erkennen, dass an den Kopf der Kopie ein Notizzettel geheftet war.«

Und tatsächlich, da war ein kleiner Zettel in der oberen rechten Ecke, durch den der Schatten einer Büroklammer zu sehen war. *Dies ist ein Fass, das wir nicht wieder aufmachen können. Sagen Sie nichts.*

»Wer hat das geschrieben?«, fragte ich.

»Schauen Sie sich genau an, wer alles eine Kopie erhalten hat.«

Nur ein Name: August Mercer.

»Ich gehe nicht davon aus, dass dieses Schriftstück an die Medien weitergegeben wird«, sagte Joan. »Betrachten Sie es als Ihren letzten Trumpf. Benutzen Sie es nur, wenn sie mich kampfunfähig gemacht haben und Ihnen das gleiche Schicksal droht. Diese Jungs halten sich nicht an die Regeln. Wenn Sie glauben, dass das, was Sie bis jetzt erlebt haben, schlimm war – nun ja, dann werden Sie sich noch wundern. Und wenn Sie damit fertig sind« – sie deutete auf mein Glas –, »hören Sie auf zu trinken. Sie können es sich nicht leisten, ihren Verstand baden zu schicken. Wenn das hier vorbei ist, machen Sie einen drauf, oder was Sie sonst gerne tun wollen. Aber nicht vorher. Was Sie tun und was Sie sagen, hat nicht nur Auswirkungen für Sie selber. Und, ganz ehrlich, Kate, jetzt, wo Sie alles ans Licht gezerrt haben, sollten Sie besser nicht schlapp machen.«

»Soll ich um eine letzte Zigarette bitten«, sagte ich schwach.

»Nicht im wörtlichen Sinne.« Joan lächelte und begleitete mich zur Tür.

10

Fünf Schritt vor und sechs zurück

Unermüdlich ließen die Anti-Goldianer ihre Prosa und ihre Übertreibungen in Zeitungen und Fernsehsendungen aufmarschieren, und sie beabsichtigten nicht, ihre Mission aufzugeben. Heute Abend in einer typischen Talkshow: »Irgendein Typ, der zufällig mit Lyle Gold in derselben Schulklasse war!« Oder: »Lasst uns über Kate Boothes bisherige Verdienste reden, mit einer ehemaligen Verbindungsschwester, einem ehemaligen Nachbarn und einem ehemaligen Liebhaber!« Bei Letzterem war ich mir nicht sicher, was eigentlich schlimmer war, dass es überhaupt gesendet wurde oder dass meine Eltern es sich *in meiner Wohnung* anguckten. Meine Mutter presste ihre Lippen so fest aufeinander, dass sie schließlich ganz verschwunden waren. Ganze drei Tage ging es noch so weiter. Ich konnte mich nicht aufraffen, ins Büro zu gehen. Die Meute wartete draußen auf mich.

Ich entfaltete das *Wall Street Journal* über meinem Frühstücksjoghurt und schlug den Politikteil auf. Ah, dort war ein besonders unschmeichelhafter Holzschnitt von mir zu sehen, darunter wurde behauptet, dass ich eine »zivile Komplizin« sei und »die treibende Kraft hinter all dieser Agitation«. Donnerwetter. Die treibende Kraft der Agitation! Ich schlürfte meinen Kaffee und dachte darüber nach. Einmal war einer unserer Klienten, ein Kongressabgeordneter, untröstlich über einen Brief gewesen, den er nach einer besonders umstrittenen Abstimmung von einer Bürgerin seines Wahlkreises bekommen hatte: »Sie schreibt, dass ich schlimmer sei als Hitler! Schlimmer als *Hitler*?«

»Nichts als Geschwätz«, sagte meine Mutter, die über meine Schulter hinweg mitgelesen hatte.

Oh, es gab ein kleines Fünkchen Hoffnung. Eine ungenannte Quelle aus dem Pentagon sagte der *New York Times*: »Wir müssen alle übereilten Manöver und Initiativen vermeiden, die sich als unumkehrbar erweisen könnten.« Ich fragte mich, wie lange diese Feiglinge mich noch hängen lassen würden. *Geht doch endlich an die Öffentlichkeit, ihr Schweinehunde*, dachte ich. Ich war also in bester Laune, als ich endlich meine E-Mails abrief. Ich hatte seit drei Tagen nicht mehr nachgesehen, eine beispiellos lange Zeit während einer Geschäftssaison, selbst für meine Verhältnisse. Es hatte sich ein ziemlicher Berg angesammelt, den ich durcharbeiten musste. Besonders eine Nachricht hätte ich gerne früher gelesen:

> Kate, mir ist von vielen gut informierten Leuten zugetragen worden, dass du aktiv an dem Versuch beteiligt bist, Lyle Gold durch mich zu ersetzen. Angesichts einer solch ungeheuren Anschuldigung und trotz der Beweise, die mir vorgelegt worden sind, kann ich noch nicht so recht glauben, dass eine junge Frau mit deiner Intelligenz versuchen würde, *einen ihrer Freunde* gegen diesen Schurken einzutauschen, dem nachgewiesen wurde, dass er das Verbrechen begangen hat.

Nun ja. Die Nachricht war von Reiff Proutys E-Mail-Konto abgeschickt worden, aber bei den vielen falschen E-Mails, die zurzeit kursierten, war ich da etwas misstrauisch. Es gab nur einen Weg, es herauszufinden, und es war nicht allzu schwer, seine Telefonnummer in Erfahrung zu bringen. Er klang unglaublich aufgedreht, aber auf diese durch Schlafentzug verursachte Art, und überrascht, meine Stimme zu hören.

»Ganz schön heftige E-Mail, um sie einem Mädchen zum Frühstück zu servieren«, sagte ich zu ihm.

»Wovon redest du?«, fragte er.

»Wer sagt, dass ich sage, dass du der verdammte Übeltäter bist?«, sagte ich mit gleichmäßiger Stimme.

»Ich denke ... ich denke ... warte mal ...«, stotterte er, um dann zu glucksen: »Warum fangen wir nicht noch mal von vorne an?«

»Na gut. Als ich das letzte Mal von dir hörte, warst du derjenige, der Anschuldigungen verbreitete. Erinnerst du dich daran, wie du meintest, dass Freddy Banks der Verräter wäre?«

»Ja, ich hatte dich deswegen angerufen, aber du weißt besser als die meisten Leute, dass in dieser Stadt eine Menge Gerüchte zirkulieren. Ich kann mir nicht aussuchen, was mir so zu Ohren kommt. Ich habe sogar gehört, dass du beim Astronauten-Trainingsprogramm angenommen worden bist, aber das Angebot abgelehnt hast.«

»Ich ...«, ich verlor den Faden. *Astronauten-Trainingsprogramm?*

»Eine ehemalige Sekretärin aus deiner alten Beratungsfirma hat das behauptet«, erzählte mir Reiff.

»Was zum Teufel soll ich denn im Weltraum, Sätze grafisch darstellen?«

»Sie sagt auch, dass du keine Unterwäsche tragen würdest.«

»Oh. Da hat sie wohl Recht.« Ich wusste, dass ich ihn damit entwaffnen konnte. Und tatsächlich, er gluckste. »Reiff, jetzt mal im Ernst, was ist hier los?«

»Vielleicht solltest du es mir erklären«, sagte er. »Du bist schließlich diejenige, deren Klient im Schlamassel steckt. Und so wie es aussieht, steckst du genauso im Schlamassel. Die Grand Jury, der Freund verschollen. Was ist überhaupt aus Roberto Picchi geworden? Er war doch dein bester Trumpf.«

Ich kümmerte mich nicht um die Schärfe, die sich in Reiffs Stimme eingeschlichen hatte. »Wie genau kommst du denn auf diese Idee?«

»Jemand, der mit so viel weiblicher Tücke ausgestattet ist wie du, hätte ihn doch überzeugen können, zu Papa zu laufen und ihn zu fragen. Dann hättest du es mit Sicherheit gewusst. An der Stelle hast du es vermasselt, Kate.«

»Danke für deine wertvollen Beobachtungen«, sagte ich.

»Hör mir mal gut zu, meine Liebe. Es gibt viele Leute – mächtige Leute –, die mächtig sauer auf dich sind.« Reiff klang ziemlich ungehalten, um nicht zu sagen entrüstet. »Musstest du Mercer neulich wirklich beim *Namen* nennen?«

»Ich habe nur gesagt, dass ...«

»Du verabschiedest dich besser von der Fantasie, der du da nachhängst, mehr sage ich dazu nicht. Lyle Gold ist der Verräter, und er wird bestraft. Das ist die offizielle Version der Dinge. Einige Leute mögen vielleicht zweideutige Aktionen starten, aber sie wissen, was sie tun, Kate. Sie spielen dieses Spiel schon länger als du. Und es steht viel auf dem Spiel für sie.«

Es war witzlos, diese Diskussion fortzuführen. Ich dankte Reiff, dass er sich die Zeit für mich genommen hatte, und legte auf.

*

Der Wortwechsel mit Reiff hatte ein wichtiges Resultat erbracht: Er trieb mich zurück ins Büro. Also gut, jetzt hatte die Verteidigungsstrategie des Syndikats die Gold-Affäre über die Umgehungsstraßen hinaus aufgeblasen. Das war mein Ziel gewesen. Also zog ich mir eine weiße Bluse und graue Hosen an, um der Welt entgegenzutreten. Die Fotografen vor meiner Tür waren so überrascht, mich zu sehen, dass sie etwas langsam auf Trab kamen. Ich beschloss, ein bisschen zu warten, damit alle ihre Bilder bekamen. Witzlos, die Bestie zu reizen. Füttern funktioniert besser.

Ich machte kurz Halt in meinem Lieblingscafé und kaufte Espresso für Jack und mich. Und als ich am Zeitungsstand vorbeikam, musste ich breit grinsen, als mich Mimi Ryan von der glänzenden Titelseite eines politischen Magazins herab verführerisch anschaute: MISS WASHINGTON KÄMPFT FÜR GERECHTIGKEIT. Wenigstens eine hatte viel Spaß bei dieser Sache. Mein Blick wanderte zur Titelseite eines New Yorker Boulevardblattes (ja, man bekommt die auch in Washington). Dort konnte man Charlie Peguy bewundern, der mit blutiger Nase und einem geschwollenen Auge in den Seilen eines Boxrings hing. Ich warf dem Verkäufer einen Vierteldollar hin und riss die Seiten auseinander.

ROCKMUSIKER AUSGEKNOCKT

Es sollte ein freundschaftlicher Sparring-Kampf zwischen Vereinskameraden vom Chelsea Piers Club werden: Gitarrist Charlie Peguy von der Rockband *Kitchener's Wood* gegen Immobilienanwalt Felix Saussier. Doch die Stimmung wurde ungemütlich, als Peguy vor dem Kampf lautstark den Verräter Lyle Gold verteidigte.

»Antiamerikanisch«, sagte Saussier. »Ich will mal dieses Wort benutzen, damit man es auch abdrucken kann. Als ich ihn hörte, wusste ich, dass ich ihm eine Lektion erteilen musste, so wie wir sie Bin Laden erteilt haben.«

Nach den Regeln des Vereins sind in Sparring-Kämpfen keine Schläge gegen den Kopf oder ins Gesicht erlaubt. Saussier hatte den Rockmusiker nach Aussagen von Zuschauern »mindestens zehn Minuten lang« vertrimmt, bevor der Übungsleiter eingriff.

Peguy wurde in ein lokales Krankenhaus gebracht, wo er wegen einer Gehirnerschütterung behandelt werden musste. Ein *Kitchener's Wood-Konzert*, das für denselben Abend geplant war, wurde abgesagt. Der Chelsea Piers Club wollte keinen Kommentar abgeben.

Charlie sprach mir an diesem Tag noch eine Nachricht auf den Anrufbeantworter: »Ich schaute in seine Augen, und ich sah den Feind.« Er erzählte mir, dass er noch im Krankenhausbett einen Song darüber schreiben wolle. Er tat es nicht meinetwegen oder gar wegen Lyle Gold, sondern weil so ein »Silberlöffelarschloch«, wie Charlie es ausdrückte, ihn verprügelt hatte.

*

Am selben Abend, fast eine Woche nach meiner Aussage, trat mein Vater mit einem Seufzen auf den Balkon hinaus. »Kate, komm doch bitte mal raus. Ich möchte mit dir reden.« Er schloss die Tür hinter uns.

O Gott, dachte ich, zu allem Überfluss bekomme ich jetzt doch noch die Bienen-Blumen-Nummer zu hören. Ich schlurfte widerwillig zu ihm hin. Mein Vater klopfte eine Zigarette aus einer roten Schachtel. Er hatte eigentlich vor drei Jahren aufgehört, nachdem er am offenen Herzen operiert werden musste. Jetzt fühlte ich mich noch schlechter. Nur wegen mir hatte er wieder angefangen zu rauchen.

Er schaute mich an und lächelte matt. »Deinetwegen habe ich die Sorgenfalten auf meiner Stirn«, sagte er. »Das hier« – er wedelte mit der Zigarette – »ist wegen deiner Mutter. Sie hat das ganze verdammte Haus in einem Pfirsichton streichen lassen. Am liebsten würde ich das ganze Ding verkaufen.«

Ich lächelte auch und lehnte mich gegen das Geländer. Früher am Tag hatte es geregnet, und stickige Dampfschwaden stiegen vom heißen Pflaster unten auf der Straße nach oben. Mein Vater paffte nachdenklich vor sich hin. Er war schon immer derjenige gewesen, zu dem ich mit meinen Problemen gegangen war. Meine Mutter konnte brüllen und mit den Füßen stampfen, wie sie wollte, nie konnte sie mich zu irgendetwas bewegen, zum Beispiel mein Zimmer aufzuräumen. Aber mein Vater brauchte mich nur anzusehen und zu sagen: »Kate, ich bin enttäuscht von dir«, und ich war in Tränen aufgelöst. Mein Vater war das einzige Familienmitglied, das nicht zu ersticken drohte, weil ich an der juristischen Fakultät gescheitert war. Stattdessen hatte er Zigaretten konsumiert, eine nach der anderen, bis er eine ganze Packung durch hatte, und dann gesagt: »Ist schon in Ordnung, Kate.«

Jetzt konnte ich nur sein schemenhaftes Gesicht im Mondlicht und die glühende Spitze seiner Zigarette sehen.

»Ich hasse es, wenn du rauchst«, sagte ich zu ihm.

»Nun ja, ich hasse es, wenn du Bourbon trinkst«, antwortete er. »Und ich hasse es, dass du in diese Situation geraten bist. Das hier ist wirklich schlimm, Kleine. Schlimmer als alles, was ich je gesehen habe.«

Es folgte eine dieser unendlichen Gesprächspausen, die er schon immer geliebt hatte, im Gerichtssaal und auch sonst, dann fuhr er fort. »Dein Onkel Sig hat mir heute Abend erzählt, dass dir nichts weiter passieren wird, zumindest, soweit es die Regierung betrifft. Es war nicht dein Kopf, den sie wollten, so wie er es auch vermutet hatte. Sie sind nicht glücklich darüber, dass deine Zeugenaussage durchgesickert ist, aber sie können es nicht zu dir zurückverfolgen. Also werden sie die Anschuldigungen fallen lassen. Sie wissen, dass sie es niemals bis zu einer Anklageerhebung bringen können.«

Die Androhung einer Anklage war niemals ein Problem gewesen. Ich hatte die ganze Zeit gewusst, dass ich in diesem Punkt gewinnen würde.

»Sie werden andere Wege finden, wie sie dich fertig machen können«, sagte mein Vater schließlich. »Ich weiß nicht, wie ich dir noch helfen kann. Ich habe hin und her überlegt und mein Gehirn zermartert, aber ich kann die magische Formel nicht finden, die dich beschützen könnte.«

Sein Gesicht sah dermaßen angespannt und gepeinigt aus, dass ich direkt loslegte: »Papa, du brauchst wirklich nicht ...« Aber er schnitt mir das Wort ab.

»Ach Kate, ich weiß, dass ich es nicht tun muss«, sagte er und nahm einen tiefen Zug. »Als du auf der Treppe zum Gerichtsgebäude gesprochen und als du deine Zeugenaussage gemacht hast, da wusste ich genau, was du vorhattest. Kleine, nicht einmal dein Großvater in seinen besten Tagen hätte den Mumm gehabt, so etwas zu versuchen. Du hast es beinahe geschafft – es war verdammt knapp. Aber du weißt, dass niemand außerhalb des – wie werdet ihr genannt, das Syndikat? –, dass niemand außerhalb des Syndikats bereit war zuzuhören. Ich habe dich allerdings beobachtet. Du *kannst* die Leute dazu bringen, diesen Fall anders zu betrachten.«

»Glaubst du das wirklich?«, fragte ich.

»Ich bin davon überzeugt«, antwortete mein Vater sofort. »Weißt du, was du tun musst? Du musst dafür sorgen, dass sich die Leute wohl fühlen, wenn sie deiner Argumentation glauben. Ich bin zufällig der Ansicht, dass das eine besondere Fähigkeit von dir ist. Ich höre dir zu. Selbst wenn ich nicht deiner Meinung bin, wäre ich es gerne. Nun, natürlich glaube ich, dass du diese Eigenschaft von *mir* geerbt hast, aber deine Mutter ist da vielleicht anderer Ansicht.«

»Ich möchte gewinnen«, sagte ich plötzlich.

»Ich weiß, dass du das möchtest. Und deswegen werden deine Mutter und ich dir nicht länger auf die Nerven gehen. Du hast auch ohne uns noch genug Arbeit zu erledigen.«

»Wirst du dann aufhören zu rauchen?«, fragte ich.

»Wenn dies alles vorbei ist, werde ich es bestimmt tun«, antwortete mein Vater.

»Atatürk hat sich eine Zigarette angesteckt«, sagte ich, wie im Traum.

Mein Vater zog mit Genuss an der seinen. »Um Himmels willen, mach es ihm bloß nicht nach. Du wirst noch für Jahre im Schützengraben sein.«

*

Ich wusste, dass *Kitchener's Wood* Anfang September in London spielen wollten. Es sollte der erste Auftritt ihrer Europatournee werden, hatte Charlie Peguy in einer E-Mail an mich geschrieben. Er fügte hinzu: »Wir werden ein paar neue Sachen ausprobieren.« Ich schenkte dem nicht allzu viel Aufmerksamkeit. Ich würde mich nicht einmal in der Nähe des Astoria befinden. Ich würde den Refrain von Charlies Song »Goodbye to All That« nicht hören, der ungefähr so ging:

Sie sagen, Geld macht keine Leute,
außer du bist Aristokrat oder Diplomat oder Demokrat
Dann sperr noch einen Unschuldigen weg
Wer zählt schon nach?
Es ist nicht Junoon
Nimm Abschied von alledem.

Ich hatte gehört, dass das Publikum dieses Stück liebte, vor allem den treibenden, wütenden Beat. Ich hatte auch gehört, dass offizielle britische Stellen weniger erbaut waren. Nach noch nicht einmal vierundzwanzig Stunden wurde Charlie verhaftet. Der Vorwurf lautete »Anstiftung zu religiösem Hass«, was gemäß der Antiterror-Gesetzgebung des Landes ein Verbrechen war.

»Wen kennen wir im Oberhaus?« Jack trommelte mit den Fingern auf seinem Schreibtisch, als die Neuigkeit in unseren Kabelkanälen die Runde machte.

Die Situation war kompliziert. Nach britischem Recht konnte Charlie unbefristet ohne Gerichtsverhandlung festgehalten werden (nicht unähnlich unserer Einstufung als *feindlicher Kämpfer*, der ebenfalls keine Rechtsmittel einlegen konnte). Was Charlie Peguy in die Schusslinie gebracht hatte, war das Wort *Junoon*. Die Briten behaupteten, dass dieses Wort – Urdu für »ekstatisch« – mit höchster Wahrscheinlichkeit ein Aufruf zum heiligen Krieg an alle fanatischen Muslime auf der ganzen Welt war.

Nun ja, natürlich wusste Charlie, was *Junoon* bedeutete, seine Mutter stammte schließlich aus Pakistan. Aber weil das Wort meistens im Zusammenhang mit Leidenschaft gebraucht wurde – Leidenschaft im Sinne von sexuellem Verlangen – und weil Charlie offiziell katholisch war – ein Erbe von väterlicher Seite –, war es mir ein absolutes Rätsel, wie mehr darin gesehen werden konnte als ein Wort in einem Liedtext. Aber man kann ja alles in seinem Sinne verdrehen. Charlie Peguy war zu einem Problem geworden. Also musste man sich um ihn kümmern.

»Ich liebe das Kriegsrecht«, brummelte Jack, als er vergeblich die Liste unserer Klienten durchsuchte. Niemand wollte damit zu tun haben (»In England bist du schuldig, bis du deine

Unschuld beweisen kannst«, sagte einer unserer Kongressabgeordneten. Wie unterschied sich das von dem, fragte ich mich, was unser Generalbundesanwalt gerade versuchte?).

Wundersamerweise gelang es Charlie, in unserem Büro anzurufen. »Unsere Anwälte versuchen gerade ihr Bestes«, sagte er. »Aber es ist nicht einfach. Ich sehe wie ihre Version eines Terroristen aus.«

»Mach dir keine Sorgen«, sagte ich. »Sie werden eine Frage der Meinungsfreiheit daraus machen. Wart's nur ab.«

Er lachte verbittert. »Das glaube ich nicht. Du bist viel zu optimistisch. Es gibt nicht allzu viele Einzelgänger unter uns Kulturschaffenden. Sie machen sich Sorgen um ihre Einnahmen. Wart's nur ab. Sie werden einknicken.«

Und zu meinem Entsetzen taten sie das. Ich hatte mich schon immer gerne der Illusion hingegeben, dass die kreativen Typen in dieser Welt keine Angst davor hatten, gegen den Strom zu schwimmen. Aber nur sehr wenige hatten ihr Vermögen nicht irgendwie einem Konzern zu verdanken. Es zahlte sich nicht aus, die großen Jungs zu ärgern. Und außerdem war *Kitchener's Wood* nicht gerade eine große Gruppe. Abgesehen von ein paar wenigen Einzelkonzerten spielten sie hauptsächlich auf Festivals. Charlies Band wurde von der Plattenfirma fallen gelassen.

Und dann erreichte der Brief meine Wohnung. Ich erkannte das dicke, cremefarbene Papier sofort wieder, dasselbe hatte Roberto verwendet, als er mir unmittelbar nach unserem gemeinsamen Abend in Venedig geschrieben hatte, um mich zu ihm nach Rom zu locken: *Deine Lippen, deine Augen, dein Lächeln sind auf meiner Netzhaut eingebrannt, und so scheint es mir, als wäre ich dir immer noch nahe; eines ist sicher – in mir hat sich etwas verändert. Und was immer auch passieren wird, ich möchte, dass du weißt, dass du auf immer und ewig in meinen Gedanken und in mei-*

nem Herzen sein wirst. Mal ehrlich, wer würde mir jemals wieder solche Briefe schreiben?

Ich schenkte mir ein Glas Prosecco ein, bevor ich den Umschlag öffnete.

Dolcissima Kate,

ich habe mich mit meinem Vater getroffen. Es war nicht so schlimm. Ich bin sein Sohn. Er akzeptiert mich; er akzeptiert meine Mutter. Das war nicht der Grund, warum ich mich mit ihm getroffen habe. Ich wollte es wissen – ich musste es wissen, deinetwegen.

Ich habe erfahren, wer die Informationen weitergereicht hat. Vor nicht allzu langer Zeit war Reiff Prouty zu einem ungeplanten Treffen in der Botschaft.

Mein Vater wird nichts davon jemals einem anderen als mir gegenüber zugeben. Wahrscheinlich ist sich der Botschafter bewusst, dass sein Sohn diese Information an dich weitergeben wird. Ich bin mir sicher, dass du diese Information mit der nötigen Diskretion behandeln wirst.

Deine Vespa wartet auf dich.
Pass auf dich auf.

Bei den letzten Sätzen musste ich lächeln. Roberto hatte gedacht, ich sei verrückt geworden, als ich mir eine meerschaumgrüne Vespa kaufte. Mir wurde plötzlich bewusst, dass ich kaum mehr als diese Vespa dort zurückgelassen hatte. Als ich meine Taschen gepackt hatte, dachte ich, es wäre nur für eine begrenzte Zeit. Ich ging davon aus, dass ich zurückkehren würde. So jedenfalls hatte mein Plan oberflächlich betrachtet ausgesehen. Schürfte man allerdings etwas tiefer, erschien es gar nicht mehr so gewiss, dass ich zurückkehren würde. Roberto war weder dumm noch oberflächlich. Er musste es noch vor mir gewusst haben.

Als ich den Umschlag umdrehte, sah ich den Poststempel von Washington, D.C. Er war zurückgekommen und hatte mir nichts davon gesagt. Ich schenkte mir noch ein Glas Prosecco ein, während ich mit mir schimpfte. Oh, ich war gar kein so guter Mensch. Ich bildete mir gerne ein, dass ich edel und stark wäre. Aber ich war nur selbstsüchtig und zielstrebig. Wie anders konnte ich mir erklären, was ich dem einzigen Menschen angetan hatte, den ich je geliebt hatte? Er behandelte mich viel, viel besser, als ich es verdiente.

*

Jetzt war es an der Zeit, so zu handeln, wie es meiner Selbstdarstellung als mit allen Wassern gewaschene Beraterin entsprach. Ich drehte den Brief um. Es war zwar gut für mich als endgültige Bestätigung, aber meine offensive Verteidigungsstrategie in der Gold-Affäre war ins Straucheln geraten. Weniger als eine Woche nach meiner Aussage vor der Grand Jury hätte ich genauso gut im Moor versinken können. Ich brauchte ein neues Sprachrohr, einen bekannten Namen, einen respektierten Namen, eine Person, die weder durch parteipolitische noch ideologische Zugehörigkeiten belastet war. Ich brauchte jemanden, und zwar ganz definitiv einen Gesetzgeber – weil das die Leute waren, die Dinge in Bewegung setzen konnten –, der für seine oder ihre festen Überzeugungen bekannt war, vorzugsweise und im Besonderen in Bezug auf Wahrheit und Ehre. Wer zum Teufel hatte denn das Rückgrat, nur ein Jahr vor der nächsten Wahl deutlich seine Meinung zu sagen? Ich musste schon meine Laufschuhe schnüren und mich durch sieben Meilen am Potomacufer kämpfen und immer wieder dieses Problem hin und her wälzen, bevor mir der Name einfiel: Augie Scheurer-Kestner.

Hatte ich nicht einst den ehrwürdigen Senator des Öfteren kommentieren hören: »Wir leben in schwierigen Zeiten, und deshalb neigen wir vielleicht dazu, einfache Lösungen zu bevorzugen. Aber genau das wäre unser Untergang.« Mit Recht konnte man Scheurer-Kestner als den meistbewunderten Mann in der Politik bezeichnen. Er hatte es im Laufe einer langen Karriere vermocht, sich selbst über schnöde Parteipolitik zu erheben. Er sei ein *Denker*, pflegten die Leute zu sagen. Seine Liebe zu der Institution, der er diente, war bekannt (er war der Verfasser einer fünfzehnbändigen Geschichte des Senats). Und er zögerte niemals, zu einem Thema eine Meinung zu äußern, wenn er von ihr überzeugt war, selbst wenn er sich damit unpopulär machte, wie mit seiner Kritik an allein erziehenden Eltern oder der Raketenverteidigung (»Sieht aus wie die Videospiele von meinem Enkel!«, hatte er dem Verteidigungsminister während einer denkwürdigen Anhörung an den Kopf geworfen). *Mein* Senator, wenn ich das hinzufügen darf, den ich von Ferne bewundert hatte, während sein schlanker Körper allmählich vom Alter gebeugt wurde, sein Haupthaar war praktisch verschwunden, aber sein weißer Bart umrahmte säuberlich die schmalen Wangen.

Scheurer-Kestner hatte sich zu Beginn der Affäre höflich uninteressiert gezeigt. Sobald ich das Büro erreicht hatte, grub ich einen Artikel aus, in dem er folgendermaßen zitiert wurde: »Die Informationen, die ich bekommen habe, lassen mich an seine Schuld glauben.« In den späteren Interviews, die ich las, zeigte er sich mehr und mehr von Golds Verbrechen verwirrt und verärgert über den Fall. Alles klar, er war mein Mann.

Zufälligerweise kannte ich auch seine Büroleiterin. Wie es

das Schicksal so wollte, war sie die einzige von Jacks ehemaligen Freundinnen, die ich wirklich mochte. Ich rief sie also von meinem Handy aus an und fragte, wie im Augenblick denn so die werte Laune ihres Bosses sei. »Er ist achtundsiebzig«, sagte sie, nachdem sie einen Moment lang an ihren Lippen gesaugt hatte. »Er wird tun, was immer er für richtig hält.«

Genau das, was ich hören wollte. Ich würde ein besonderes Paket zu Scheurer-Kestners Lesevergnügen zusammenstellen und es durch meine vertrauenswürdige Assistentin zum Bürogebäude des Senats hinüberbringen lassen. So viel verriet ich auch der Büroleiterin, und sie versprach mir, es ihm zu geben. »Wir Mädchen müssen doch zusammenhalten«, sagte sie. Ich wusste, was sie damit meinte, also versprach ich ihr, dass Lili ihr für Sonnabend um acht noch einen Tisch für vier Personen freihalten könnte, komplett mit Extraprogramm (Champagner, zusätzliche Gänge, Digestifs). Lili würde sich ihre Fingernägel bei den Verrenkungen abkauen, die sie bei einer Frist von nur zwei Tagen dafür machen musste. Ich würde mich bei ihr ordentlich revanchieren müssen, keine Frage.

Ich muss zugeben, zum ersten Mal seit langer Zeit verspürte ich ein leises Zittern der Hoffnung. Augie Scheurer-Kestner war der ideale Mann, um unsere Sache wieder in Schwung zu bringen. Schließlich waren in diesem Fall Worte die Waffe der Wahl. Alles, was ich tun musste, war, mich dem Stapel Zeitungen zuzuwenden, der neben mir lag. Zum Beispiel: »Der Gold-Fall ist mir gleichgültig«, erzählte ein prominenter Autor der *New York Times.* »Wenn Gold unschuldig ist, umso schlimmer für ihn. Es hat berühmte Justizopfer gegeben. Wenn man eines von ihnen entdeckt, hat es überhaupt keinen Sinn, so viel Aufhebens darum zu machen. Jeder kann schließlich mal einen Fehler machen.«

Oder alle machen einen Fehler. Ich wusste, dass die Amerikaner sich für eines der beiden Lager entscheiden würden – für oder gegen Gold – als ob Gott sie danach beurteilen würde, wie weise sie seinerzeit entschieden hätten. Wenn es etwas gab, das allen ein gutes Gefühl gab, wenn sie gegen Gold waren, dann musste ich allen einen Grund dafür geben, sich gut dabei zu fühlen, *für* Gold zu sein.

*

Was ich Augie Scheurer-Kestner gegeben hatte, war natürlich eine Kopie von Robertos Brief. Es war ein Vertrauensbruch, aber, so fühlte ich, ein vertretbarer. Scheurer-Kestner war die Art von Mann, die Roberto respektieren würde. Und der Senator würde seine Quelle nicht preisgeben, darauf war ich bereit zu wetten. Er würde lediglich zur Erhärtung eines bereits bestehenden Verdachts dienen. Dabei waren auch, mit freundlicher Genehmigung von Joan Picquart, Kopien der E-Mails sowie die Nachricht, die ich von Reiff erhalten hatte.

Das Informationspaket, ordnungsgemäß von der Büroleiterin weitergegeben, appellierte erfolgreich an das Gewissen des guten Senators. Er rief mich, kurz nachdem er es erhalten hatte, an.

»Mir scheint«, hob er mit seiner überlauten Stimme an, »dass es dort jemanden gibt – diese Joan Picquart – die die ungeheure moralische Verantwortung, der sie verpflichtet ist, energischer wahrnehmen sollte. Man kann doch unmöglich zulassen, dass eine ehrbare Person ein so furchtbares Geheimnis für sich behält und einen Unglücklichen im Gefängnis verschmachten lässt.«

»Ich glaube kaum, dass diese Einschätzung ihr gerecht wird«, antwortete ich. »Die Abteilungsleiterin hat hinter den Kulissen gearbeitet. Es gibt andere, auf höherer Ebene, die genauso viel wissen, wenn nicht noch mehr, und auch sie haben nichts unternommen.«

»Was wollen Sie damit andeuten? Was soll ich denn mit Informationen anfangen, auf die ich mich nicht beziehen kann?«

»Sie sind ein Mann von unbestreitbarer Integrität«, sagte ich. »Die Menschen werden Ihren Argumenten Aufmerksamkeit schenken.«

»Und worauf, bitte schön, soll ich meine Ausführungen gründen, Miss Boothe? Soll ich mich allein auf meine Reputation verlassen?«, fragte er, halb im Ernst.

»Wen sonst gibt es denn noch, der so etwas besitzt?«, erwiderte ich.

Drei Tage und drei schlaflose Nächte später lieferte er. Jack stolzierte in mein Büro, klatschte eine Ausgabe der Washington Post auf meinen Tisch und sagte: »Nun, was sagst du dazu? Augie Scheurer-Kestner hat einen Leserbrief geschrieben. Wer mag ihm wohl diesen Floh ins Ohr gesetzt haben?«

Sehr geehrter Herr,

ich bin bass erstaunt über die Situation, die als Gold-Affäre bekannt ist.

Zur Zeit seiner Verurteilung war jedermann, eingeschlossen Militärrichter und Amtsträger der Regierung, von seiner Schuld überzeugt. Heute haben wir Grund zu der Annahme, dass das Gegenteil der Fall ist. Einige zweifeln; andere, darunter ein Abteilungsleiter des Außenministeriums, sehen die Situation, wie sie wirklich ist: Gold ist unschuldig.

Nicht nur ist dem Außenministerium bekannt, dass Gold unschuldig ist, man hat in höchsten Regierungskreisen auch Kenntnis von der Identität des wahren Übeltäters, des Verbrechers.

Ich appelliere an diese Männer und Frauen, die geschworen haben, die Verfassung unserer großartigen Nation zu achten, ihre Pflicht zu tun und eine Situation zu bereinigen, die ein einziger Hohn auf das ist, wofür wir stehen.

»Oh, mein Gott«, sagte ich.

»Nettes Stück Arbeit, Schätzchen«, sagte Jack. »Und jetzt sieh dir an, wie sie ihn hängen.«

*

Der Brief schreckte sicherlich die Klatsch- und Tratschgemeinde wieder auf. Einer der unverblümt verspotteten, aber dennoch gut besuchten Salons der Stadt gehörte einer Frau, einer Intellektuellen, die in Geld und Politik hineingeheiratet hatte. Sie hatte den Ehrgeiz, die Gastgeberin eines großartigen Salons zu werden, aber so etwas kann in einer Monokultur, wie man sie in Washington findet, nicht gedeihen. Jedes Gespräch dreht sich hier um Politik. Man kann es exzellentes Timing nennen, dass der Leserbrief von Scheurer-Kestner an genau jenem Abend veröffentlicht wurde, an dem diese Dame der Gesellschaft eine ihrer Dinnerpartys anberaumt hatte. Ich habe keine Ahnung, was genau dort gesagt wurde. Ich hörte von Fäusten, die auf Tische hämmerten, vom Mehrheitsführer des Abgeordnetenhauses (ich hatte immer gedacht, er wäre kurzsichtig), der den Landwirtschaftsminister mit einem Brötchen malträtierte, und von der Flasche 1986er Château Margaux, die komplett verschüttet wurde, als sich der Minister rächte, indem er um den Tisch herumhüpfte und den Mehrheitsführer zweimal mit der Hand in den Nacken schlug. Die Gastgeberin war also endlich zu der lang ersehnten beachteten Soiree gekommen. Ihr Gatte, ein Kongressabgeordneter, bemerkte gegenüber der

Presse nur trocken: »Zum ersten Mal wurde an unserem Tisch weder über Politik noch über Philosophie gesprochen.«

Es kam daher nicht überraschend, dass Scheurer-Kestners Büroleiterin ein Treffen mit mir ablehnte, als ich sie am folgenden Tag anrief. »Getan ist getan«, seufzte sie.

Truman Pace nannte ihren Chef einen »tattrigen Narr«. Die Presse erwischte August Mercer vor dem Steakrestaurant in der Innenstadt, das er mittlerweile regelmäßig heimsuchte, nachdem er in Lilis Etablissement einmal zu oft neben dem Kücheneingang platziert worden war, und er hatte einen passenden Originalton parat: »Wir sind enttäuscht über die Entscheidung des Senators, seine Karriere an der Seite eines Verräters zu beenden.« Das Ende der Karriere? Nun, es gab zwar keine Garantie dafür, dass er zur Wiederwahl antreten würde, auch wenn der Senat manchmal wie ein Alterswohnsitz für Millionäre wirkte.

Diese alten Knaben waren nicht besonders glücklich über ihren Kollegen. »Verdammt noch mal, wenn jemand Scheurer-Kestner heißt, dann kann er doch kein Goldianer sein! Dieser Ehrenmann hatte sich doch stets den höchsten moralischen Grundsätzen verpflichtet gefühlt«, nörgelte ein ebenso altgedienter Senator, Duke Guermantes, der es kaum glauben konnte, dass solch eine verdiente Persönlichkeit sich dem Syndikat angeschlossen hatte.

Man musste Scheurer-Kestner hoch anrechnen, dass er nicht einknickte. Jeden Tag schleppte er sich von seinem Büro zum Senat und wiederholte für die Hyänen, die ihn verfolgten, immer wieder seine Standardantwort: »Es sollte eine Revisionsverhandlung geben, oder sie sollten dem Mann einen neuen Prozess machen, diesmal in der Öffentlichkeit, wenn sie sich seiner Schuld so sicher sind.«

Nur ein paar Tage später, vor Lilis Restaurant, erzählte ich mit einer als Geschenk verpackten Flasche in der Hand ein paar Reportern: »Es gibt Leute, die können ihre Handlungen vor sich selbst rechtfertigen, indem sie die Wahrheit verdrängen und sich selbst über die wirkliche Lage belügen. Es ist ein sehr ausgefeilter Verteidigungsmechanismus, um das Gefühl persönlicher Verantwortung zu unterdrücken.« Das erste Mal seit Wochen konnte ich wieder lächeln.

DIE RATTEN
Verräter sammelt Verbündete

Gott liebt diese Schlagzeilen. Und Gott schütze die Bestie.

»Katie, Katie! Was glauben Sie?«

»Ist der Senator senil?«

»Ist Charlie Peguy ein Terrorist?«

»Was glauben Sie?«

Ich zählte die Kameras, die mein Büro belagerten: eins, zwei, vier. Nein, ich war entschlossen zu warten, bis es sechs waren. Was ich glaubte? Oh, sie wollten es eigentlich gar nicht wissen. Ich hätte es ihnen zum Fraß vorwerfen können. Vor allem glaubte ich allerdings – ich wusste es sogar –, dass ich kein Feigling sein wollte. Jetzt einzuknicken wäre wirklich peinlich gewesen.

Ich saß an meinem Schreibtisch und warf gerade die finsteren Boulevardblätter weg, als Joan Picquart anrief.

»Interessanter Hinweis auf mich in dem Leserbrief des Senators. Vielen herzlichen Dank, aber wenn ich meine Karriere zerstören will, dann möchte ich mir die Methode wenigstens selber aussuchen können. Oder was meinen Sie?«

»Aber Frau Professor«, schoss ich zurück. »Wir wissen doch alle ganz genau, dass Reiff der verdammte Verräter ist. Also, los geht's!«

»Das Einzige, was hier geht, ist Ihr Geschäft«, gab sie zurück. »Sie wissen nicht, wer Ihr Feind ist. Habe ich Ihnen denn gar nichts beibringen können? Sie haben es jetzt mit Mercer persönlich zu tun. Viel Glück!«

»Aber es geht mittlerweile nicht mehr um Verrat«, protestierte ich. »Es geht um einen zu Unrecht beschuldigten Mann, der ungerechterweise im Gefängnis sitzt, und um das Vertuschungsmanöver, das gerade läuft.«

»Aus Ihnen wird nie eine Diplomatin werden, wissen Sie«, sagte Joan. »Schauen Sie mal: Sie haben Mercer angegriffen. Sie kennen die Regeln. Sie gehen besser auf Nummer sicher und sorgen dafür, dass dieser Schlag ihn auch wirklich umhaut.«

Ich wusste es, klar. Die alte Weisheit: Wenn du in der Politik jemanden angreifst, dann tue es mit aller Härte und Konsequenz, denn wenn er irgendwie überlebt, wird er unvermeidlich höher aufsteigen als du. Aber würde diese Regel nicht auch andersherum gelten? Wenn Mercer mich angreift, würde dann nicht auch er dafür sorgen, dass so ein schlaues, junges Ding nicht noch einen zweiten Schuss auf ihn abgeben konnte. Und in dieser Stadt sprach einiges für diesen Ausgang. Mercer würde meinetwegen bestimmt nicht schlechter schlafen. Ich war ein Mädchen – er war ein Mann. Ihm standen alle Machtmittel zur Verfügung. Ich hatte nur mich selbst. Er hatte es allerdings auf meinen guten Ruf abgesehen. Was soll's, dachte ich, dann greife ich eben seinen an.

11

John Hancock hätte es getan

Ich kannte einen Rüstungslobbyisten aus der Stadt, Joe Morgan. Wir pflegten teilweise dieselben Bars zu besuchen, obwohl er Whiskey den Vorzug vor Wein gab. Eine seilartige Narbe verlief quer über seine Kehle, aber er schien nicht geneigt, darüber zu reden, und ich wollte ihn auch nicht dazu drängen. Rüstungslobbyisten haben normalerweise in der Armee gedient, und Joe Morgan war bei den Spezialeinheiten gewesen.

Es war leicht, meinen alten Freund zu finden – ich benutzte ein Ausschlussverfahren. In der dritten Bar hatte ich ihn gefunden, er saugte an einem Highball und nahm ein blutiges Steak auseinander.

»Miss Katie Boothe höchstpersönlich.« Morgan sah kaum zu mir auf, aber er lächelte. »Ich habe dich lange nicht mehr gesehen.«

»Was macht das Geschäft?«, fragte ich und lehnte mich gegen die Platte aus angeschlagenem Marmor.

»Die Abgeordneten sind aus der Sommerpause zurück. Sie müssen den Verteidigungsetat bis zum dreißigsten September verabschiedet haben. Sie werden es nicht schaffen. Immer dasselbe. Hol dir einen Stuhl.« Er deutete mit seinem Messer auf einen leeren Stuhl. »Du hattest viel zu tun in letzter Zeit, wenn ich das richtig beobachtet habe.«

»Viel einzustecken«, sagte ich, und Morgan lachte herzlich.

»Oh, ja, natürlich hattest du das! Aber du hast genauso gut wieder ausgeteilt, würde ich sagen. Was trinkst du heute Abend? Heh, Mike! Mike, weißt du, wer das ist?«, rief er dem blass aussehenden Barkeeper zu. »Das ist Kate Boothe, das arme Mädchen, das da draußen für Lyle Gold kämpfen muss. Gib ihr, was sie gerne möchte. Sie braucht es.« Erneut lachte er schallend.

»Mineralwasser«, sagte ich, und diesmal lachte Joe Morgan wirklich.

»Muss schlechter für dich laufen, als ich dachte«, sagte er.

»Ein paar Mal bin ich August Mercer über den Weg gelaufen«, sagte ich. »Wie ist er so?«

Morgan schnaubte. »Ein Arschloch. Alles, was du über diesen Typen wissen musst, ist, dass er sich im Machtrausch befindet. Er hat niemanden mehr über sich außer dem Präsidenten. Mit ihm und seiner Truppe ist es ganz einfach: Entweder bist du für sie, oder du bist gegen sie. Mehr gibt es dazu nicht zu sagen.«

»Wie ist sein Verhältnis zum Verteidigungsminister?«

»Er scheint sich darüber keine besonderen Gedanken zu machen«, sagte Morgan. »Der Verteidigungsminister und er kennen sich schon seit Ewigkeiten. Aber es gibt da einen internen Machtkampf. Einer will den anderen übervorteilen. Du weißt ja, wie so etwas läuft.«

Morgan blickte mich kurz an.

»Im Augenblick fühlt sich Mercer unbesiegbar, und vielleicht ist er es auch. Aber sagen wir mal, jemand schlägt eine erste Delle in seine Rüstung. Jeder hat eine schwache Stelle. Wenn jemand die seine finden und ausnutzen kann, dann wird es in dieser Stadt genug Leute geben, die nichts gegen seinen Sturz einzuwenden hätten. Kaum jemand würde diesem Kerl eine Träne nachweinen – *wenn* es denn passieren sollte. Die

Chancen stehen nicht gut, Kate. Im Augenblick ist er hier der König, und er lässt die Puppen tanzen.«

*

Und genau deshalb liefen uns wohl die Klienten nach links und nach rechts davon – ganz buchstäblich (wir waren schon immer stolz auf unsere ideologische Neutralität und parteipolitische Unabhängigkeit gewesen). Wir hätten nicht einmal die Löhne zahlen können, wenn wir nicht auf unsere eigenen Gehälter verzichtet hätten – angesichts der Tatsache, dass wir nur zwei Assistentinnen beschäftigten, ein wahrhaft trauriger Zustand. Und die Buchprüfung stand uns auch noch ins Haus. Ich saß in meinem Büro, gedämpftes Sonnenlicht fiel durch die hölzernen Jalousien. Der blau glühende Fernseher zeigte Bilder aus dem Abgeordnetenhaus. Verträumt dachte ich an die Zeit vor ein paar Jahren zurück, als ein netter Gesetzgebungsassistent mich in einer sitzungsfreien Zeit dort mit hineinnahm und die Aufpasser überreden konnte, mich im Stuhl des Sprechers Platz nehmen zu lassen. In Leder versunken – was für eine Perspektive auf diesen Raum.

Ich sah rechtzeitig zum Fernseher auf, um einen unserer Klienten aus dem Abgeordnetenhaus zu erblicken, ein gut aussehender junger Wilder aus Tennessee, der mit seiner besten dramatischen Stimme vom Rednerpult hinunterdröhnte: »Jetzt ist die Zeit der Wachsamkeit gekommen! Unsere Nation selbst ist unter Anklage, steht vor den Schranken des Gerichts! Unsere Handlungsweise ist die Handlungsweise der Demokratie, einer Demokratie, die durch einen Verräter in unseren Reihen und durch diejenigen, die ihn unterstützen, bedroht ist!«

Plötzlich erinnerte ich mich daran, dass dieser Kongressabgeordnete für den Senat kandidieren wollte und dass der amtierende Senator sich just an diesem Tag entschieden hatte, nicht mehr zur Wiederwahl anzutreten. Ein rechtzeitiger Anruf aus dem Weißen Haus, zweifellos.

*

Sie schwenkten die Zeitungen vor meinen Augen hin und her, als ich am folgenden Morgen in mein Büro kam. Die schwarz-weiß-roten Schlagzeilen prangten auf New Yorker Boulevardblättern, die ihre typische Kaltblütigkeit spüren ließen:

GOLDS PERVERSE SEXSPIELCHEN!
Ex-Geliebte lässt neue Bombe platzen!

»Kate! Kate! Hat er Sie auch gefesselt?«

»Haben Sie die Schlingen unter seinem Bett bemerkt?«

»Stehen Sie auch auf Bondage?«

Die Journalistentraube – ein einzelliges Lebewesen – bewegte sich auf mich zu, als ich versuchte, die Treppe hinaufzugehen. Ich seufzte und stellte mein Pokerface wieder her.

»Meine Damen und Herren, ich wünschte, ich hätte ein paar pikante Details für Sie parat, aber leider muss ich Sie enttäuschen«, sagte ich und versuchte erneut, mich um sie herumzumanövrieren.

»Würden Sie Gold als ›pervers‹ bezeichnen?«

Eins, zwei, vier, sechs. Also dann. Ich wollte, dass Lyle Golds Fall neu aufgerollt wird. Entsprechend den Regeln des Tribunals stand ihm nicht automatisch eine Revision zu. Es wurde Zeit, den Dingen einen Schubs in die richtige Richtung zu geben. Ich atmete tief ein.

»Ich würde sagen, immer wenn wir uns eines neuen Klienten annehmen, wissen wir üblicherweise ein bisschen mehr über ihn, als wir wollen – man nennt das ›vorsorgliche Gegnerbeobachtung‹. Und deshalb kann ich mit ziemlicher Sicherheit sagen, dass ich mich an keine anderen Knoten erinnern kann als an die in den Krawatten, die sich Mr. Gold gelegentlich um den Hals zu binden pflegte.«

Die Amöbe waberte erneut und versperrte meinen Weg.

»Haben Sie denn mit ihm geschlafen?«

»Schlafen Sie immer noch mit Xianxus Sohn?«

Vorsichtig jetzt, dachte ich, verliere bloß nicht die Beherrschung. Reiß dich zusammen. Lächle.

»Wenn es so weitergeht, könnte es sein, dass ich nie wieder einen Geliebten haben werde.«

Das rief Gelächter hervor.

»Ich bitte Sie«, fuhr ich fort. »Was Sie wirklich sagen wollen, wenn auch mit etwas mehr Worten, ist doch, ›Wir mögen Lyle Gold nicht‹. Na, und? Sie müssen ihn ja auch nicht mögen. Ich muss ihn auch nicht mögen.

In den letzten paar Jahren waren wir aufgefordert, alles unter einem übergeordneten Aspekt zu betrachten: Entweder bist du für uns, oder du bist gegen uns. So einfach ist das. Ein ganzes System ist sogar auf dieser Grundlage errichtet worden. Man braucht dazu nur eine Person – einen Buchhändler, einen Arbeitskollegen, ein Familienmitglied – die den Behörden erzählt, dass du in verdächtige Aktivitäten verwickelt bist – dass du ein bestimmtes Buch gekauft oder eine bestimmte Internetseite besucht hast –, und schon kannst du in Verwahrung genommen und von der Bundesregierung zu einem *feindlichen Kämpfer* erklärt werden, und das war's dann. Du wirst nicht mal eines Verbrechens beschuldigt werden, du wirst keinen Rechtsbeistand bekommen, aber du kannst während der gesamten Dauer des *Krieges* einem Verhör unterzogen werden.

Und das passiert nicht irgendwelchen Ausländern. Das ist das Verfahren für Amerikaner. Einem wirklichen Terroristen wie Timothy McVeigh wurden mehr Rechte zugestanden.

Sie denken vielleicht, ›Oh, mir kann so etwas doch nicht passieren. Diese Gesetze und diese Tribunale betreffen doch nicht mich. Ich habe schließlich nichts zu verbergen.‹ Aber auch Lyle Gold hatte nichts zu verbergen. Haben Sie jemals irgendeinen Beweis aus diesem geheimen Dossier mit eigenen Augen gesehen? Sie haben immer nur Andeutungen gehört. Reicht das aus? Leute wie August Mercer meinen, ja. Aber Leute wie August Mercer fürchten die Einschränkung der Grundrechte auch nicht. Sie denken sich nichts dabei, unsere bürgerlichen Freiheiten über den Haufen zu werfen, um die Freiheit durchzusetzen. Sie sagen, ›Entweder bist du für uns, oder du bist gegen uns‹. Und wenn du ihre Einstellung zu den amerikanischen Grundwerten infrage stellst, erklären sie dich zu einem Verräter.

Und denken Sie daran, was Lyle Gold getan hat: Er hat einige ihrer Handlungen infrage gestellt. Das dürfte ihnen nicht allzu sehr gefallen haben.

Aber das war sein Job – Fragen zu stellen. Dass man daraus einen Akt des Verrats machen kann, erschreckt mich zutiefst. Denn, meine Damen und Herren, allein durch die Gnade Gottes leben *Sie und ich.*«

Und aus der einen Zelle wurden zwei.

*

Nächster Schritt. Ich verbrachte den Nachmittag damit, ein paar Reporter in allen Ecken des Landes anzurufen und herauszufinden, wie wohl sie sich wirklich dabei fühlten, dass einer der ihren ohne anständiges Gerichtsverfahren im Gefängnis verschmachtete, während der wahre Verräter immer noch auf freiem Fuß war. Nur wenige legten prompt wieder auf. Der nette junge Mann, den ich einmal getroffen hatte und der für die *Los Angeles Times* schrieb, keifte mich an. Die alternative Presse jedoch, Gott segne sie, hörte interessiert zu. Die alternative Presse, üblicherweise in Familienbesitz und mit frischen Collegeabgängern oder notorischen Quertreibern bemannt, besaß traditionellerweise mehr Mumm als das Establishment. *Netzwerk der alten Herren*, wisperte ich.

Die Zeitung aus Chicago sprang uns bei und veröffentlichte die Tirade eines gewissen Bernie Lazard.

JUSTIZIRRTUM: DIE WAHRHEIT ÜBER DEN GOLD-FALL. Ich hätte dem Artikel vielleicht nicht allzu viel Aufmerksamkeit geschenkt, da er nichts enthüllte, was ich nicht schon wusste, aber in ihm wurde ausführlich ein Harvard-Professor namens Lucien Herr zitiert. Ein überaus angesehener Akademiker, wie sich herausstellte. Ich rief den einzigen Professor an, den ich kannte, und Joan wusste einiges zu erzählen: »Niemand kann so gut argumentieren wie er«, sagte sie. »Er kann die Wahrheit so vollständig begreifen, dass er sie mühelos weitervermitteln kann.«

Na, Gott sei Dank, dass Herr auf unserer Seite war. Geistesgegenwärtig leitete ich den Lazard-Essay an ein paar Talkshowredakteure weiter, die ich kannte. Und, siehe da, zwei Tage später erschien Herr in der Eddie-Drumont-Show. »Es scheint, dass der Staatsräson größeres Gewicht zugemessen wird als der Gerechtigkeit«, bekundete er gegenüber einem verdatterten Eddie. »Menschen, die an ihren Ämtern hängen, erschließt sich das Wesen der Gerechtigkeit nicht unmittelbar.« Eddie, rhetorisch und intellektuell überfordert (was er, wie ich annahm, sogar gegenüber dem toten Farn in Edgar Demanges Büro gewesen wäre), schaute verzweifelt in die Kamera, bis sich der Produzent seiner erbarmte und eine Werbeunterbrechung einschob. Es war allerdings Bernie Lazard, der den größten Aufruhr verursachte, der Sohn eines Schlachters aus der Chicagoer South Side, der sich seine Schulbildung nur durch den Beitritt zur Armee leisten konnte. Mit seiner militärischen Frisur und dem blauen Oxford-Hemd passte er so gar nicht in das Klischee des verbindlichen Vertreters der Medienelite, der einem gewöhnlicherweise im Reigen der Polittalkshows serviert wurde.

Ich konnte mir ein gewisses Frohlocken nicht verkneifen, als ich sah, wie das vertraute Gesicht am Ende der Woche bereits einen Fernsehkanal nach dem anderen beehrte. August Mercers Stimme war ruhig und seine Miene unerbittlich, doch direkt unter seinem linken Auge zuckte es nervös, als er der Presse, die sich vor seinem Büro versammelt hatte, mitteilte: »Die Ostküstenintellektuellen blasen zum Angriff auf das Herz Amerikas und die Werte und Tugenden, die uns so heilig sind.« Man konnte förmlich hören, wie Amerikas ›Herz‹ mit einem gigantischen, seufzenden Geräusch Atem holte. Derartige Repliken verfehlten so gut wie nie ihre Wirkung – Sie wissen schon, *Diese Klugscheißer aus der Stadt sollen sich doch zum Teufel scheren*! –, nur dass die meisten dieser Ostküstenintellektuellen offensichtlich auf Mercers Seite standen. Und das Herz Amerikas – Sie wissen schon, diese Leute draußen in Nebraska, die mich scheel angeguckt hatten – wurde endgültig dadurch in Verwirrung gestürzt, dass Mercer auf einen Jungen aus der Arbeiterklasse wie Bernie Lazard losging und gleichzeitig den Intellektuellen die Schuld gab, oder ihn als Intellektuellen bezeichnete, oder so ähnlich. Wie auch immer man es betrachtete, Mercer sah schlecht dabei aus. Er musste es gewusst haben. Mimi Ryan machte schließlich die Blitzumfragen für ihn.

*

Es war eine wunderbare Woche.

»Die Welt muss wissen: Wenn du in dieses Land kommst, dann musst du seine Bürger respektieren«, erklärte der konservative Aktivist, der schon zweimal für das Präsidentenamt kandidiert hatte.

»Gerechtigkeit fällt nicht vom Himmel«, beschied Lucien Herr mit ernster Miene. »Sie muss erkämpft werden.«

»Unsere Moral ist jetzt wirklich in Gefahr, Leute!«, geiferte Truman Pace. »Das Syndikat sammelt seine Truppen! Sie sind überall!«

»Das ist großartig, wirklich großartig.« Jack zappte sich durch die Kanäle. »Nur noch Gold, die ganze Zeit. Will irgendjemand Melvin Gluck diesen Stoff für einen Kinofilm verkaufen?«

*

Ich rief Scheurer-Kestners Büroleiterin an und regte an, dass sie ebenfalls einen Anruf tätigen könnte. »Du hast die Dokumente gesehen«, sagte ich ihr. »Du könntest den Namen Reiff Prouty ein paar Reportern gegenüber fallen lassen, denen du vertraust.«

»Im Augenblick vertraue ich gar keinem Reporter«, sagte sie.

Ich ließ mich nicht entmutigen. »Wie wäre es mit einem aus eurer Gegend? Ein Redakteur aus Springfield hätte doch bestimmt nichts dagegen, wenn er mal eher von etwas Wind bekäme als seine Kollegen in Chicago.«

Am selben Tag noch rief sie den Herausgeber der *Springfield Press* an. Und am folgenden Morgen erschien Reiff Proutys Name auf der Titelseite dieses kleinen Blattes aus dem Mittelwesten. Am Mittag war der Artikel bereits von den Nachrichtenagenturen entdeckt worden, und sie begannen, die Meldung über den Ticker zu schicken. Um zwei Uhr nachmittags bekam ich einen Anruf von der *New York Times.*

»Wir sind immer der Auffassung gewesen, dass Lyle Gold das Verbrechen nicht begangen hat, für das er angeklagt wurde«, sagte ich vorsichtig. »In Washington scheint es Leute zu geben, die für sich das Recht in Anspruch nehmen, dafür zu sorgen, dass eher jemand wie Lyle Gold angeklagt wird als ein Diplomat wie Reiff Prouty.« Demselben Journalisten erzählte ich auch, inoffiziell, von Reiff Proutys Beziehung zu August Mercer, und ob das nicht *faszinierend* wäre?

»Mensch, stellen Sie sich mal vor, es kommt tatsächlich heraus, dass Reiff Prouty es getan hat und nicht Lyle Gold, dann hängt Ihr Blatt ja hoffnungslos hinterher«, fügte ich hinzu. »John Jaures hat schon die ganze Story, nachdem er mittlerweile Monate recherchiert hat. Na ja. Zumindest könnten Sie es schaffen, die *Washington Post* zu schlagen.«

Ich bilde mir gerne ein, dass man die New York Times nicht manipulieren kann, sondern an ihren Sportsgeist appellieren muss, um sie zu etwas zu bewegen. Wie dem auch immer war, innerhalb kürzester Zeit waren jedenfalls drei ihrer Enthüllungsjournalisten auf die Story angesetzt. Dass ich überhaupt davon wusste, lag an einem Anruf von John Jaures. »Bislang hatte ich alles für mich selbst«, grummelte er. »Ich weiß nicht, ob ich mich ärgern soll, dass es damit jetzt vorbei ist, oder ob ich mich freuen soll, weil mich jetzt endlich niemand mehr für verrückt hält.«

Und es ergoss sich auf die weichen, grauen Seiten der dicken Sonntagsausgabe: Reiff Prouty, der junge Diplomat mit der verhängnisvollen Neigung zum Drogenkonsum ... brauchte das Geld ... durchkreuzte Karriereträume ... Gerüchte von Verrat. Die Erwähnungen waren beiläufig – bedenken Sie,

Enthüllungsjournalismus braucht seine Zeit – und konnten daher von Leuten wie August Mercer leicht ignoriert werden. Doch dann, am folgenden Montag, sickerte sehr, sehr versteckt und sehr, sehr leise eine andere Geschichte aus den Botschaftsvillen entlang der Massachusetts Avenue und tröpfelte auf kleine Leute wie die Schmeißfliege Lewis Tap herab.

Der hatte seinen Seersucker-Anzug gegen einen Nadelstreifen-Dreiteiler getauscht, der von einer Halsbinde gekrönt wurde. (Wer, um Himmels willen, trägt denn so etwas außerhalb von London?, als er sich an meinen Tisch im Le Sénateur heranpirschte, wo ich auf Jack wartete. *»So«*, gurrte er, »dein ehemaliger zukünftiger Schwiegervater hat also die Nase voll, wie ich höre.«

»Würde ich es wagen, ihn zu fragen?« Ich blickte erwartungsvoll zu ihm hinauf. Lewis zwinkerte und setzte sich in den Stuhl, der für Jack reserviert war.

»Oh, Kate, es ist einfach *fabelhaft*. Ich weiß nicht, ob ich jemals zuvor etwas Ähnliches gehört habe. Der Botschafter ist ein *sehr* guter Freund von Douglas *Dawson*, dem *britischen* Botschafter. Die Geschichte, die *ich* gehört habe, und ich habe sie mir sogar auf einem Stück Papier notiert – wo ist es denn? Ah! –, Xianxu hat Dawson erzählt, dass, ich zitiere, ›es inzwischen nicht mehr *darum* geht, einen Mann zu retten und den *wahren* Übeltäter seiner Strafe zuzuführen, nein, jetzt geht es darum, unsere *Ehre* zu verteidigen und gleichzeitig diesem *Mercer* eine Lektion zu erteilen und ihn zurechtzustutzen.‹ Hmmm. Was *das* wohl nun wieder zu bedeuten hat?«

Ein fröhliches Grinsen legte sich auf Lewis' Gesicht. Ein schrecklicher Anblick, wie sich die roten Lippen in die kreidebleichen Wangen schoben. Ich dankte Lewis für seine Geschichte. Er war etwas enttäuscht von meiner wenig dramatischen Reaktion, aber das wollte ich mir für Jack aufheben.

Ausgehend vom britischen Botschafter und Lewis Tap würde die Geschichte bis zum Ende der Happy Hour die diplomatische Runde gemacht haben.

*

Nun ja, natürlich gab es am Ende der Woche für den Generalbundesanwalt nicht besonders viel zu tun. Der sauertöpfische Mann, der es zwar immer noch nicht geschafft hatte, den Alkoholausschank bei Linienflügen zu unterbinden, dafür aber im Stillen schon ganze Abschnitte der Verfassung umgeschrieben hatte, lud Reiff Prouty zu einem kleinen Plausch mit der Grand Jury ein. Wir hätten wahrscheinlich nicht einmal davon erfahren, wenn es nicht John Jaures mit seinen exzellenten Quellen gegeben hätte, denn die ganze Angelegenheit wurde mit einer Heimlichkeit durchgeführt, die der Spezialeinheiten selbst würdig gewesen wäre. Husch herein, husch wieder hinaus, und Reiff Prouty hatte sein Märchen heruntergeleiert, bevor wir überhaupt wussten, dass er in einem Gerichtssaal saß.

»Das sind keine guten Nachrichten«, sagte John, als er mich von den Stufen des Gerichtsgebäudes anrief. Ich konnte ihn kaum verstehen, da ein früher Herbststurm seine Stimme verwehte. »Es sieht so aus, als wäre nichts weiter dabei herausgekommen.«

Ich betrachtete entrüstet meinen Hörer. »Wie kann denn *nichts* dabei herauskommen?«

»Zunächst einmal ist der Generalbundesanwalt ein alter Schulkumpel von Mercer.«

»Natürlich«, gestand ich ein. Nun ja, wenn ein Ansatzpunkt versagt, dann such dir einen anderen. »Ist außer dir noch jemand da? Irgendwer, der Bilder davon macht, wie sie das Gericht verlassen?«

»Ein paar«, sagte John. »Aber das wird uns auch nicht helfen.«

»Wie meinst du das?«

»Du wirst es verstehen, wenn du die Aufnahmen siehst.«

Was ich am selben Abend vor dem Fernseher tat. Dort sah man den gut aussehenden, jungen Mann in seinem elegant geschnittenen Anzug, mit genau dem richtigen dunkelblauen Farbton, durch den sein heller Teint hervorgehoben wurde. Reiff blickte direkt in die Kameras und sagte kühl: »Ich bin kein Verräter.« Seine Zähne blinkten strahlend weiß. Da wusste ich, dass es für ihn nur noch aufwärts gehen konnte.

Lili hatte sogar gehört, wie ein paar Lobbyisten, die an der Bar des *Le Sénateur* saßen, mit ihren Cognacgläsern anstießen und »Lang lebe Prouty« riefen. Während sich der Rest des Landes vielleicht noch fragen mochte, was überhaupt vorgefallen war, stürzte sich beinahe ganz Washington wie die Geier auf die beiden Stimmen, die sich gegen Reiff Prouty erhoben hatten.

Joan Picquart hatte das leise getan, aber ihr Name war trotzdem draußen, hauptsächlich meinetwegen. Der Außenminister (so wurde es dargestellt) hatte sich entschieden, seine zuverlässige Mitarbeiterin Picquart nach São Tomé zu entsenden, wo sie sich um die Ölangelegenheiten des Landes kümmern durfte. Die kleine Inselnation, beiderseits des Äquators im Golf von Guinea gelegen, wurde einmal wöchentlich von Lissabon aus angeflogen. Praktischerweise würde sich Joan also auf der anderen Seite der Welt befinden, weit entfernt von neugierigen Reportern oder hartnäckigen Beraterinnen. In einem Augenblick des Großmuts rief Joan mich an. Sie könnte sich glücklich schätzen, sagte sie. Der Minister hätte sie genauso gut zum Rücktritt auffordern können. Ich fühlte mich schrecklich.

Hinter den Kulissen gehen die Dinge sehr schnell – alte

Rechnungen werden beglichen, und in seiner langen, langen Karriere hatte sich Senator Augie Scheurer-Kestner mit Sicherheit einige Feinde gemacht, die nur auf eine Gelegenheit gewartet hatten, ihn zurechtzustutzen. Er war in derselben Partei wie August Mercer, aber das bewahrte den Senator nicht davor, seinen Posten als Ausschussvorsitzender zu verlieren.

Der Einfluss einer bestimmten Person allerdings wurde nicht geschmälert.

Es gibt keine extremen Hochs ohne extreme Tiefs, vermute ich, aber musste das alles so schnell passieren? Eine Woche, nachdem ich geglaubt hatte, den Umschwung herbeigeführt zu haben, hatte das Syndikat offiziell nicht nur eine Schlacht, sondern den gesamten Krieg verloren. *Sie werden nicht durchkommen* – tja, sie waren durchgekommen. Entgegen Joans Empfehlung öffnete ich eine Flasche Scotch und trank, mit Begeisterung, zwei Gläser. Ich dachte, ich würde mich dann hinreichend für einen weiteren Tag gerüstet fühlen. Stattdessen saß ich auf meinem Balkon, das Stereoradio jaulte von drinnen zu mir heraus, und ich fühlte einen stechenden Kopfschmerz in mir aufsteigen. Ich massierte meine Schläfen und schloss die Augen. Und dann hörte ich die Stimme im Radio verkünden: Und hier das Neueste von *Kitchener's Wood*, die die Hitparaden anführen, während ihr Gitarrist Charlie Peguy immer noch in London im Gefängnis sitzt. Die unverwechselbaren ersten Akkorde von »Goodbye to All That« drangen zu mir heraus.

*

Es begann mit den Kindern – den beiseite geschobenen Ghettokindern, wie Charlie sie genannt hatte –, die sich vernachlässigt und unwichtig fühlten und es überhaupt nicht mochten, wenn einer ihrer Helden in einem ausländischen Gefängnis landete. Sie kauften die Platte. Sie luden das Stück aus dem Internet herunter. Es war sogar die Rede von organisierten Protestaktionen, wodurch es weiterhin eine Bewegung an der Basis geblieben wäre, aber unglücklicherweise wurde der Song zu einem Hit. Die Kinder verloren nicht das Interesse an Charlie Peguy, obwohl ihre Gegenkultur-Protestfantasien von der Welle von Rechtsanwälten und anderen wichtigen Leuten, die plötzlich auf London hinabschwappte, fortgespült wurden. Wenn überhaupt, stieg das Interesse der Kinder an dem, was Charlie Peguy zu sagen hatte, noch weiter.

Ich stellte ein paar Nachforschungen an. Selbst auf dem Campus meiner Alma Mater, einer privaten Universität vor den Toren Chicagos, wo die Konkurrenz dermaßen hart war, dass die Studenten noch an Samstagabenden paukten, liefen Studenten mit FREIHEIT FÜR CHARLIE!-T-Shirts herum. In anderen Ecken des Landes gab es Kundgebungen und *Kitchener's Wood-Marathons* in den College-Radiosendern. Die Frage der Meinungsfreiheit, wenn schon nicht die Gold-Affäre selbst, hatte die Studenten zu guter Letzt mobilisiert. Die Tatsache, dass die alternativen Zeitungen bereits involviert waren, stützte nur Charlie Peguys Anspruch auf den Titel des Barden der Gegenkultur.

»Wenn es schon die Nummer eins in den USA ist, wie lange können sie ihn dann noch im Gefängnis behalten?«, fragte ich eine unserer verbliebenen Klientinnen aus dem Kongress.

»Wenn es die Nummer eins ist, dann wird die Plattenfirma schon einen Weg finden, ihn herauszuholen«, antwortete sie.

*

»Wir wissen doch alle, worum es hier geht«, sagte Charlie, nachdem die Briten ihn freigelassen hatten und er sich einen Weg durch die Masse der Reporter bahnte, die vor dem Gefängnis auf ihn gewartet hatte. »Ich war die beste Besetzung für eine Rolle in diesem Stück, nicht wahr? Ich habe eine ›verrückte‹ Frisur, und ich schreibe ›verrückte‹ Songtexte, also werde ich weggesperrt! Genau, ich bin eine Bedrohung. Ich bin eine Bedrohung, weil ich die Doppelmoral bloßstelle! Ich bin eine Bedrohung für die beschissenen Pseudokünstler – kann man das im Fernsehen so sagen? –, die sich nur Sorgen um ihr Geld und ihren Einfluss machen! Genauso sieht die Lage nämlich aus, Mann, und nicht nur hier, sondern auch in den Vereinigten Staaten, wo sie uns weismachen wollen, ›Du kannst unserer Justiz vertrauen, du kannst unseren Gesetzen vertrauen‹. Scheiß drauf! Meine ganze Zeit und meine ganze Kraft werde ich von jetzt an darauf verwenden, diese Arschlöcher zur Strecke zu bringen, die sich gegen einen Unschuldigen verschworen haben. Ich habe gehört, dass sie in den Bars in Amerika ›Lang lebe Prouty‹ brüllen. Das Erste, was ich tun werde, ist, in L. A. in meine Eckkneipe zu gehen, ein Bier zu bestellen und zu rufen: ›Lang lebe Gold‹.«

»Du großer Gott«, murmelte Lili, als sie das hörte – sie war in unser Büro herübergekommen, um den feierlichen Augenblick mitzuerleben. »Sie werden ihn umbringen!«

»Machst du Witze?« Jack lachte. »Sie werden noch mehr T-Shirts bedrucken.«

Keins von beidem geschah, aber als Charlie in Los Angeles ankam, wurde ein fantastisches Foto aufgenommen, als er wie versprochen sein Bier zu Ehren Lyle Golds erhob, umgeben von einer Horde gleich gesinnter Fans.

*

Ich neige nicht zur Schadenfreude. Vor allem nicht, wenn ich immer noch gemeine kleine Briefe und Anrufe bekomme, und nicht, wenn scheue Ex-Klienten immer noch einen Bogen um mich machen, meine Mentorin im Exil ist und mein berüchtigtster Klient in einer Gefängniszelle verschmachtet. Ich gebe aber gerne zu, dass es mir schwer fiel, meine Erregung zu bändigen, als ich am folgenden Morgen einen braunen Umschlag, Poststempel aus Charleston, öffnete. Jemand hatte seinen Mund nicht halten können. Eine abgelegte Freundin von Reiff, wie sich herausstellte. »Das haben Sie nicht von mir«, hatte sie auf die erste Seite gekritzelt. Armes Ding. Ihr Traum vom Leben als Diplomatengattin war ausgeträumt, als Reiff mit ihrer besten Freundin anbandelte. Ziemlich schäbig, irgendwie, und besonders unvorteilhaft für Reiff, denn nachdem er auch der Freundin den Laufpass gegeben hatte, hatten sich die Mädchen wieder vertragen und es für eine tolle Idee gehalten, mir ein paar Briefe ihres früheren Geliebten zu schicken. Spiele nie mit Südstaatenfrauen.

Selbst wenn die Briefe nicht unterzeichnet gewesen wären, hätte man keine Probleme gehabt, die Identität des Autors zu erraten:

> Wenn man mir heute sagt, dass ich morgen als Doppelagent sterben würde, der das Leben jener Idioten zerstört hat, die mich nicht für gut genug für ihr beschissenes diplomatisches Corps hielten, wäre ich ein absolut glücklicher Mensch.

Bingo! Damit war eindeutig bewiesen, dass Reiff enttäuscht gewesen war und, vielleicht, schon *Absichten* gehabt hatte. Doch dann erblickte ich das beste Stück von allen, den Ausdruck einer E-Mail von Reiff an eines der Mädchen. Es war eine liebenswerte Entschuldigung dafür, dass er am vorhergehenden Abend eine Verabredung nicht eingehalten hatte, wegen *mildernder Umstände, du weißt schon, mein Job.* Die Absenderadresse der E-Mail lautete Lgold@hotmail.com.

Meine erste Reaktion war keine in den Himmel gereckte Faust, als Erstes dachte ich nur »Was für ein Idiot!«. Da hatte ich Mao für einen der schlampigsten Spione in der Geschichte der Spionage gehalten. Nun ja, so viele Geliebte, um die er sich kümmern musste, und so wenig Zeit. Vielleicht konnte man Reiff nachsehen, dass er ein paar Abkürzungen nahm, aber über so etwas zu stolpern! Die gesamte Gold-Affäre würde bald in allen Geheimdiensten der Welt als Lektion dafür dienen, wie man es nicht machen sollte.

Aber mit wem sollte ich jetzt meinen Reichtum teilen? Nachdenklich betrachtete ich meinen rechten Schuh, der von meinen Zehenspitzen herunterbaumelte. Vergiss die Behörden. Es würde wahrscheinlich alles in den Händen des Generalbundesanwalts landen und für immer verschwinden. Irgendwer von den Medien. Nicht John Jaures, wir brauchten jemanden, der nicht mit dem Syndikat verbunden war. Kein Fernsehen, als Film würde es nicht rüberkommen, nicht so, wie ich es wollte. Hier war Seriosität erforderlich. Die Story sollte im Mittelpunkt stehen. Zwei Möglichkeiten: die *New York Times* oder die *Washington Post.* Tja, auf die *Post* war ich ziemlich sauer, seit Maurice Barres eine zweite Karriere als Kate-Boothe-Hasser begonnen hatte, und die *Times* hatte dieses hart arbeitende Spezial-Rechercheteam auf die Story angesetzt. Die *Times* würde es bekommen.

Und was sie daraus machten! Titelseite, obere Hälfte. Ich bat meine Assistentin, es einrahmen zu lassen. Spiel noch einmal diesen Peguy-Song. Ich sah Jack pfeifen und mit den Fingern schnipsen, als ich an seinem Büro vorüberging.

Das Außenministerium und das Weiße Haus wiesen die Story umgehend als Fälschungen des Syndikats zurück (»Ist wirklich jemand überrascht davon, dass sich die New York Times auf ihre Seite geschlagen hat?«, fragte August Mercer bei einem seiner seltenen Auftritte in der Truman-Pace-Show). Ich hörte Pace dabei zu, wie er sich durch eine weitere böswillige Tirade hindurchstotterte, und lächelte. Quassel nur, du alter Mann. Maurice Barres trat in einer Fernsehshow auf und verleumdete mich als eine »Logikerin des Absoluten«.

»Kate Boothe ist einer der Menschen, die an die absolute Wahrheit glauben und sich jede Situation so zurechtbiegen, dass sie ihrer Logik nicht mehr widerspricht«, erläuterte Barres.

Ich halte mich selbst für eine aufgeweckte junge Frau, doch ich habe nicht die leiseste Ahnung, was das bedeuten sollte, aber irgendwie gefiel es mir. Das Mädchen, das im College fast an der Differentialrechnung gescheitert war, wurde zur Logikerin erklärt. Mein Aufstieg schien unaufhaltsam.

All das verbesserte meine Laune doch beträchtlich. Ich konnte sogar genug Energie zusammenkratzen, um mir die Laufschuhe anzuziehen. In diesem Jahr würde es keinen Marathon für mich geben – ich fragte meinen jüngeren Onkel, woher ich denn die Zeit zum Trainieren nehmen sollte –, aber ich konnte zumindest einen Teil des Stresses ausschwitzen. Ein paar vereinzelte Blätter waren bereits von den Bäumen gefallen und raschelten über den Uferpfad des Potomac hinweg. Ich klemmte mir Kopfhörer über die Ohren, um mich von der Außenwelt abzuschotten. Ich hatte vielleicht eine Meile hinter mich gebracht, als zum x-ten Male der Song von *Kitchener's Wood* in meinen Ohren dröhnte.

Nimm Abschied vom Denken, nimm Abschied vom Wort
Erzähl mir nicht, du hast es nicht gehört

Sie führen eine Liste und kontrollieren genau
Sie radieren dich aus, wenn du ihnen nicht passt.

So viel war mal sicher, dachte ich. Armer Augie Scheurer-Kestner, von seinem Vorsitzendenposten gestoßen, weil er sich nicht an die Regeln gehalten hatte. Das letzte Mal, als er versucht hatte, eine Rede zur Gold-Affäre zu halten, wurde er von einigen seiner Kollegen ausgebuht, besonders von einem Parteikollegen aus Mississippi. (Vielleicht war es Eifersucht: Scheurer-Kestner war seinerzeit ein College-Footballspieler gewesen; der Herr aus Mississippi dagegen ein Cheerleader.) Wenn – nicht falls – die öffentliche Stimmung umzuschwenken begann, konnte ich mir schon vorstellen, wie viele dieser johlenden Gesetzgeber plötzlich die Seiten wechseln und anfangen würden, Lyle Gold überschwänglich zu feiern. So funktionierten meine Runden immer. Je länger ich rannte, desto ärgerlicher wurde ich. Weil diese Leute nämlich überhaupt keine Ahnung davon hatten, was Mut eigentlich bedeutet. Scheurer-Kestner und andere seines Kalibers hatten sich weit aus dem Fenster gelehnt, würden aber nie Anerkennung dafür bekommen, dass sie sich früh auf die richtige Seite gestellt hatten. Natürlich hatten Scheurer-Kestner, Edgar Demange und John Jaures ihre Positionen nicht notwendigerweise aus einem Bedürfnis nach Anerkennung angestrebt, aber es wäre doch ein willkommener Bonus gewesen. Die meisten Leute lechzen nach Anerkennung.

Mein Kopf arbeitete schneller als meine Beine. Was würde geschehen, wenn die Zukunft uns vollständig Recht gegeben hatte? In sechs Monaten, in einem Jahr würden in unserer schnelllebigen Welt alle Reporter und Meinungsforscher, alle Bürger und Prominente ihre Rolle neu zu schreiben versuchen. *Oh, ja, ich habe das Syndikat von Beginn an unterstützt.* Sie würden sich ein Vermächtnis andichten. Was wir brauchten, war eine Liste derjenigen, die genau in diesem Augenblick auf der Seite des Syndikats standen, und von allen, die gegen uns waren. Eine öffentliche Liste, die eine klare Grenze zwischen den Parteien zog. Lass uns den Anti-Goldianern wie August Mercer, die für sich in Anspruch nahmen, ihr Land über alles zu lieben, klar vor Augen führen, was gerade geschah. Lass uns die ängstlicheren Seelen in die Diskussion zwingen. Ich wollte alle zusammen im Schlamm haben.

Und dann hielt ich an, nur eine knappe Meile vom Mount Vernon entfernt. Außer mir befand sich niemand auf dem Pfad, also konnte auch niemand mein schallendes Gelächter hören. Natürlich – ich schlang meine Arme um mich selbst – natürlich, ein Brief! Die ganze Geschichte hatte mit Briefen begonnen. Vielleicht konnte ein weiterer, ein gut platzierter, mit beeindruckenden Unterschriften überladener, helfen, dies zu beenden.

*

»Ein offener Brief?«, fragte Jack. »Wer soll ihn denn schreiben?«

»Du«, sagte ich ihm. Ich war zu seiner Wohnung gelaufen, die nur eine Meile von meiner entfernt lag.

»Und wer wird um die vielen Unterschriften betteln? Ohne Unterschriften wird er nicht besonders überzeugend sein. Wir werden eine ganze Menge wirklich wichtiger Leute brauchen.«

»Ich weiß«, antwortete ich. »Um die werde ich mich kümmern.«

Jack nutzte die Nacht, um einen ersten Entwurf des Briefes zu schreiben, und er nannte ihn EIN OFFENER BRIEF FÜR JEDERMANNS GRUNDRECHTE. Okay, es war zwar kein geschlechtsneutraler Titel, und ich wusste, dass die Feministinnen deswegen grummeln würden, aber seine Intention – ein Aufruf zur erneuten Begutachtung der gesamten Affäre – hätte nicht klarer sein können. Also übernahm ich ihn.

Senator Augie Scheurer-Kestner war der Erste, der unterschrieb. Ich brachte den Brief zu ihm, wurde durch die Tür zu seinem Büro geleitet, das mit den Erinnerungsstücken eines Politikers geschmückt war: eine signierte Fotografie von Barry Goldwater, ein Football mit den Unterschriften der Chicago Bears von 1987, ein ausgestopfter, glasäugiger Hirsch. Schweigend kritzelte der Senator seinen ausladenden Namenszug aufs Papier.

Mein Vater kannte einen ehemaligen stellvertretenden Generalbundesanwalt, James Thierry, der nicht zögerte, seine Unterschrift in Blau hinzuzufügen. Und schließlich, weil es wichtig war, drei große Namen an der Spitze zu haben, klemmte ich mich hinter denjenigen, den ich wirklich haben wollte. Dafür flog ich nach New York, um einer Veranstaltung der Rettet-Venedig-Stiftung beizuwohnen (einer Organisation, die genau das tat, was ihr Name sagte). Es war ein Vortrag über Tintoretto. Und dort erblickte ich auch Amy de Cavaillet, die schlanke, blonde Geliebte des großen Filmemachers Anthony France. Ungeachtet der Tatsache, dass ich seinen dilettantischen Vorstößen ins politische Gebiet immer eine Absage erteilt hatte, würde seine Unterschrift viel dazu beitragen können, auch andere große Namen zu gewinnen, inklusive der Melvin Glucks. Gluck widerte mich zwar an, aber ich brauchte ihn auf meiner Seite.

»Madame de Cavaillet«, sagte ich, wobei ich die Sprache benutzte, die sie bekanntermaßen bevorzugte, und als sie mir einen unterkühlten Blick zuwarf, begann ich ihr von dem Brief zu erzählen.

»Aber Miss Boothe, Sie werden uns noch mit Mr. Gluck entzweien!«

»Ich hoffe, dass ich auch seine Unterschrift bekommen werde«, sagte ich.

Sie runzelte fast unmerklich die Stirn. »Wer hat bislang unterschrieben?«

Ich erwähnte Scheurer-Kestner, was sie überhaupt nicht beeindruckte.

»Ach, der. Der zählt nicht, das versteht sich doch von selbst. Angelegenheiten dieser Art sind doch ohnehin sein täglich Brot.« Sie wandte sich wieder ab, um ihr Programmheft zu glätten, dass sie zu einem Fächer gefaltet hatte.

»Nun ja, Thierry hat unterschrieben«, sagte ich und holte damit mein Ass aus dem Ärmel, denn er war zufällig einer von de Cavaillets Bekannten. Sie zog ihre feinen Augenbrauen hoch.

»Ah, gut, hervorragend.« Sie war zufrieden. Sie versprach mir, dass France die Petition unterschreiben würde. Und er tat es. Ich brachte sie selber zu seinem Penthouse. Zur Feier des Tages stieg er sogar aus seinem Bett, schlurfte verschnupft in seinen Slippers heran und sagte: »Zeigen Sie's mir. Ich werde unterschreiben. Ich werde alles unterschreiben. Es kotzt mich an.«

*

Lucien Herr unterschrieb selbstverständlich auch, aber es war schwierig, noch mehr Professoren zu überreden, weil sie befürchteten, anschließend ihren Job zu verlieren. Selbst diejenigen, die unkündbar waren, konnten sich in diesen Zeiten nicht mehr sicher fühlen – es gab Organisationen, eine davon begeistert unterstützt von der Gattin des Vizepräsidenten, die mit dem stechenden Blick, die Listen darüber führten, welche Professoren als »unpatriotisch« zu betrachten wären. Die Malerin Estivalet unterschrieb – zur Verblüffung ihrer großen Freundin und Kollegin Eddie Gass, die daraufhin monatelang nicht mehr mit ihr redete. Das gewitzte Filmteam von John und Warren Thompson unterschrieb. Der Wissenschaftler DuClaw, der den Nobelpreis für seine Erforschung des menschlichen Genoms gewonnen hatte, unterschrieb sofort. »Wenn wir im Labor Angst vor einer Überprüfung der Ergebnisse hätten, würde die Wahrheit höchstens durch Zufall ans Tageslicht kommen«, sagte er. »Das wäre nicht besonders wissenschaftlich.« Und als sein Kollege Louys, der sich den Preis mit ihm geteilt hatte, sich weigerte zu unterschreiben, nutzte DuClaw seinen Einfluss, um ihm seinen Lehrstuhl in Biologie zu entziehen. Der berühmte Kritiker Leo Daudet unterschrieb und warf während eines offiziellen Abendessens seinem Verleger einen Schokoladenpudding ins Gesicht, weil dieser nicht unterschrieben hatte. Eine Geschichte jagte die andere. Jeder wusste inzwischen von dem Brief, so schien es, und er war noch nicht einmal erschienen.

Nachdem es vier Tage lang so weiterging, fühlte ich mich sehr viel besser, gut genug jedenfalls, um ins Le Sénateur zu gehen und ein richtiges Abendessen zu genießen. Seit unsere Finanzen eingeknickt waren, hatte ich mich auf einen Aperitif und eine Vorspeise beschränkt. Jack meinte, wir hätten uns ein Abendessen verdient.

»Wäre es nicht großartig, wenn du Truman Pace dazu bringen könntest zu unterschreiben?«, fragte Jack, halb im Scherz, als wir uns auf unser Tatar stürzten.

»Ich bin zwar gut, aber so gut nun auch wieder nicht – oder so dumm«, sagte ich. Ich hätte noch weitergeredet, aber mein Handy klingelte, viel zu laut für ein so exklusives Etablissement. Ich würde später noch von Lili etwas dazu zu hören bekommen, und andere Gäste warfen mir verärgerte Blicke über ihre Käsehäppchen oder Soufflés zu. Ich dämpfte meine Stimme, als ich antwortete. Ein schrille, abgehackte Stimme stellte mich zur Rede: »Warum zum Teufel haben Sie mich noch nicht gefragt, ob ich Ihren beschissenen Brief unterschreiben will?«

Ich musste ein paar Mal schlucken. »Äh ... tja, ich ...«, doch dann gewann ich meine Fassung zurück. »Wer spricht da bitte?«

»Melvin Gluck.« Und er wieherte vor Lachen. Ich starrte Jack an, der nur mit den Schultern zuckte. Gluck jammerte dermaßen lautstark, dass Jack jedes Wort mitbekommen konnte.

»Nun, Mr. Gluck, genau das hätte ich getan, wenn ich erst genügend andere Unterschriften beisammen gehabt hätte, um Sie überzeugen zu können.«

»Sie wollten nicht kommen und mich persönlich überzeugen?«, fragte er. »Dabei habe ich schon so viel über Ihre Fähigkeiten in dieser Richtung gehört.«

»Wie bitte?«

»Mit wie vielen dieser Kerle sind Sie ins Bett gestiegen?«

»Mit allen.«

»Auch mit den Frauen?«

»Ganz besonders mit den Frauen.«

Gluck lachte noch lauter, dieser seltsame Hollywood-Humor. »Glauben Sie an diese Sache?«, fragte er.

»Mit all meinem Patriotismus, mit meiner Intelligenz und mit meinem Herzen«, antwortete ich melodramatisch, und Gluck schrie geradezu vor Entzücken.

»Großartig! Wunderbar! Ich bin dabei! Anthony hat mir alles darüber erzählt, und ich bin ganz seiner Meinung. Außerdem sammle ich sowieso lieber Estivalet als Gass, also, rechnen Sie mit mir.« Dann legte er dankenswerterweise auf.

Wer unterschrieb, wer tat es nicht? Am Ende der zweiten Woche hatte ich einhundertvier Unterschriften von einigen der führenden Köpfe der Nation. Ich plünderte mein Spargutbaben und zahlte für die erste ganzseitige Anzeige, die in der *New York Times* geschaltet wurde. Ende September schalteten wir den Brief erneut, diesmal in fünf kleineren Zeitung über das ganze Land verteilt und mit dreitausend Unterschriften. Dabei beließen wir es. Die Zahl war beträchtlich, und die Namen erkennbar. Und jetzt waren mir alle Talkshowredakteure und Vierundzwanzig-Stunden-Nachrichtenkanäle eine ganze Menge schuldig, denn ich hatte ihnen gerade die Mittel in die Hand gegeben, mit denen sie die Debatte verlängern konnten.

Hätten beide Roosevelts unterschrieben? Nixon? Lincoln? Gar Washington? Es war köstlich, Mimi und Maurice und ihresgleichen dabei zuzuschauen, wie sie sich durch historische Debatten stammelten, eine Beschäftigung, für die sie wie die meisten Mediennutten beweinenswert unvorbereitet waren. Lennon? Cobain? Sinatra? Darum konnten sich die Musikkanäle kümmern.

»Nun«, sagte ich in der Eddie-Drumont-Show, »John Hancock hätte es getan.«

Ich atmete erleichtert auf, als ich an jenem Morgen Drumonts Fernsehstudio verließ. Klar, noch immer starrten mich Fremde und Bekannte gleichermaßen an und unterhielten sich flüsternd über mich, aber jetzt perlte es an mir ab. Ich nahm eine aufrechte Haltung an, und ich glaube, es ließ mich größer erscheinen, das Zischeln um mich herum ignorierte ich wie andere Hintergrundgeräusche auch. Kein Grund mehr, sich jetzt noch darüber zu ärgern.

Der Weg vom Zentrum Washingtons hinaus nach Old Towne Alexandria, wo ich mit Lili zum Brunch verabredet war, verlief entlang einer besonders malerischen Strecke, mit dem Potomac an einer Seite und Baumgrüppchen auf der anderen. So ein schönes Stück Allee und welche Ironie des Schicksals, dass nirgendwo im Land mehr Autofahrer die Nerven verloren und aufeinander losgingen als hier. Die hartnäckigen Verkehrsstaus hatten etwas damit zu tun. Ich steckte dermaßen fest in einem von ihnen – und das an einem Sonntagmorgen –, dass ich dreißig Minuten für die nächsten sieben Meilen brauchen würde. Na und. Durch *nichts* würde ich mir jetzt die Stimmung verderben lassen. Ich drehte das Radio auf und lehnte mich zurück. Aus meinen halb geöffneten Augen glaubte ich ein Gesicht zu sehen, das mich anstarrte. Ich blickte nach links und, siehe da, dort war undeutlich ein Gesicht zu sehen, verborgen hinter getönten Scheiben, aber nichtsdestotrotz erkennbar. Leutnant Henry betrachtete mich, als wäre ich ein feindlicher Soldat, was ich ja irgendwie auch war. Die Autos vor uns bewegten sich kein Stück. Wir steckten nebeneinander fest. Als guter Offizier starrte Henry unermüdlich weiter. Als gute Beraterin lächelte ich ihn an und winkte. Er schüttelte den Kopf und wandte sich ab.

12

Der Falsche Henry

Henry ging mir nicht mehr aus dem Kopf. Ich begann ihn überall zu sehen – sein Name tauchte in Artikeln auf, sein Gesicht erschien in überfüllten Bars. Das war natürlich nicht seine Schuld, es lag an mir. Jack hatte mich früher schon als überspannt bezeichnet. Wenn Sie an solche Sachen glauben, können Sie es gerne darauf zurückführen, dass ich ein spätes Novemberkind bin. Wie auch immer, ich glaube, auch das ist einfach nur ein anderer Ausdruck für *besessen*.

Ich war so darauf fixiert, weil ich wusste, dass aus dem Rädchen die Nabe geworden war, und genau an die wollte ich heran. Ich konnte vor Gericht niemals beweisen, dass Henry hinter den gefälschten Briefen steckte, aber ich wusste dank John Jaures Nachforschungen und auf Grund meiner Einschätzung von Henrys Charakter, dass er, wenn er die eine Fälschung – mal kurz ein *G* einsetzen, wo vorher keines gewesen war – veranlasst hatte, er auch eine weitere vor sich selbst rechtfertigen konnte, natürlich im Dienste eines größeren Ganzen. Denn wir wollen doch alle glauben, dass wir gute Menschen sind.

Ich vertraute John meine Ahnung an. »Ich weiß, ich weiß«, stimmte er zu. »Da gibt es noch etwas, das habe ich im Gefühl. Aber es wird nicht einfach sein, an ihn heranzukommen. Ich werde erst dann eine Chance bekommen, wenn die Leute um ihn herum, die noch viel mehr als er zu verlieren haben, tatsächlich anfangen zu glauben, dass sie das Spiel verlieren könnten.«

Einige zogen mittlerweile Nutzen aus der Sache. Charlie Peguy schien seine neue Rolle wirklich zu genießen. Einem Musikmagazin erzählte er: »Wer auch immer auserwählt ist, muss marschieren; wer auch immer gerufen wird, muss folgen. So sind die Regeln. So sind die Anforderungen an ein Heldenleben.« Heldenleben?

Lili amüsierte sich köstlich darüber. »Die spirituelle Seite eines Rockstars«, brüllte sie, als wir bei einem Auftritt von *Kitchener's Wood* hinter der Bühne standen. Sie spielten vor ausverkauftem Haus im Black Cat. Nun ja, Charlies Sprüche waren vielleicht etwas übertrieben, aber er hatte endlich den Hit, den er verdient hatte. Und waren das etwa *Kongressabgeordnete,* die dort unten neben in Leder gekleideten Teenagern herumhüpften? Es wäre nicht das erste Mal, dass sich Gesetzgeber während eines Konzerts unter die breiten Massen mischten – ein bekanntes Beispiel war der Vorsitzende des Finanzausschusses, der während eines *Grateful Dead*-Konzerts auf die Bühne stürmte und zu guter Letzt in der Ausnüchterungszelle landete. Aber das war noch milde, verglichen mit einem Besuch des *Kitchener's Wood*-Konzerts, bei dem man zu einem Song abfeierte, den die Kollegen auf der anderen Seite des Atlantiks als einen Beweis für terroristisches Sympathisantentum betrachtet hatten. Jetzt, wo ich darüber nachdenke, könnte ich schwören, dass ich auch Mimi Ryan erspäht hatte, wie sie ihre blonden Locken in der ersten Reihe schüttelte.

*

Mein Partner zog sein blaues Jackett aus und lockerte seinen orangefarbenen Schlips, als er zwei Tage später durch die Bürotür hereinkam. Es war schon fast drei, aber Jack pflegte seine Mittagspausen stets spät zu beenden.

»Ich hatte soeben eine äußerst erhellende Konversation mit Duke Guermantes im Capitol Grille«, sagte er.

Der gute Senator aus Alabama war auf Jack zugekommen und hatte ihn gefragt, was er denn so Neues über den Skandal gehört hätte. »Sie fragen jetzt *uns* nach Informationen«, sagte Jack freudestrahlend. »Die Saat des Zweifels ist tatsächlich aufgegangen.«

Auch wenn es wirklich stimmte, dass sich der Wind zu unseren Gunsten gedreht hatte, hatten wir immer noch einen weiten Weg zurückzulegen. Henry, Henry, Henry. Ich trommelte den ganzen Nachmittag mit meinem Stift auf dem Schreibtisch herum. Ehrgeizig, aber nicht clever. Er musste noch eine andere Spur als den *Falschen G-Brief* hinterlassen haben. Ich rief noch einmal John Jaures an. »Es muss da noch etwas geben«, bedrängte ich ihn.

»Ich arbeite dran, ich arbeite dran«, grummelte er. Er stand kurz vor der Deadline für eine Artikelserie, die seine Redakteure bald zu bringen hofften, und war deshalb ziemlich angespannt. Manchmal verschwand er auch von der Bildfläche und war weder telefonisch noch per E-Mail zu erreichen. Jedes Mal, wenn er sich wieder in Luft aufgelöst hatte, sorgte ich dafür, dass Jack davon erfuhr.

»Kate, es ist ja nicht so, dass Maurice die bessere Wahl gewesen wäre«, erinnerte mich mein Partner.

*

Freitag. Eine für die Jahreszeit untypische Hitzewelle ertränkte die Stadt in einer Schicht feuchtschwüler Luft. Der elende Sommer würde niemals enden, dachte ich. Meine frisch gebügelte weiße Bluse hing schlaff an mir herunter. Ich zupfte einen verirrten schwarzen Faden von meiner Bluse, während ich in meinem Büro saß und wartete. Worauf, wusste ich nicht: eine Idee, einen Augenblick, ein Leben.

Gegen drei Uhr kam die Erlösung. John Jaures stiefelte durch die Eingangstür, ein Sixpack Iron City Beer und einen braunen Umschlag in den Händen. Er blieb im Türrahmen stehen. »Fraget, so wird euch geantwortet werden.« Er warf den Umschlag auf meinen Tisch und riss eine Dose auf. »Ich hole Jack«, sagte er.

In dem Umschlag befand sich ein Brief. Das karierte Papier war identisch mit dem, das der unglückliche Said Khan benutzt hatte. Der blaue Stift ebenfalls. Und auch die Handschriften schienen übereinzustimmen.

Mein lieber Freund,

ich habe gelesen, dass ein Polizist etwas über Lyle Gold wissen will. Wenn sie nach irgendwelchen neuen Erklärungen fragen, werde ich sagen, dass ich diesem Mann nie begegnet bin.

Das versteht sich von selbst. Falls dich irgendjemand fragen sollte, dann sage genau dasselbe, denn niemand darf jemals erfahren, was mit ihm geschehen ist.

Khan

Ich las den Brief gerade ein zweites Mal, als John mit Jack im Schlepptau zurückkam.

»Die Anrede und die Unterschrift sind authentisch«, sagte John. »Der Rest nicht.«

»Woher weißt du das?«, fragte Jack und nahm mir den Brief aus den Händen.

»Es ist keine besonders gute Fälschung«, antwortete John.

»Khans Englisch war nicht so perfekt. Ich habe mit ihm gesprochen. Ich weiß es. Und guckt mal: Die Gitterlinien des Papiers sind blau; die Linien unter der Anrede und der Unterschrift sind mauve, und die Quadrate haben nicht einmal dieselbe Größe.« Er schüttelte seinen Kopf. »Man sollte erwarten können, dass sie sich etwas mehr anstrengen. Fälschung ist eine Kunstform.«

»Woher hast du das?«, fragte ich.

»Wann hörst du endlich auf, mir solche Fragen zu stellen?«, John lächelte.

Reporter und ihre Quellen. Nun ja, wenn es darum ging, das geheime Dossier auseinander zu nehmen, bewachte jeder natürlich eifersüchtig seine Kontakte. Ich legte meinen Kopf schief.

»Ach komm schon«, umschmeichelte ich ihn. »Zier dich nicht.«

John zögerte nur einen Moment. »Militärischer Geheimdienst. Jemand – ähm, aus dem Umfeld von Leutnant Joseph Henry.«

»Tja, wie auch immer.« Jack griff sich eine Bierdose.

Ich drehte den Umschlag in meiner Hand »Der sieht echt aus«, sagte ich. »Es ist sogar eine Briefmarke drauf.«

»Er *ist* echt«, sagte John. »Der gefälschte Brief hat darin gesteckt.«

»Und was war vorher drin?«, fragte ich.

»Wer weiß? Wahrscheinlich ein anderer Liebesbrief. Es gab eine ganze Menge von ihnen, weißt du.«

Ich konnte ob dieser Waghalsigkeit nur staunen. So eine ausgesucht schlechte Arbeit. Wie konnte jemand auch nur einen Augenblick lang daran glauben?

»Mercer hat es gekauft«, sagte John und lehnte sich in seinem Stuhl zurück. »Es war ein neues Dokument für das geheime Dossier. Zusammengestellt übrigens von Henry und dem stellvertretenden Außenminister. Mercer war offensichtlich damit zufrieden. Und mein Redakteur hat es *mir* abgekauft. Ich habe alles darüber geschrieben. Eine Fortsetzung meiner ersten Story über den *Falschen G-Brief.* Jetzt kann ich getrost behaupten, dass auch andere Teile des geheimen Dossiers gefälscht sind.«

»Aber von wem?«, fragte ich. »Ich glaube, Henry war's, aber was werden die anderen glauben?«

»Passende Beweise auf Bestellung«, murmelte Jack.

»Ich möchte wetten, dass ich irgendjemanden dazu bringen kann, mit dem Finger auf Henry zu zeigen, wenn er erst mal weiß, dass dieser Artikel erscheinen wird«, sagte John.

Wir verfielen in Schweigen. Dreißig Sekunden verstrichen. Dann weitere dreißig.

»Weiß Joan Picquart davon«, fragte ich, »wenn es erst kürzlich ins Dossier aufgenommen worden ist?«

»Nein, es sei denn, sie steht immer noch in Kontakt mit dem Minister«, antwortete John.

»Abgesehen von ihm und dem stellvertretenden Minister wüsste ich nicht, wer es gesehen haben könnte.«

»Joan ist immer noch in São Tomé«, sagte ich.

»Dann musst du schon den Minister selbst anrufen, wenn du eine Reaktion bekommen willst«, sagte Jack. »Er wird dir vielleicht sogar dankbar sein für die kleine Warnung.«

»Na, klar«, erwiderte ich. »Ein so immens beschäftigter Mann wie der Außenminister hat bestimmt nichts Besseres zu tun, als einen Anruf von *mir* entgegenzunehmen.«

Weil Jack lachte und weil John mir mit diesem herausfordernden Blick direkt gegenübersaß, nahm ich den Hörer in die Hand und rief an. Natürlich kam ich nicht weiter als bis zur Sekretärin des Ministers, bei der ich eine Nachricht hinterlassen konnte. Ich legte auf und schenkte Jack ein selbstgefälliges Lächeln. *Ich hab's dir ja gesagt.*

Zehn Minuten später klopfte meine Assistentin an den Türrahmen zu meinem Büro. »Kate, der – ähm, Außenminister ist für dich am Telefon.«

Jack hüstelte.

»Miss Boothe.« Der betont gleichmäßige Tonfall ließ mein Selbstvertrauen unmittelbar dahinschmelzen.

»Ich habe den Brief von Said Khan gesehen«, erzählte ich ihm und versuchte, meine Stimme zu stabilisieren. »Nicht den, der auf einen *G* Bezug nimmt, sondern den, der ausdrücklich Gold erwähnt.«

»Ja«, sagte er wachsam.

»Ich nehme an, auch Sie haben ihn gesehen«, fuhr ich fort. »Er ist ein wenig ... merkwürdig.«

»Nun ja, Miss Boothe, ich muss Ihnen sagen, dass ich über diesen Brief auch nicht begeistert bin«, sagte der Minister.

»Warum?«, fragte ich.

»Mir ist bewusst, dass wir in einer misstrauischen Zeit leben«, erwiderte der Minister. »Ich bin nicht begeistert. Dieses Papier verströmt einen unangenehmen Geruch.«

»Haben Sie Ihre Bedenken dem Weißen Haus mitgeteilt?«, fragte ich.

»Sie sollten eigentlich wissen, dass Sie mich so etwas nicht fragen können«, antwortete der Minister, »aber falls Sie mit ihm sprechen, fragen Sie den Leutnant doch, was er so gehört hat.«

»Leutnant Henry«, sagte ich.

»Ja. Guten Tag, Miss Boothe.«

Ein Mann, der die Position des obersten Diplomaten erreicht hat, verschwendet keine unnützen Worte. Trotz meiner Überraschung über das, was man in dieser Stadt schon als Offenherzigkeit bezeichnen würde, musste ich beinahe lächeln.

Vergiss den *Falschen G-Brief.* Wenn dieses neue, von vorne bis hinten manipulierte Dokument – der Falsche Henry, wie John es aus symbiotischen Gründen genannt hatte – hochging, gab es die wenig ansprechende Aussicht, dass es zu drei verschiedenen Gerichtsverfahren kommen würde: Gold, Henry und Prouty jeder vor seiner eigenen Grand Jury. Der Minister wusste das. Kein Wunder, dass er nicht »begeistert« war. Natürlich wollte er, dass jemand, der nicht mit ihm in Verbindung gebracht werden würde, Henry die Nachricht überbrachte: *Ab jetzt bist du auf dich selbst gestellt, Kumpel.*

*

Den Leutnant ausfindig zu machen war nicht so schwer, wie es vielleicht in einer anderen Stadt gewesen wäre. Washington war altmodisch genug, dass ich meine Suche auf drei oder vier Etablissements beschränken konnte. Zu meinem Glück fand ich ihn in einem Laden, der voll genug war, um in der Menge untertauchen zu können, andererseits aber Nischen besaß, in denen man vertrauliche Gespräche führen konnte. Und es war nicht weit von meinem Büro entfernt.

Henry hatte sich zusammen mit einer Flasche belgischen Biers in ein hochwandiges hölzernes Abteil verdrückt. »Kostspieliger Geschmack«, merkte ich an, als ich auf den Platz ihm gegenüber glitt. Er blickte auf, überrascht und ganz und gar nicht erfreut.

»Was tun Sie denn hier?«, stellte er mich zur Rede.

»Es ist eine Bar«, sagte ich mit einem Schulterzucken.

Henry knirschte sichtbar mit den Zähnen. »Ich habe keine Lust, mit Ihnen zusammen gesehen zu werden.«

»Oh, tja, zu dumm, wo ich doch etwas habe, das Sie vielleicht interessieren wird.«

»Gar nichts haben Sie.«

Ich betrachtete ihn einen ausgedehnten Augenblick lang, musterte das Gesicht des Mannes, den ich gleich zu Grunde richten würde. Seine Augen waren klar, sein Kinn glatt rasiert, seine Wangen gebräunt. Ich atmete tief durch und machte mir bewusst, dass hier ein Mann saß, der Schlimmeres getan hatte als das, was ich jetzt vorhatte. Und dann schob ich eine Kopie des Briefes auf dem karierten Papier über den Tisch.

»Wie erklären Sie sich das?«, fragte ich.

»Ich muss Ihnen gar nichts erklären«, sagte Henry ruhig, ohne das Papier überhaupt anzusehen.

»Nein«, pflichtete ich ihm bei, »aber Ihre Vorgesetzten werden es wissen wollen. Dieses Kunstwerk von Ihnen wird bald in allen Zeitungen zu sehen sein.«

Henry starrte mich an, dann ließ er ein kurzes, bitteres Lachen hören. »Mein Kunstwerk? Oh, das ist wirklich stark. Netter Versuch.«

»Okay. Lassen Sie mich einen etwas altmodischeren Begriff verwenden. Sie haben es fabriziert. Sie haben diesen Brief gefälscht«, fuhr ich entschlossen fort, »und das ist noch schlimmer – wenn auch nicht wesentlich – als Ihr erster Streich, als Sie ein G in den Liebesbrief einfügten, um Lyle Gold ins Spiel zu bringen.«

»Ich muss nicht mit Ihnen reden«, sagte Henry. »Ich möchte, dass Sie gehen.«

Ich zog eine Augenbraue hoch. »Das ist aber nicht die Art, wie man ein Mädchen behandelt, das versucht, Ihnen einen Tipp zu geben.«

»Entweder Sie gehen jetzt, oder ich werde ...«

»Sehen Sie mal, Leutnant, das hier ist bereits draußen. Ihre Vorgesetzten wissen davon. Die Öffentlichkeit wird auch bald davon erfahren. John Jaures hat schon eine Artikelserie darüber geschrieben, die noch in dieser Woche erscheinen wird.« Ich riskierte es, hier ein wenig zu raten, aber wenn der Außenminister sich schon herabgelassen hatte, mit mir zu sprechen, dann hatte er bestimmt auch seinen Kollegen aus dem Verteidigungsministerium angerufen.

»Ich habe es nicht getan.« Henry wurde munter. »Ich schwöre Ihnen, das ich nichts erfunden habe.«

»Sie erfanden ...«

»Ich schwöre, das habe ich nicht! Ich habe nur ...«

»Sie sagen nicht die Wahrheit«, entgegnete ich. »Mir gegenüber nicht die Wahrheit zu sagen, ist eine Sache. Aber Ihre vorgesetzten Offiziere anzulügen, na ja ...« Er begann zusammenzubrechen. Ich konnte es daran erkennen, wie seine Finger nervös den Flaschenhals hinauf- und hinuntertanzten. Ich beugte mich zu ihm hinüber und fügte sanft hinzu: »Der gefälschte Liebesbrief war nur die Spitze des Eisbergs. Dieser Brief« – und ich hielt ihn hoch – »Sie haben die *ganze* Sache zusammengeschustert. Sie haben andere Dokumente als Vorlagen genommen. Nicht schlecht. Ein paar nette Details. Das besondere Papier. Der blaue Stift.«

Henry versuchte dem Brief auszuweichen, als wäre er mit Gift getränkt.

»Wer hat Sie auf diese Idee gebracht?«, fragte ich leise.

Henry blinzelte.

»Bitte, Leutnant.«

»Die Frau brachte mir die Informationen«, sagte er mit leiser Stimme. »Ich traf mich mit ihr außerhalb des Campus, vor Christ Church in Olde Towne.«

»Die Putzfrau?«, fragte ich. Ich war davon ausgegangen, dass das Außenministerium sie bezahlt hatte, aber ich glaube, ich hatte Henrys Ehrgeiz unterschätzt.

»Ja.« Er betrachtete seine Hände. »Zuerst bekam ich die Informationen, dann übergab ich sie dem stellvertretenden Außenminister.«

Jetzt war es an mir zu staunen. »Aber warum denn ihm?«, fragte ich.

»Ich kannte ihn aus Yale.«

Immer wieder Yale.

»Und August Mercer?«

»Er hat alles bekommen, als wir uns sicher waren, den Verräter gefunden zu haben. Und wir wussten, dass es einen Verräter gab. Meine direkten Vorgesetzten waren besorgt.« Er sprach in einem grimmigen Flüstern. »Ich wollte sie beruhigen, wollte ihnen ihren Seelenfrieden zurückgeben. Ich sagte zu mir: Lass uns nur einen Satz hinzufügen; wenn wir nur einen weiteren Beweis hätten! Niemand sonst wusste etwas davon.«

»Mercer wusste nichts?«

»Nein«, erwiderte er energisch.

Ich kniff meine Lippen zusammen und fragte dann: »Aber warum Lyle Gold? Warum war er der Richtige?«

Henry betrachtete mich mit einer Spur von Ungeduld. »Weil er der Richtige war«, sagte er. »Er war derjenige, der diese Storys über meine Männer ausgegraben hatte. Er war derjenige, der nur wenige Wochen, bevor ich meine Informationen bekam, immer wieder das Außenministerium mit der Frage belästigte, ob der Außenminister sich jetzt mit dem Verteidigungsminister in den Haaren lag oder nicht. Und das in Kriegszeiten! Es konnte niemand anderes sein.«

Und ich lehnte mich zurück, erleuchtet. Natürlich. Reiff Prouty, der seine verräterischen E-Mails verschickte und dafür Lyle Golds Namen verwendete, weil er der wahrscheinlichste Verdächtige sein würde. Und es passte tatsächlich.

Der Leutnant blinzelte erneut, diesmal wütend. Ich schluckte. Es war nicht besonders angenehm, einem Mann beim Weinen zuzuschauen. Henry tippte mit der Spitze seines Zeigefingers auf den Tisch.

»Ich handelte einzig und allein im Interesse meines Landes«, sagte er energisch.

Ich auch, dachte ich und verließ die Bar.

*

Die Nerven der Zeitungsmacher wurden einer Zerreißprobe unterzogen, aber der Zeitpunkt der Veröffentlichung von Johns Artikeln rückte immer näher. Einige Tage später begannen die Rechercheure bei den Behörden anzurufen, um die Fakten zu überprüfen. Da begann das Pentagon zu bluten.

Am Wochenende wurde der Leutnant verhaftet. Ich hörte es von meinem alten Freund Joe Morgan. »Sie haben meine alten Kameraden losgeschickt, um ihn zu verhaften«, erzählte er mir über das Knacken seines Autotelefons hinweg. »Henry sagte immer nur: ›Was wollen sie denn? Was wollen sie denn? Ich werde noch verrückt.‹ Und er redete nur von seiner Frau und seinem Kind und was er denn tun soll.«

Ich spürte, wie mir die Farbe aus dem Gesicht wich. Von dem Kind hatte ich nichts gewusst. »Was wird jetzt mit ihm geschehen?«

»Das Militär wird sich um ihn kümmern.«

»In einem Tribunal?«, fragte ich.

»Vielleicht.«

»Kann ich dich mal was fragen«, begann ich. »Ich habe mal so eine Geschichte gehört, von einer alten Methode der Gefängnisjustiz.«

»Der geladene Revolver, den man in die Nähe des Insassen legt?«, fragte Morgan. Er lachte, diesmal bitter. »Näher kann man der richtigen alten Schule kaum noch kommen.«

»Aber bestimmt ...«

»Katie, sei jetzt ganz vorsichtig. Dies ist die Phase, in der es heikel wird«, warnte mich der Mann, der in den Spezialeinheiten gedient hatte. »Schau immer in beide Richtungen.«

Heikel! Großer Gott, wie viel schlimmer konnte es denn noch werden? Mir war mit einer Buchprüfung gedroht worden, ich wurde vor eine Grand Jury gezerrt, von den Medien ausgeschlachtet, und meine Tugendhaftigkeit war unter Beschuss geraten. Noch immer saß ein Unschuldiger im Gefängnis. Und *jetzt* sollte es angeblich *heikel* werden?

Ich lief den Flur hinunter zu Jacks Büro, trat die Tür auf, und als er überrascht aufschreckte, sagte ich leise: »Die Vertuschungsaktion geht auf Mercer zurück. Er hat sie vielleicht nicht in Gang gesetzt, aber ganz sicher hat er sie in Gang gehalten. Er hat alle Mittel, die ihm zur Verfügung standen, gegen einen Unschuldigen zum Einsatz gebracht – und gegen diejenigen, die ihn verteidigten – trotz der Tatsache, dass die Beweise fadenscheinig waren. Und das alles nur, weil die Wahrheit, wenn sie denn ans Tageslicht gekommen wäre, etwas enthüllt hätte, was er auf keinen Fall sehen wollte. Er nennt sich selbst einen Mann der Moral, der Ehre. Ich sehe das nicht so.«

Jack war immer viel weniger verängstigt, wenn ich schrie.

*

Freitag. Meine Assistentin ertrank förmlich in einer Flut von rosa Notizzettelchen, aber es gelang ihr, einen braunen Umschlag herauszufischen, den sie mir reichte. »Ich denke, du willst zuerst das hier sehen«, sagte sie spitz.

Darin befanden sich Fotokopien von zwei Briefen, beide an den Präsidenten adressiert. Der eine kam vom Vorsitzenden der Vereinigten Stabschefs, einem Veteran zweier offizieller Kriege und dreier »Scharmützel.« Er lautete wie folgt:

> Ich habe Beweise dafür erhalten, dass mein Vertrauen in Leutnant Henry unberechtigt war. Dieses Vertrauen war absolut und verleitete mich zu dem Fehler, ein Dokument für echt zu halten, das gefälscht war. In Anbetracht der Gesamtsituation möchte ich Sie bitten, mich von meinen Pflichten zu entbinden.

Ich schluckte heftig und wandte meine Aufmerksamkeit dem anderen Brief zu. Der stammte vom Verteidigungsminister:

> Ich habe das Vertrauen in meine Untergebenen und all die anderen in Ihrer Regierung verloren, die mich veranlasst haben, mit Fälschungen zu arbeiten. Mit dem Wissen, das ich jetzt besitze, von einem Mann, der in meinem Verantwortungsbereich fälschlich angeklagt wurde, ist es mir unmöglich geworden, meine Verantwortung weiter wahrzunehmen. Ich habe daher die Ehre, Sie um meine Entlassung in den Ruhestand bitten zu dürfen; für den Fall Ihrer Ablehnung ersuche ich Sie respektvoll, meinen Rücktritt zu akzeptieren.

Ich drehte den Umschlag um und suchte nach einer Absenderadresse, aber es gab keine. Es musste von einem Boten abgeliefert worden sein. Es gab nur einen Ort, von dem die Briefe stammen konnten: aus dem Weißen Haus. Kein Angehöriger des Militärs würde seine Vorgesetzten an jemanden wie mich verraten, eine Beraterin aus der Privatwirtschaft. Nur ein eingefleischter Politiker, jemand, der mehr an Selbsterhaltung interessiert war als an irgendetwas anderem, würde so etwas tun.

Ich lehnte mich in meinem Stuhl zurück. Wer passte am besten auf diese Beschreibung? Nur eine Person, die mich kannte, dachte ich und wählte die Nummer.

»Ist das meine Wiedergutmachung?«, fragte ich Freddy, als er sich meldete.

Freddy lachte. »Genau. Warum sollte man telefonieren, wenn man auch Liebesbriefe schicken kann?«

Na klar, Liebesbriefe mit der Spucke des Narziss versiegelt. Freddy hatte es natürlich nicht für mich getan; es ging ihm nur um sich selbst.

»Mercer hat sie abgefangen«, sagte Freddy. »Sie waren zu belastend, um sie dem Präsidenten direkt vorzulegen.«

»Werden sie überhaupt jemals auf dem Schreibtisch des Präsidenten landen?«, fragte ich.

»Wenn die Zeit gekommen ist«, sagte Freddy schwammig. »Dieses ganze Zeug geht sowieso erst einmal über Mercers Schreibtisch.«

»Also wenn Mercer es für richtig hält.«

»Lass uns einfach sagen, dass er einen gewissen Spielraum hat. Vielleicht wird der Präsident auch nie erfahren, das Mercer sie zurückgehalten hat.«

»Aber die Briefe sind doch datiert«, sagte ich.

»Du zweifelst an Mercers Überredungskünsten? Du glaubst nicht, dass er versuchen wird, die beiden Männer von ihrer Entscheidung abzubringen und der Sache etwas von ihrer Peinlichkeit zu nehmen? Der Präsident ist ein Mensch, der in der Regel gar nichts dagegen einzuwenden hat, mit diesen Detailfragen verschont zu werden – er delegiert sehr gern, wie du vielleicht weißt. Wenn Mercer seine Zauberkräfte wirken lässt und die Presse wie üblich im Dunkeln bleibt, wird das hier dem Präsidenten keine einzige schlaflose Nacht bereiten.«

Was für ein Zynismus. »Aber du glaubst nicht daran, oder?«

»Ich versuche nur, alle Eventualitäten zu berücksichtigen, Kate. Du weißt schon, was ich meine.«

Freddy wechselte die Seiten. Die Delle in seiner Rüstung musste mittlerweile sichtbar sein. Für einen langen Augenblick starrte ich noch einmal auf die Briefe.

»Es wird eine Revision des Militärtribunals geben, nicht wahr?«, folgerte ich laut.

Freddy zögerte, bevor er antwortete: »Sagen wir mal so, unter den führenden Militärs ist es definitiv nicht mehr so gern gesehen, wenn man sich zum jetzigen Zeitpunkt dieser Idee immer noch widersetzt.«

»Aber Mercer ist dagegen.«

»Und wie. Es geht jetzt darum, ob seine Macht groß genug ist, sie zu stoppen«, sagte Freddy. »Du kennst diese alte Weisheit: ›Absolute Macht korrumpiert absolut‹?«

»Macchiavelli«, sagte ich.

»Genau. Nun, glaubst du nicht auch, dass absolute Macht *entlarvt*?«

Wie benutzt du deine Macht, wenn du niemandem Rechenschaft schuldig bist? Aber Mercer konnte jetzt *gezwungen* werden, seine Karten offen zu legen, egal, ob es ihm bewusst war oder nicht.

Die Frage lautete also: Wer würde zuerst die Daumenschrauben anziehen, Mercer oder ich?

13

Ehrenmänner

Szenarien liefen in meinem Kopf ab wie seinerzeit die Familienurlaubs-Diashows, denen mein Vater uns zu unterziehen pflegte. Vergiss die Medien, in diesem Fall waren Reporter keine Hilfe. Sie würden die Informationen zu guter Letzt zwar bekommen, aber nicht von mir. Die ersten Artikel von John Jaures würden bald erscheinen. Und die Unterzeichner des Briefes konnten auch nichts für mich tun. Melvin Gluck konnte zwar wunderbar die Nervensäge spielen, aber ich brauchte Aktionen. Die feinen Damen und Herren, die durch die Hallen des Kapitols wandelten – was würden sie anderes tun, als Reden vor laufenden Kameras zu schwingen oder arrangierte Pressekonferenzen abzuhalten? Noch schlimmer: Sie taten vielleicht gar nichts.

Ich starrte das schweigende Telefon an. Während ich mich künstlich aufregte, liefen bei Mercer die Telefonleitungen heiß. Ich konnte nur auf eine dauerhafte Leitungsüberlastung hoffen ... so wie bei Lilis Reservierungshotline, die permanent verstopft war.

Lili konnte mir helfen! Plötzlich erinnerte ich mich, wer so verzweifelt hinter einer Reservierung für den Samstagabend her gewesen war.

Ich erreichte Lili über ihren privaten Anschluss. Ich bettelte. Ich schmeichelte. Ich kroch vor ihr auf dem Boden. Sie hatte nur zwei Fragen: Wie um alles in der Welt sollte sie einen der am schwierigsten zu erreichenden Männer der Stadt einfach so unangemeldet anrufen, und wo sollte sie so kurzfristig noch einen freien Tisch hernehmen?

»Ruf seine Frau an«, schlug ich vor. »Sie würde einen freien Tisch für acht Uhr sicher zu schätzen wissen.«

»Oh, na klar, würde ich auch, besonders, weil heute *Samstag* ist«, blaffte Lili.

»Es ist ja nicht so, dass sie nicht auch vorher schon die ganze Zeit hinter einem her war«, erinnerte ich sie.

»Mal sehen, mal sehen«, Lili blätterte in ihrem Reservierungsbuch für superwichtige Leute herum. »Na sieh mal an. Du hattest Recht. Ich habe ihre Privatnummer.«

Was für eine Überraschung. Lili hatte jedermanns Nummer.

»Vielleicht hat sie schon andere Pläne«, wandte Lili ein.

»Die wird sie absagen. Erzähl ihr einfach, dass es ein besonderes Feinschmeckermenü geben wird. Trüffel oder so etwas.«

»Wir haben tatsächlich gerade die weißen Trüffel hereinbekommen«, sagte Lili nachdenklich.

Und wer kann der Verlockung von weißen Trüffeln widerstehen, frage ich Sie? Bestimmt nicht die Gattin des FBI-Direktors. Als Lili ihr die gute Nachricht mitteilte, war sie Feuer und Flamme und bestand *absolut* darauf, den Tisch zu reservieren; selbst ihr überarbeiteter Gatte würde sich *dafür* die Zeit nehmen.

Lili platzierte sie in eine Ecke, vom übrigen Raum durch eine Topfpalme getrennt. Perfekt. Ich wartete, bis sie sich über eines der fünf Desserts hermachten, die Lili hatte auftragen lassen. Übersättigt von den vorhergehenden sechs Gängen und den zwei Flaschen roten Burgunders hoben sie schläfrig zierliche Kaffeetässchen an ihre Lippen.

»Guten Abend, Herr Direktor«, rief ich fröhlich aus. Der arme Mann hustete Espresso auf seinen Schlips. Ich wandte mich seiner Frau zu. »Ich bin Kate Boothe, gnädige Frau.«

»Oh«, sagte sie. »Wie nett Sie kennen zu lernen.« Sie hatte eine ziemlich affektierte Art, also klang es so, als würde sie es tatsächlich meinen.

»Georgia?«, riet ich, und sie sah zu ihrem Mann hinüber, der puterrot anlief.

»Ja, genau. Marietta.«

»Ich liebe Marietta. Ich liebe den Kaffee bei Cormier, direkt an diesem Platz in ...«

»An diesem wunderschönen alten Platz!«, rief die Gattin des Direktors aus. »Ich habe einen Cousin, der jeden Tag dort hingeht. Kennen Sie die Stadt gut?«

»Ein wenig. Diese vielen Antiquitätenläden.« Ich lächelte und dankte meinem Schicksal, dass ich einen Klienten hatte, der auf den Kaffee von Cormier schwor, den die Besitzer noch selbst rösteten.

»Oh, ja! Die Antiquitätenläden gehören zu den besten!«, rief sie. »Möchten Sie sich nicht zu uns setzen?« Ihr Mann warf ihr einen viel sagenden Blick zu, aber die Höflichkeit des Südens obsiegte.

»Vielen Dank, aber nur für ein paar Minuten.« Ein Kellner kam mit einen Stuhl herbeigeeilt. »Ich habe heute Abend wirklich noch einige Dinge zu erledigen.«

»Jede Wette«, sagte der Direktor. Er bat den Kellner um einen doppelten Scotch.

»Ich glaube, das letzte Mal, dass ich Sie gesehen habe, war im Zug nach New York City«, sagte ich freundlich.

»Ich erinnere mich nicht«, sagte er.

»Ich bin mir ganz sicher«, erwiderte ich. »Sie schienen ziemlich beschäftigt zu sein. Ich frage mich« – ich wandte mich seiner Gattin zu – »ob Sie Ihren Mann überhaupt jemals davon überzeugen können, mal Urlaub zu machen!«

Sie lachte, aber der Direktor erbleichte. Das FBI war wegen

Problemen im Management kritisiert worden, und Senator Duke Guermantes hatte damit gedroht, den Direktor zu einer Anhörung vorzuladen, bei der es im Besonderen um das Geld gehen sollte, das für die Erneuerung des Computersystems des FBI vorgesehen war, das sich schon seit über zehn Jahren in einem erbärmlichen Zustand befand. Es gab Gerüchte, dass diese Mittel schon seit langer Zeit verwendet wurden, um Löcher in anderen Haushaltsposten zu stopfen, wie etwa dem Reisebudget. Es gab den Verdacht, dass der Direktor einiges davon für private Reisen verwendet haben könnte.

»Okay«, sagte der Direktor. »Ich gebe mich geschlagen.« Er faltete seine Serviette zusammen.

»Ich dachte, Sie sollten vielleicht etwas haben«, sagte ich. Ich reichte ihm einen Umschlag, der die Rücktrittsgesuche enthielt. Der Direktor öffnete ihn und las die Briefe langsam durch.

»Der Präsident weiß nicht, dass sie existieren«, fügte ich leise hinzu.

»Ich verstehe«, sagte der Direktor und sah mich an.

»Das dachte ich mir.« Warum sollte ich nicht auch ein paar Punkte beim obersten Befehlshaber sammeln? Es war schließlich allgemein bekannt, dass August Mercer gern einen seiner eigenen Kumpels auf den Direktorensessel setzen wollte.

»Wie sind Sie dazu gekommen?«, fragte er.

»Eine Quelle im Weißen Haus, die ein wenig besorgt darüber war, dass sie nicht direkt an den Präsidenten weitergeleitet wurden.«

»Warum hat der Betreffende sie nicht selbst weitergeleitet?«, fragte der Direktor.

»Das ist nicht sein Job«, antwortete ich. »Und er würde gerne den behalten, den er gerade hat.«

»Und Sie geben sie mir und nicht einem Ihrer Freunde von den Medien«, bemerkte der Direktor spöttisch.

»Ich finde nicht, dass sie besonders nett zu mir gewesen sind«, entgegnete ich.

Der Direktor spitzte seinen Mund. »Ich hoffe für Sie, dass meine Anrufe bei den beiden Herrschaften nicht zu irgendwelchen peinlichen Situationen führen werden.«

»Sie rufen sie besser ziemlich bald an.« Ich stand auf. »Ich denke, wir verstehen einander.«

Er nickte, während ich seine Hand schüttelte, und dann ging ich. Aber nicht, bevor ich Lili gebeten hatte, ihnen ein Likörchen zukommen zu lassen, damit ihr Abend einen würdigen Ausklang fand.

*

Eins weiß ich sicher über diese Art von Männern: Sie werden von ihrem Ego regiert. Der FBI-Direktor, ein Mann, der Mercer nicht verpflichtet war, sondern seine eigenen Kämpfe mit ihm auszufechten hatte, brauchte einen Punkt, um seinen Hebel anzusetzen. Den hatte ich ihm gegeben.

Und dann schlug ich Mercer um genau zwei Stunden. Er hatte sich mit dem Vorsitzenden der Vereinigten Stabschefs in dessen Haus in Arlington zusammengesetzt, als der FBI-Direktor seinen Anruf machte. Der Vorsitzende war ganz und gar nicht erfreut, dass *jemand anderes als der Präsident* sein Rücktrittsgesuch erhalten hatte. Dadurch gelangte eine hochheilige Angelegenheit in die Hände der Öffentlichkeit, was nicht die Art war, wie diese Dinge gewöhnlich erledigt wurden. Ein Treuebruch war begangen worden, und der Vorsitzende sah den Mann vor sich, der dafür verantwortlich war. Er war alles andere als erfreut. Mir wurde erzählt, dass man ihn noch drei Straßen weiter auf Mercer einbrüllen hören konnte.

Ich rief John Jaures an: »Du würdest bestimmt gerne nach McLean rausfahren.«

»Wer wohnt in McLean?«, fragte John.

»Der Verteidigungsminister«, sagte ich. Denn dorthin würde natürlich der nächste Anruf des FBI-Direktors gehen. Wenn John ganz zufälligerweise in der Gegend auftauchen würde, könnte sich besagter Minister vielleicht zu irgendeiner Erklärung hinreißen lassen. Nach einem Plausch mit dem Präsidenten. Der, darauf wollte ich wetten, gar nicht so glücklich sein würde, dass er ausgerechnet mit *dieser* Detailfrage verschont worden war.

Des Weiteren rief ich die ganz vernünftige Büroleiterin von Duke Guermantes an und machte sie mit der Situation vertraut. Schließlich war der Mann Vorsitzender des Justizausschusses. Er war vielleicht dankbar für eine Vorwarnung. Die Büroleiterin bedankte sich überschwänglich bei mir. Guermantes würde es wirklich sehr zu schätzen wissen, dass er im Vorhinein über die Rücktrittsgesuche informiert worden war, sagte sie; sie würden in der Tat ein neues Licht auf diese Gold-Geschichte werfen.

Der Direktor des FBI würde wie der Held in diesem Stück aussehen – und er würde das Rampenlicht allein für sich beanspruchen. Ich musste mir keine Sorgen darüber machen, dass er mich möglicherweise als seine Quelle bloßstellen könnte. Aber er würde wohl kaum vergessen, wer ihm dabei geholfen hatte. Und was das Beste war: Mercer würde nie erfahren, wem er seinen bevorstehenden Untergang zu verdanken hatte. Denn die Uhr hatte endlich angefangen zu ticken.

*

Der erste Artikel in John Jaures' Serie, mit dem Titel »Die Beweise«, erschien am darauf folgenden Tag. Der Artikel bot eine ausführliche, detaillierte Aufarbeitung des Mao-Khan-Briefwechsels, der E-Mail-Spur aus dem Außenministerium und des Falschen-Henry-Briefs. Der Star war natürlich Leutnant Henry selbst.

Johns Artikel wären selbst ohne die Nachricht von den Rücktrittsgesuchen aus dem Pentagon, die nie den Schreibtisch des Präsidenten erreicht hatten, das überragende Gesprächsthema in den Medien gewesen. So aber trieben sie Truman Pace fast in die Hysterie. Sie versuchen unser Land zu zerstören! Unsere blauen Jungs sind in Gefahr! Ich saß gerade in meinem Büro und arbeitete mich durch einen Stapel von Notizzetteln, wobei ich mit halbem Ohr zuhörte, wie Pace die Telefonleitungen freigab. Es dauerte eine Weile, bevor ich die Stimme des ersten Anrufers erkannte.

»Weißt du, was dein Problem ist, Pace? Du weißt nicht, wann das Spiel aus ist. Du hast auf der falschen Seite gestanden, und jetzt willst du es nicht zugeben.«

Ich ließ die Notizzettel fallen. »Jack!«, rief ich. »Komm schnell! Melvin Gluck ist in Truman Paces Show!«

»Ich stehe auf der Seite der Justiz! Der Verräter wurde gefunden. Der Verräter wurde verurteilt ...«

»In einem geheimen Verfahren mit Beweisen, die unter Verschluss gehalten wurden!«

»Er ist verurteilt, und ihr Hollywood-Spinner könnt das nicht ertragen.«

»Heh, es gibt mehr als genug Beweise dafür, dass dieser Reiff Prouty es getan hat, und deine blauen Jungs haben gelogen.«

»Nur ein vaterlandsloser Geselle kann behaupten ...«

»Pass auf, ich sitze hier in Kalifornien, umgeben von diesen verdammten Tofufressern, und ich höre von nichts anderem mehr als von diesem beschissenen Henry. Seine eigenen Chefs sagen schon ...«

»Die Bürgerinnen und Bürger Amerikas werden wenig überrascht sein, dass ihr debilen Hollywoodschwanzlutscher glaubt ...«

»*Was?* Pass auf, du beschissener Wichser, alles, was ich verdammt noch mal versuche, ist, dieses verdammte Land wieder zusammenzuschweißen.«

Es ging alles so schnell, dass die Zensoren, die üblicherweise mit einer siebensekündigen Verzögerung arbeiteten, damit sie Kraftausdrücke überpiepen konnten, nicht mehr hinterherkamen. »Diese Kerle sind die wahren Meister«, staunte Jack. Truman Paces Produzent klemmte Melvin Gluck schließlich ab, aber das war nicht das Ende seines Engagements in diesem Fall. John erzählte uns, dass Gluck tatsächlich die Filmrechte an seinen Artikeln gekauft hatte. Filmrechte! Und wer sollte den Soundtrack machen, *Kitchener's Wood*?

*

Ich beschwor Edgar Demange, dass er auf eine Revision des Militärtribunals drängen sollte. Aber Demange hatte anscheinend die Nerven verloren. »Mercer ist immer noch da«, sagte er, als er bei uns im Büro saß. »Mercer ist immer noch da.«

»Mercer wird gehen«, entgegnete ich.

»Er ist aber noch nicht gegangen.« Demange war unnachgiebig. »Passen Sie mal auf, junge Dame. Ich bin vielleicht alt, aber ich bin bestimmt kein Narr. Ich will mich nicht auf etwas einlassen, das ich noch bereuen könnte, wenn der Zeitpunkt nicht genau der richtige ist.«

»Was brauchen Sie denn noch?«, fragte ich. »Was kann Ihnen denn jetzt noch fehlen?«

Die Unmittelbarkeit der Vierundzwanzig-Stunden-Nachrichtensendungen. Jack kam in mein Büro und schaltete den Fernseher an. Hintergrund: das prächtige, weiß geziegelte Haus von August Mercer. Thema: Lyle Gold und die vielen, vielen Gründe, die dafür sprachen, ihn des Verrats zu verdächtigen. Livepublikum: die Bestie, die Blut gerochen hatte.

Mercer sagte fast unhörbar: »Ich habe keinen Grund mehr zu schweigen. Ich muss erfüllen, was ich als meine Pflicht ansehe. Zu Beginn dieses Jahres gab es eine gefährliche diplomatische Situation. Wenn dabei eine gewisse Eile in der Behandlung der Angelegenheit von Mr. Gold zu Tage trat, muss man das unter Berücksichtigung der Tatsache betrachten, dass eine chinesische Mittäterschaft auf höchster Ebene gegeben war.

Ich bin nicht so alt geworden, ohne einen guten Teil über menschliche Irrungen und Wirrungen gelernt zu haben. Ich bin ein ehrlicher Mann und der Sohn eines ehrlichen Mannes. Wenn mich auch der leiseste Zweifel ergriffen hätte, wäre ich der Erste gewesen, der Ihnen und Mr. Gold gegenüber zugegeben hätte, dass ich mich geirrt habe.«

»Genau das solltest du sagen!«, rief Edgar Demange aus.

Aber Mercers Seele war natürlich von keinem »leisesten Zweifel« berührt worden. Man konnte es in seinen Augen lesen: *Es war nicht einer meiner Jungs, der den Verrat begangen hatte; es war Gold; es muss Gold gewesen sein; und dass ich mich jetzt überhaupt dazu herablasse, mit euch zu reden, liegt daran, dass Gold es geschafft hat, sich auf Grund einer lächerlichen Kampagne seiner verbohrten Unterstützer der Bestrafung für dieses überaus schwere Verbrechen zu entziehen, und weil mein Boss, der Präsident, darauf bestanden hat, dass ich etwas sage. Wie auch immer – ihr alle werdet eines Tages dafür bezahlen.*

Ich glaube kaum, dass ich ihm damit Worte in den Mund gelegt hatte. Er hatte niemals bezweifelt, dass Lyle Golds absolut und vollkommen schuldig war. Menschen, die an absolute moralische Maßstäbe glauben, können sich selbst von allem überzeugen. Er hatte vielleicht eingesehen, dass Reiff Prouty, dem er aus Gefälligkeit einem alten Freund und Wahlkampfspender gegenüber geholfen hatte, mittlerweile auf Grund seines fehlenden Talents und seiner schlechten Angewohnheiten zu einer Belastung geworden war, die ein bisschen Medienmanipulation erforderte, aber Mercer glaubte nicht, dass ein junges Mitglied seines eigenen Clubs ihn selbst und sein Vaterland für Geld verkaufen würde. Es war einfach gewesen. Zuerst hatte man dürftige Beweise gehabt, dann substantiellere, wenn auch gefälschte Beweise, die Henry beigetragen hatte. Als ich den Fernseher abschaltete, sah ich ein, dass Mercer in Wirklichkeit immer noch glaubte, dass Gold der Schuldige war, und dass er sich nur mit Leuten umgeben würde, die dem nicht widersprachen. Es war vollkommen sinnlos, Verben und Partizipien darauf zu verschwenden, ihn vom Gegenteil zu überzeugen.

»Ist er jetzt gefeuert?«, fragte Demange.

»Sieht ganz so aus«, antwortete Jack. »Edgar, Sie glauben gar nicht, wie sehr ich mir wünsche, Ihnen dafür eine Rechnung schicken zu können.«

»Es ist noch nicht vorbei«, grummelte Demange, als er nach seinem zerknitterten Mantel griff. »Es hat immer noch keine Revision gegeben. Kann sein, dass es nie eine geben wird.« Er machte die Tür nicht hinter sich zu.

Und dann brachen die Anrufe über uns herein. Freddy erzählte mir, dass die ganze Führungsetage des Pentagons zu einem Treffen ins Oval Office stürmte. Der Präsident mochte Mercer seinen Aufenthalt in diesen Räumen zu verdanken haben, und vielleicht hatte er sich auch etwas darauf eingebildet, dass diese Loyalität in beide Richtungen galt, aber jetzt war er eine Erblast. Mercer war draußen. Interessanterweise blieb

Mercers vertrauter Mitarbeiter Freddy Banks weiter sicher auf seinem Stuhl sitzen. Niemand kam auf die Idee, dass er von den Rücktrittsgesuchen gewusst haben könnte, und außerdem ist es nicht so einfach, hingebungsvolle Mitarbeiter zu finden.

Joan Picquart rief aus São Tomé an: *Sie haben Mercer erledigt!* Die kühle, verschlossene Diplomatin schwankte zwischen Weinen und hysterischem Lachen. »Leugnen Sie es nicht! Ich weiß, dass Sie dahinter stecken!«

»Hoffentlich weiß *er* es nicht«, sagte ich.

»Er wird es so schnell nicht erfahren. Gute Arbeit, Boothe. Ich muss zugeben, dass ich es mittlerweile bereue, Ihnen nur eine Drei gegeben zu haben.«

Ich erzählte ihr, dass diese Note mich wahrscheinlich von der juristischen Fakultät fern gehalten hatte. Nichts für ungut.

Maurice Barres rief an und wollte einen Kommentar. Ich sagte ihm, er solle sich zum Teufel scheren.

Und das sollte es eigentlich gewesen sein. Aber das war es noch nicht. Am nächsten Morgen auf dem Weg zur Arbeit begrüßten mich die blutroten Schlagzeilen der Boulevardblätter: Leutnant Henry hatte Selbstmord begangen. Es war am vorhergehenden Abend passiert, genau zu der Zeit, wo ich mich mit Demange gestritten hatte. In seiner Zelle, einsam, seine Kehle mit einem Rasiermesser durchschnitten. Er war bereits über zwei Stunden tot, als die Wärter ihn fanden. Ich verschüttete meinen Kaffee auf einen Zeitungsstapel und ruinierte dabei mehrere Exemplare. Ich entschuldigte mich bei dem fluchenden Verkäufer, warf ein paar Münzen hin und stolperte weiter.

Jack wartete bereits in meinem Büro auf mich. »Das waren nicht wir«, sagte er. »Es ist nicht unsere Schuld.«

Natürlich nicht. Wir hatten ihn nicht dazu verführt, irgendetwas zu fälschen. Wir hatten ihn nicht davon überzeugt, dass es moralisch richtig war, es zu tun. Andere waren dafür verantwortlich, Henry eingeschlossen. Selbsttäuschung ist im Grunde etwas Überwältigendes. Alle Zeitungen berichteten von seinem letzten Gespräch mit seiner Frau: »Er sagte mir, dass er absolut unschuldig wäre und dass die Welt es bald erfahren würde. Er sagte mir, dass der fragliche Brief, sein Brief, eine Kopie wäre und in keinster Weise – ganz und gar unmöglich – eine Fälschung. Er sagte mir, dass ich wüsste, in wessen Interesse er gehandelt hätte. Und ich weiß es! Ich weiß! Im Interesse unseres Landes!« Und dann brach sie unter Tränen zusammen.

Die treue Witwe, Dalys Tochter. Und Henry hatte einen Sohn hinterlassen. Ich musste mich selbst daran erinnern: Jack hatte Recht. Wir hatten nichts davon verursacht. Ich hätte wetten können, dass diejenigen Männer, die es getan haben, keinen weiteren Gedanken an seinen Tod verschwendeten. Denn wenn ein Fehler zugegeben werden musste, dann musste es einen neuen Sündenbock geben, und diese Rolle wurde mit dem Leutnant besetzt, der die ganze Zeit gedacht hatte, dass er nur seine Pflicht tun würde.

»Kate.« Meine Assistentin blieb zögernd im Türrahmen stehen. Ich blickte matt zu ihr auf. »Danny Daly ist für dich in der Leitung.«

Mein Herz wurde schwer, aber ich nahm den Hörer auf. Seine Stimme stockte, als er mich bat, in sein Büro zu kommen. Er war nicht mehr in Rom, erklärte er, die Reise würde also nicht allzu mühselig werden.

Obwohl die Adresse, die er mir genannt hatte, nur eine Querstraße weiter war, brauchte ich fünfzehn Minuten für den Weg. Das Büro war natürlich elegant eingerichtet und hatte, was wir Ich-liebe-mich-Wände nannten, gerahmte Fotografien von Danny, wie er diesen Präsidenten oder jenen Monarchen traf, ein Protokoll seiner langjährigen Dienste für sein Land in Bildern. Sein Schreibtisch wirkte zu groß, aber vielleicht war

Daly auch geschrumpft, seit ich ihn das letzte Mal gesehen hatte. Seine Kleider hingen etwas lose an seinem Leib, und seine Wangen waren nicht mehr ganz so rosig. Er bedeutete mir freundlich, mich zu setzen, und dann seufzte er.

»Ich muss oft an unser Gespräch in Rom zurückdenken«, sagte er.

»Ich auch«, antwortete ich wahrheitsgemäß.

»Damals glaubte ich, so wie jetzt immer noch, dass das, was Lyle Gold zugestoßen ist, uns noch lange verfolgen wird. Und im Grunde ist es auch noch nicht vorbei. Vielleicht sind wir einfach nur an die Grenzen unserer Belastbarkeit gestoßen, und deswegen muss jetzt das Ende kommen.« Daly seufzte erneut und nahm eine Zigarette aus einer Golddose, die auf seinem Tisch stand. »Gestatten Sie einem alten Soldaten diesen Augenblick. Meine Empfindungen sind mittlerweile abgestumpft. Ich nehme nicht mal mehr die Zigarette aus dem Mund, wenn ich über einen weiteren Namen aus meinem Leben das Wort *verstorben* schreibe.«

Ich hatte unheimlichen Respekt vor Daly. Ich stimmte mit seiner Politik vielleicht nicht wirklich überein, aber hier saß ein Mann, der das gelebt hatte, was er predigte. Und trotzdem musste ich mich fragen, was das hier sollte. Was wollte er jetzt noch von mir? Natürlich bemerkte Daly, wie meine Gedanken wanderten. Schließlich war er ein alter politischer Hase.

Ich beschloss, ihm ausnahmsweise entgegenzukommen. »Ich weiß, dass Joseph Henry Ihr Schwiegersohn war«, begann ich. »Ich bin furchtbar ...«

Daly fixierte mich, während sich der Rauch in die Luft kräuselte. »Wir sind im Moment alle furchtbar *irgendwas*, nicht wahr? Mein Schwiegersohn war ganz furchtbar Soldat. Er hat mit meiner Tochter telefoniert. Er hat ihr nichts davon erzählt. Ich denke, so viel wissen Sie selber. Er muss sich *furchtbar* erniedrigt gefühlt haben, in gewisser Weise sogar verraten.« Seine Augenbrauen zuckten. »Und ich bin *furchtbar* sicher, dass sie ihm das Rasiermesser hingelegt haben.« Er lehnte sich in seinen Stuhl zurück. »Wenn Sie verstehen, was ich meine.«

Ich wollte es nicht besonders gerne verstehen, genauso wenig, wie ich die Ursachen verstehen wollte, die hinter dem Sturz des armen, unglücklichen Said Khan vom Bahnsteig in der U-Bahn vor so vielen Monaten steckten. Es war zu schmutzig.

»Bis zum letzten Mann, Miss Boothe. Wir befinden uns in einem Krieg. Und falls Sie es vergessen haben sollten, ich bin ein Mann des Militärs. Ich weiß, dass das System seine eigenen Regeln hat.« Daly drückte die kaum angezündete Zigarette aus und faltete seine altersfleckigen Hände über seinem Bauch. »Ich glaube nicht, dass dieser so genannte Skandal irgendwelche dauerhaften Auswirkungen auf den Charakter, die Gewohnheiten oder den Umgang der Leute untereinander haben wird. Es ist auch nicht meine Aufgabe, mir darüber Gedanken zu machen. Dafür bin ich zu alt. Ich kann so etwas nicht tun. Aber hören Sie mir zu: Ich kann die Schlussfolgerung ziehen, dass ich mir nicht sicher bin, ob ich Joseph Henry wirklich kannte. Ich kann nicht mit Sicherheit sagen, was diesen Mann zu dem gemacht hat, was er war.«

Damit war meine Audienz beendet. Ich würde ihn nie wiedersehen. Danny Daly hatte ins Zwielicht geschaut und sich über diese Fußnote seines Vermächtnisses gewundert. Er hatte mich zu sich bestellt, weil er wusste, dass ich noch lange genug dabei sein würde, um seine Version der Dinge zu bezeugen, selbst wenn diese den Status seiner plötzlich verwitweten Tochter oder die Vaterlosigkeit seines Enkelsohnes nicht verbessern würden. Ich ging zur Tür. In meinem Kielwasser hörte ich Daly murmeln: »Der finstere Geist feixte: ›Es musste sein!‹/Und wieder wisperte der erbarmungsvolle Geist: ›Warum?‹.«

Sie fragen sich vielleicht: Warum geriet jetzt nicht Reiff Prouty ins Zentrum der Aufmerksamkeit? Wir alle wussten doch, wer der wirkliche Spion war und *wo* er war. Er saß in seiner Eigentumswohnung und wartete auf seine nächste Versetzung. Nun ja, zuerst mussten andere fallen. Reiff würde möglicherweise niemals büßen müssen. Lyle Gold blieb in Einzelhaft, während Demange seine Anstrengungen für eine Revision verstärkte. Was auch immer passieren würde, erkannte ich plötzlich, als ich die Übertragung von August Mercers Pressekonferenz einschaltete, dass es so schien, als würde Reiff für immer ein Zaungast bleiben können, so lange es Leute gab, die sich eisern weigerten, auch nur die Möglichkeit seiner Beteiligung in Erwägung zu ziehen.

Und dann gab es noch Mimi Ryan, die die Theorie von Joseph Henrys »patriotischer Fälschung« lancierte: Jeder wusste, dass Gold schuldig war, die Erfordernisse des Rechtssystems waren allerdings so eklatant zu Gunsten der Kriminellen verschoben worden, dass den Eingeweihten schnell klar geworden war, dass der Verräter höchstwahrscheinlich davonkommen würde. Also wurden einfach ein paar Beweise zurechtgebogen. Keine schlechte Taktik, dachte ich. Aus dieser Perspektive sah Leutnant Henry wie ein tugendhafter Kämpfer aus, ein Märtyrer für die gerechte Sache. Für einen bestimmten Teil der Gesellschaft wurde er also, trotz aller Beweise, die anderes besagten, zu einem Helden. Mimi verkündete mit einer Stimme, die vor Gefühl bebte: »Wir waren nicht in der Lage, dem Leutnant die große Beisetzung zu geben, die er verdient hat. Aber sein Sohn soll wissen, dass sein Vater, im Leben wie im Tode, vorwärts marschiert ist. Seine unglückselige Fälscherei wird als eine seiner größten Heldentaten angesehen werden.«

14

Nimm Abschied von alledem

Kurz vor Halloween schneite es. Nur eine kleine Puderdecke, aber in diesen Treibhauszeiten ist selbst das eine Seltenheit. Die Ladenbesitzer fegten die dünne weiße Decke fast umgehend wieder zur Seite, aber nicht bevor sie uns weiß gewaschen hatte.

Drei Tage später, an einem ruhigen Freitagabend, wenn selbst die Vierundzwanzig-Stunden-Nachrichtenkanäle ein wenig langsamer reagieren, wurde das Gold-Urteil endlich revidiert. Edgar Demange rief mich an, um die Nachricht zu überbringen, wobei er den Seufzer eines alten und erschöpften Mannes ausstieß, der von einer immensen Last befreit worden war.

»Ich kann Ihnen gar nicht sagen, wie froh ich bin, dass diese Jungs endlich die Kurve gekriegt haben«, sagte er. »Ich habe schon nicht mehr geglaubt, dass ich das überleben würde. Wenn mich mein Herz nicht irgendwann erwischt, dann wird es wohl irgend so ein Steinzeitmensch mit einem Schießeisen erledigen.« Er jammerte weiter über Kartons und Umzüge und Lyles Entlassungstermin, aber ich hörte ihm kaum zu. Ich saß auf meinem Stuhl und schloss die Augen.

»Das gibt mir endlich den Glauben an unsere Regierung zurück«, sagte Demange.

Ich riss meine Augen auf. »Was?«, keuchte ich. »Wie können Sie denn so etwas sagen, nach all dem, was geschehen ist?«

»Sie hätten nicht nachgeben müssen«, sagte Demange. »Sie hätten noch ewig so weitermachen können. Aber einige kluge Leute haben sich eine bessere Vorgehensweise einfallen lassen.«

Ich verfiel in Schweigen. Wir Amerikaner sind seltsam – eifrig im Bestrafen und Unterdrücken, schießen wir im Namen der Freiheit schnell über das Ziel hinaus, sind an einem Tag in der Lage, einen Unschuldigen zu erschießen, und lassen uns am nächsten Tag erschießen, um einen Unschuldigen zu retten. Die Lügen, die bizarre Logik, die unerträgliche Selbstgerechtigkeit, die so viele infiziert hatte, waren schwer zu vergessen und noch schwerer zu vergeben. Aber vielleicht war tatsächlich etwas dran an Demanges Überzeugung, dass die demokratische Regierung im Grunde ihres Herzens doch anständig war.

»Was hat Lyle gesagt, als Sie es ihm erzählt haben?«, fragte ich.

Demange lachte glucksend. »Lyle? Ach, Lyle sagte irgendetwas in der Art von ›Ich habe die ganze Zeit gewusst, dass meine Ehre und meine Unschuld siegen würden‹.«

Auch ich musste lachen. Was hatte ich bloß erwartet, ein Dankeschön etwa?

Doch er bedankte sich tatsächlich bei mir. Am nächsten Tag rief er aus seiner Wohnung an, um etwas zu sagen, was ich nie von ihm erwartet hätte. »Du bist ein kluges Mädchen, Kate«, sagte er mir. Mit großer Erleichterung kann ich hinzufügen, dass ich erst in Tränen ausbrach, nachdem ich den Hörer aufgelegt hatte.

Ehrlich, es wäre sehr viel befriedigender gewesen, eine große, öffentliche Wiederaufnahmeverhandlung zu bekommen, ein neues Urteil, oder auch nur eine Begnadigung. Aber den Besonderheiten der politischen Logik folgend war entschieden worden, dass die Affäre besser durch ein paar wohl platzierte Telefongespräche abgewickelt werden sollte. Es gab schlicht und einfach eine Revision des Verfahrens. In einem gewissen Ausmaß wünschte sich Lyle allerdings immer noch ein formelleres Anerkenntnis seiner Unschuld. Er gab eine Presseerklärung ab: »Die Regierung der Vereinigten Staaten hat mir meine Freiheit zurückgegeben. Doch Freiheit bedeutet nichts ohne Ehre. Von diesem Tag an werde ich fortfahren, Wiedergutmachung für das schockierende juristische Unrecht zu suchen, dessen Opfer ich nach wie vor bin.«

Einige Leute, wie Maurice Barres und Mimi Ryan, interpretierten das als Ankündigung, die Regierung in einem Zivilprozess auf millionenschweren Schadenersatz zu verklagen. »Typische Habgier!«, rief Mimi Ryan aus. Aber das war nicht Lyles Plan. Er erzählte mir, dass er gar nicht die Kraft für einen weiteren Prozess hätte. »Ich will meinen Namen reinwaschen, Schritt für Schritt und öffentlich.«

Der Außenminister erklärte den Medien gegenüber: »Diese Episode ist abgeschlossen.«

Maurice Barres verkündete, dass das Vermächtnis unserer Väter, unseres Landes und unserer Toten auf dem Spiel stand. Ich fand das schön ausgedrückt. Ich konnte dem zustimmen – natürlich von meiner Warte aus gesehen. Aber ich bin überzeugt, schließlich ist Maurice ein intelligenter Mann – und ein Pragmatiker –, dass er sich eines Tages alle Beweise noch mal anschauen wird. Ihm bleibt noch viel Zeit dafür. Die Affäre wird uns noch eine ganze Weile verfolgen. Es gibt genug Leute, die sich noch fest darin verbissen haben.

Ich hörte im Radio, wie Truman Pace vorschlug, Leutnant Henry ein Denkmal zu errichten, um »dem Erbe dieses Verteidigers des Vaterlandes Respekt zu zollen«. Pace sagte, es sollte für »Ordnungsliebe, Respekt vor ehrlicher Arbeit, Hingabe an das Vaterland, Anspruch auf Sicherheit, Zurückweisung von Fremden und Besorgnis angesichts einer sich verändernden Welt« stehen.

Die Geschichtsklitterung hatte also begonnen. Aus Reiff Prouty wird ein strahlender Doppelagent. August Mercer hat nur seine patriotische Pflicht getan. Der gute Leutnant Henry? Nur ein übereifriger Helfer, der dem edelsten aller Ziele diente. Und die Gold-Affäre selbst, im tugendhaften Amerika nichts mehr als eine unbedeutende historische Fußnote, die der Unvorsichtigkeit eines chinesischen Diplomaten, einer zufälligen Ähnlichkeit zweier Handschriften und den Schwächen und Ambitionen der falschen Art von Leuten angekreidet werden würde.

Es würde immer diejenigen geben, die – wie Mercer – trotz aller Beweise an Lyles Schuld glaubten. Gleichermaßen würde es immer diejenigen geben, die auf Reiff Prouty als den wahren Verräter zeigten, der aber, dank seiner Verbindungen und einem gewissen Maß an Ermüdungserscheinungen in den Medien, seiner gerechten Strafe entging.

Mimi Ryan fiel unter die erste Kategorie. Sie saß, wie ich gehört hatte, Abend für Abend in einer Bar in der Nähe des Kapitols und trank und nörgelte, wenn sie nicht gerade einen Auftritt im Fernsehen hatte. MISS WASHINGTON KÄMPFT FÜR GERECHTIGKEIT. Ich hoffte, dass sie sich dieses Titelblatt eingerahmt hatte. Ihr Mitstreiter Mercer war erledigt, allerdings nur im Weißen Haus. Er würde von Lobbyistenfirmen hofiert werden, die die Abservierten und in Ungnade Gefallenen zu günstigen Preisen einkauften.

Joan Picquart, die ins Außenministerium zurückgekehrt war, hatte noch ein einziges Mal mit Lyle Gold zu tun. Mit uncharakteristischer Kameradschaftlichkeit schrieb sie ihm einen Brief: *Was noch getan werden muss, ist nicht mehr als eine Formali-*

tät, denn Sie sind verteidigt worden, wie noch niemand zuvor je verteidigt worden ist – von der ganzen Welt. Das war für ihre Verhältnisse herzlich.

*

Und ich? Oh, tja.

Ich war noch nie in meinem Leben so erschöpft. Mein Körper brach einfach zusammen. Ich hustete mir fast die Lunge heraus, hilflos keuchend, vom Fieber und einer schmerzenden Kehle ans Bett gefesselt. Auf meinen Lippen bildeten sich Blasen und mein Gaumen war mit Geschwüren übersät. Ich verlor fünf Kilo, weil die einzige Nahrung, die ich zu mir nehmen konnte, Eiweißgetränke waren. Meine Mutter verlangte, dass ich nach Hause kommen sollte, aber mir fehlte die Kraft, ein Flugzeug zu besteigen. Stattdessen rollte ich mich unter meiner Daunendecke zusammen und las endlich, unter dem warmen Licht meiner Ballonlampe, Krieg und Frieden. Nachdem er gehört hatte, dass ich es immer schon mal lesen wollte, hatte John ein Exemplar vorbeigebracht, bevor er nach Übersee verschwand. Seine neue Stelle war eher ein Fußtritt; nach der Gold-Affäre sollte unser John jetzt im Pekinger Büro seiner Zeitung arbeiten. »Heh, dann kann ich ja mit den Xianxus einen trinken gehen!«, sagte er lachend. Robertos Vater war tatsächlich nach China zurückgekehrt. Sein Nachfolger, ein ruhiger Mann ohne gut aussehenden Sohn, eine untote Exfrau oder auch nur den Hauch eines Skandals, hatte sich bereits in Washington eingelebt.

Es dauerte ein paar Wochen, aber schließlich ging es mir wieder besser. Ich träumte von grünen Wiesen, frisch gemäht, dem scharfen Geruch einer neuen Jahreszeit. Ich trank Ingwertee. Ich badete in dampfend heißem Wasser, in das spezielle rote Salze gestreut wurden, von denen eine Tarot-Kartenlegerin schwor, dass sie helfen würden: »Deine Chakras sind verblasst«, sagte sie. Allmählich kroch ich in mein Büro zurück. Das Geschäft brummte. Im nächsten Wahljahr würden wir gut verdienen. Schecks wurden eingelöst, Rechnungen wurden bezahlt, die Buchprüfung zog keine Strafzahlungen nach sich. Aber alles kam mir bedeutungslos vor. Ich saß an meinem Schreibtisch und ließ Stifte kreiseln, bis sie vor meinen Augen verschwammen.

Niemand kam auf Parkplätzen auf mich zu und bat mich um ein Autogramm oder rief mir ein »Astreine Arbeit!« zu. Es gab kein beglückwünschendes Schulterklopfen. Jetzt, wo sie zu einem Ende gekommen schien, wollte sich die Nation nicht mehr an die Gold-Affäre erinnern, und schon gar nicht feiern. Es hätte eine unheimliche Genugtuung für mich bedeutet, wenn mich irgendein Fremder wegen meiner Tapferkeit gelobt hätte oder etwas Ähnliches. Andererseits hatte Lyle wirklich gelitten, und niemand bot ihm eine Entschädigung an oder verstreute Komplimente über seinen Mut. Aber er erwartete auch nicht viel. Er wollte einfach nur seinen guten Ruf wiederherstellen und weiterleben. Er kehrte zu seiner alten Zeitung zurück, jetzt allerdings als Redakteur. Das bedeutete ein sesshafteres Leben, aber passenderweise außerhalb des Rampenlichts, das er sowieso nie gesucht hatte.

Ich dachte oft an Leutnant Henry, dessen Grab in Arlington (eine umstrittene Beisetzung, der sich viele aus dem Pentagon widersetzt hatten) von besuchenden Bewunderern regelmäßig mit roten, weißen und blauen Kerzen oder Blumen umrahmt wurde. Niemand außer Jack und John wusste von meinem Treffen mit ihm, also wurden nie irgendwelche Anschuldigungen gegen mich erhoben. Jack hatte natürlich Recht, wir hatten ihn nicht gezwungen, Beweise zu fälschen. Aber wir waren

– genauer gesagt, ich war – Überbringer der schlechten Nachricht für ihn, was bei seinem Ende eine Rolle gespielt haben könnte, und damit musste ich leben.

Was zählte – so hatte es John eine Woche vor seiner Abreise nach China formuliert –, war, dass »wir es immer weiter versucht haben, selbst als wir wussten, dass wir mit größter Wahrscheinlichkeit niedergemäht werden würden. Wir haben immer weiter gekämpft. Irgendwann wird sich vielleicht irgendjemand daran erinnern.«

Oder vielleicht auch nicht. Melvin Gluck, zum Beispiel, hatte beschlossen, einen Film über die Affäre zu drehen. Anthony France würde Regie führen. Die Hauptfigur sollte Edgar Demange sein, der mutige Rechtsanwalt, der den aussichtslosen Kampf aufgenommen hatte, um die Ehre eines unschuldigen Mannes zu retten. Ich bitte Sie! Es gab keinen Jaures, keinen Vanzetti, keine Boothe in diesem Film. Das störte mich tatsächlich mehr als nur ein bisschen. Was war mit *meiner* Geschichte? Ich hatte den Mann, den ich liebte, dafür aufgegeben. War das etwa nicht faszinierend? Filmreif? Mein Vater betrachtete die ganze Geschichte mit Skepsis. »Du solltest froh sein, dass du nicht drin vorkommst«, sagte er. »Das würde die Leute noch neidischer machen, als sie jetzt schon sind. Du musst kein Blitzableiter sein. Reg dich ab, Kind. Komm nach Hause.«

Lili brachte einen Karton Prosecco vorbei, »für das Besäufnis, das Joan Picquart vorgeschlagen hat«, sagte sie. Meine Onkel legten mir nahe, in eine andere Stadt zu ziehen, mich selbst vielleicht in der Betonanonymität New Yorks zu verlieren. Aber ich wollte mich nicht verlieren. Jack hatte Recht, was den Aufschwung für unser Geschäft betraf. Unsere Telefone hörten nicht auf zu klingeln.

Ich fühlte mich einfach nicht ... wohl. In einem Anfall von

Masochismus gab ich Robertos Namen in eine Internet-Suchmaschine ein und erfuhr, dass er an verschiedenen Orten mit einer namenlosen Blondine gesehen worden war. Meine Kopfhaut prickelte vor ... ja, vor was? Vor Traurigkeit? Ich schaltete den Computer ab. Es spielte sowieso keine Rolle.

Der November verlor sich im Dezember. An einem besonders düsteren Tag, kalt genug, die Wangen rau zu machen, aber nicht kalt genug für Schnee, kam ich in mein Büro, schaltete das Licht ein und setzte mich ohne den Mantel auszuziehen in meinen Stuhl. Jack rumorte in seinem Büro herum, bellte gut gelaunt einen armen Schlucker an, der sich in die Liste unserer Klienten eintragen wollte. Ich hörte, wie er den Hörer auflegte. Dann rief er meinen Namen. Ich rührte mich nicht.

Jack kam herein. »Stell dir das mal vor«, sagte er. »Dieser verrückte Gouverneur von Indiana, der glaubt, dass er Präsident werden kann? Sein Wahlkampfmanager hat gerade angerufen, um herauszufinden, was ›auf unserem Preiszettel‹ steht. Ist das nicht unglaublich?« Er setzte sich mir gegenüber hin und legte seine glänzenden italienischen Schuhe auf meine Schreibtischecke. »Ich denke, wir sollten uns von ihm fern halten, aber verdammt, du musst doch zugeben, dass es ziemlich schmeichelhaft ist.«

Ich sah ihn ausdruckslos an und fragte mich: Worüber redet er überhaupt? Und ich dachte an ein Interview zurück, das ich am Abend zuvor gesehen hatte. Anthony France, prächtig in ein purpurnes Samthemd und schwarze Ledersandalen gewandet, erläuterte seine zentrale Rolle im Fall Gold. Als er gefragt wurde: Warum haben Sie es getan?, nahm er einen selbstgerechten Ausdruck an, lehnte sich zum Moderator hinüber und gestand: »Für einen kurzen Augenblick fühlte ich mich überlebensgroß.«

»Ja, haben Sie sich denn keine Sorgen um Ihre Karriere gemacht?«, hatte der Moderator gefragt »Es gab doch mächtige Leute, die genau das Gegenteil behaupteten, und es immer noch behaupten.«

»Meine Karriere?« France hatte gelacht. »Was ist schon eine Karriere? Ich hatte dieses plötzliche Bedürfnis nach Ruhm, nach Krieg, nach Geschichte, und ich habe es alles bekommen. Vielleicht werde ich für den Rest meines Lebens nur die Hälfte verdienen. Was macht das schon? *Ich war dabei.*«

Jack winkte mir über den Schreibtisch hinweg zu. »Hallo, hallo.«

Und plötzlich dachte ich, dass ich ein Glas Champagner wollte. Nicht die Sorten, die in den hiesigen Restaurants serviert wurden, die Marken, die einem in die Zunge kneifen. Amerikaner bekommen nie die echte Ware. Ich wollte den frischen, sahnigen Grand Cru von der Côte des Noirs, den ehrlichen Champagner, den die hart arbeitende Familie Boulard herstellte, die Lili und mich einmal zu einer dreistündigen Probe eingeladen hatte. Und plötzlich dachte ich: Ich will dieses Glas Champagner um jeden Preis haben, mehr als alles andere in dieser Welt.

Jack sah mir nur einmal ins Gesicht. Er hatte das früher schon gesehen. »Oh, nein, nein, nein«, sagte er sofort. »Nicht jetzt, Kate.«

Aber ich war schon auf dem Weg zur Tür hinaus, meine Geldbörse in der Hand. Was brauchte ich mehr? Ich habe meinen Pass immer dabei. Sofort fiel ein Teil der Müdigkeit von mir ab. Allein um am Leben zu bleiben, muss man schon einige Risiken eingehen.

Die Fahrt zum Flughafen dauerte eine Stunde. Die ersten fünfzehn Minuten beschäftigte ich mich mit der Frage, ob ich anrufen sollte oder nicht. Es bestand immerhin die Möglichkeit, dass er nicht antworten würde. Oder dass er vielleicht nichts mehr von mir wissen wollte. Aber dann dachte ich, *verglichen mit den letzten Monaten ist das hier gar nichts.* Es war einen Versuch wert.

Roberto meldete sich nach dem zweiten Klingeln.

»Ich fahre nach Reuilly zum Champagnertrinken«, erzählte ich ihm. »Kommst du auch?«

»Natürlich.« Er hatte nicht gezögert. »Ich werde dich in Charles de Gaulle abholen.«

Ich lächelte, als ich auflegte. Ich fuhr jetzt schneller, schnitt durch die niedrigen Hügel Virginias, die von dampfenden Bäumen und feuchtem Laub übersät waren und von grauen Wolken überrollt wurden, ganz damit beschäftigt, meine Medienpräsenz zu reduzieren. Oh, verdammt, *Urlaub.* Das Ticket würde furchtbar teuer werden. Ich würde einige Zeit bleiben müssen, damit es sich lohnte. Vielleicht würde ich auch gar nicht wiederkommen.

Ich begutachtete mich im Spiegel und wünschte mir, dass ich noch mal zum Friseur gegangen wäre. Ich war schließlich auf dem Weg, den bestaussehenden Mann der Welt zu treffen. Halbes Gehalt, verdammter Mist.

Atatürk steckte sich eine Zigarette an; Abdul Haq überquerte die Grenze; ich trank Champagner. Zugegeben, es war nicht ganz dasselbe. Aber trotzdem lehnte ich mich zurück und lächelte. Ihr Hunde, wollt ihr ewig leben?

„Gewohnt brillant – schlaflose Nächte garantiert!“
FREUNDIN

In einem Bunker nahe Washington, D.C., trifft sich eine Gruppe von Männern, um eine junge Frau zum Tode zu verurteilen. Das Opfer ist Faith Lockhart, eine junge Lobbyistin, die aussagen will, was sie über Bestechungen in Washington weiß. Aus diesem Grund steht sie unter dem Schutz des FBI. Als beim Attentat auf Faith ihr Bewacher getötet wird, entkommt sie mit Hilfe des Privatdetektivs Lee Adams. Auf der gemeinsamen Flucht vor den Profi-Killern decken die beiden eine unglaubliche Verschwörung auf. Aber kann Faith ihrem Begleiter wirklich trauen?

„Gnadenlos gut.“ HAMBURGER ABENDBLATT

ISBN 3-404-14715-4

BASTEI LÜBBE

»Dieser Roman gleicht einer Achterbahnfahrt – ohne Bremse!«

NEW YORK TIMES

Nach einer fehlgeschlagenen Mission hat sich Ethan Decker in die Wüste Neu-Mexikos zurückgezogen. Decker arbeitete als »Jäger« für eine der geheimsten Organisationen der amerikanischen Regierung und war mit der Eliminierung international gesuchter Krimineller beauftragt. Eines Tages spürt ihn eine ehemalige Kollegin auf, in deren Begleitung sich zwei Kinder befinden. Sie bittet Decker, die Kinder ein paar Tage bei sich aufzunehmen – und bevor der Einzelgänger Decker ablehnen kann, wird seine Kollegin mit einem gezielten Schuss ermordet. Die Kinder sind Teil eines Experimentes, das den perfekten Menschen erzeugen soll. Und es gibt eine Macht, die die Kinder mit allen Mitteln zurückgewinnen möchte ...

ISBN 3-404-15158-5

BASTEI LÜBBE

Sie wissen alles. Sie verraten nichts. Erst recht nicht ihr großes schmutziges Geheimnis.

Von seinem Büro an der Wall Street sieht der junge Anwalt Fin Border einer strahlenden Zukunft entgegen. Sein Freund, Star-Banker J.J. Carlson, präsentiert ihm eines Morgens stolz seinen neuen Maclaren F1. Wenige Sekunden später schießt das Traumauto über eine Böschung und landet auf einem Highway: eine Amokfahrt mit Toten und Verletzten.
Doch für Fin Border ist das erst der Anfang vieler Probleme. Er sieht sich konfrontiert mit Mord, Intrigen und Geldwäsche im großen Stil. Alle Spuren führen nach Bombay, wo vor Jahren Fins Vater unter mysteriösen Umständen ums Leben kam. Begleitet von seiner Kollegin Carol versucht Fin, Licht in das Dunkel zu bringen – und stößt auf eine weltweite Verschwörung.

ISBN 3-404-15145-3

BASTEI LÜBBE